わんと鳴《な》いたらキスして撫《な》でて

Wan to naitara kiss shite nadete

伊達きよ
Kiyo Date
Illustration 末広マチ
Machi Suehiro

この物語はフィクションであり、
実際の人物・団体・事件等とは、いっさい関係ありません。

わんと鳴いたら キスして撫でて

CONTENTS

わんと鳴いたらキスして撫でて

第１話

一

「アオくん～、次ここに座ってくれる？」

「わふ」

ここ、と用意されたふわふわの座布団の上に碧《あおい》はてふてふと進んで、脚を曲げてその場に伏せる。タレぎみの目ができるだけ可愛く丸く見えるように上目遣いをして、まるんとした尻を少し持ち上げて、くるりと丸くなった尻尾をぺぺぺっと左右に振って。

仕上げに「これでいいですか？」というようにきゅるんとした目を向けると、常連である男性客は「あぁ～～！」と悲鳴のような声をあげた。「本物の犬」であったらそんな声を出されたら驚いたり、ストレスになるかもしれないが、碧は平気だ。

「はぁ～、アオくん可愛い、可愛い。な、撫でてもいい？」

客の言葉に、碧は「くぅん」とか細く鼻を鳴らしてから、目を閉じて顔を上げる。額を差し出すように耳を伏せると、顔をほころばせた客が「ふんん～」とそれこそ犬のように呻《うめ》いた。

よしよし、と優しく額を撫でられると自然と尻尾が揺れる。今日の客は無茶な注文をしてくるわけでもなく、ただ犬を思い切り可愛がりたいだけのいわゆる「良客」だ。

（みんなこの人みたいなお客さんならいいんだけどなぁ）

「お、お腹の毛も撫でてもいい？」と聞かれて「くぅん？」と困ったように首を傾げてみせる。遠回しの拒否だ。慌てて「いや、大丈夫！　ごめんごめん」と謝ってきた客に「やっぱりいいお客さんだよなぁ」と思いながら、碧はもう一度、くふ、と鼻を鳴らした。

「はーい、ご利用ありがとうございましたぁ」

送迎スタッフである水本《みずもと》の腕に抱かれる碧を名残惜しそうな目で見ながら、客である男が「アオくん、またね、またね」と手を振っている。碧は、はふはふと舌を出して「あんっ」と小さく鳴いてみせた。別れ際のサービスである。

そのまま水本に抱えられて近くの駐車場に駐めてあった車に乗り込む。

「アオくんお疲れお疲れ～、いやぁお客さんめちゃくちゃ嬉しそうだったね～さすがアオくん。『ワンラブ』きってのかわポメちゃん」

調子のいい水本の言葉に、碧は「はふ」と小さく鼻を鳴らすことで返事をする。後部座席に用意されたケージの中に自分から入って鍵をかけ、前脚の間に顎《あご》を埋めるように座り込む。

「直帰する？　それともお店帰って人間化してく？　今の時間帯ならリラクゼーションルーム空いてると思うけど」

碧は伏せたまま「あん、あん」と二度鳴く。水本はそれだけで察してくれたらしく「はいはい直帰ね」と頷《うなず》いた。

「アオくんって人間の姿見せたがらないよねぇ。見たことあるのって店長くらい？　バイト中に人間化することもほとんどないし。ま、うちとしてはトラブルゼロで助かるって感じだけど～」

水本の言葉に碧はもう何も答えないまま、ぺそ、と耳を伏せて目を閉じた。水本が碧の返事を求めているわけではないということはここ数年の付き合いで十分わかっていた。水本は自分の好きなように話して好きなように鼻歌を歌って、好きなように黙る。そして、碧のアパートに着いたらちゃんと声を掛けてくれる。

くぁ、と小さくあくびをして、碧は微睡《まどろみ》の中にするすると落ちていった。

谷敷《やしき》碧、二十二歳。大学四年生。小さな頃から海が好きで、大学は海洋学部水産学科に進学。本当は水産技術者になりたかったものの、狭き門ゆえ夢叶わず……今年の春にとある食品メーカーへの就職が決まった。必修単位の取得は済んでいるものの、今は興味のある講義をいくつか履修しつつ、卒論作成の真っ最中である。実家は新幹線で三時間はかかる遠方で、大学に入学してからはずっと一人暮らし。四年間で身に着けた家事能力は、ぼちぼち……というところである。

性格はまぁ真面目な方、顔は中の中、身長もごくごく平均値。中肉中背。癖毛で色素が薄い髪なので、そのままにしていても「パーマかけてる？」「髪染めてる？」と言われることがある。外見的な特徴といえばまぁそのくらいだ。

趣味は海水浴に水泳。そして好きなアイドルの推し活動を行うこと。ごくごく普通の男子大学生だ……が、唯一変わっていることがあるとするならバイト先、というか罹患している病気だ。碧は「犬《いぬ》化症候群《かしょうこうぐん》」を患っていた。

犬化症候群とは、読んで字のごとく「犬に変化してしまう」病気のことだ。感情が高ぶると、時と場所を選ばず犬に変身してしまう。犬種は様々なのだが、最初にこの病気を発症した人物の犬種が

「ポメラニアン」だったこともあり、俗称として「ポメ化」と呼ばれることが多い。ちなみに碧の犬種はそのポメラニアンである。

完治するような治療薬は開発されておらず、一度犬化すると高ぶった気持ちがゆったりと落ち着くまで人間には戻れない。一応、犬化を抑える抑制剤はあるにはあるが、頭痛や吐き気などの副作用が強く、望んで摂取する者は多くない。

犬化症候群はここ数十年の間に緩やかに発症者が増えており、割合でいうと「数千人に一人は罹患《りかん》者《しゃ》がいる」という。少なく感じなくもないが、昔に比べたら格段に増えた。専門家に言わせると「ストレス社会を顕著に可視化している現代病」とのことらしい。犬化の契機となる「感情の高ぶり」は本来「良い感情」「悪い感情」を問わないのだが、どうも近年はマイナス感情からの犬化が増えているようだ。……が、そういった難しいことまでは碧にはわからない。

碧は大学受験期にこの犬化症候群を発症した。幸い自宅での発症だったので、身内以外の人間にはほとんど病気のことは露見せずに済んだ……のだが、風邪などと違い、犬化症候群は一生付き合っていかなければならない病だ。差し迫った大学受験のこともあり、当時はかなり不安定になった。

いつ変身するかわからないストレスのせいで余計頻繁に犬化してしまったり、副作用を承知で薬を服用して、そのせいで慢性的な頭痛に悩まされたり、見知らぬ他人の「犬化症候群になってみたいな～」という何気ない呟きに勝手に傷ついたり。それ以外にも色々……まぁ色々と。

しかし、野を越え山越え谷越えて。犬化症候群との付き合いも四年目になった今では、碧もこの病気のことをなんとなく理解できるようになっていた。

なにしろ、それを活《い》かしてバイトをしているくらいだ。

犬化症候群は完治が見込めない大変な病気ではある……が、同時に「かかってみたい」もしくは「かかった人と知り合いになりたい」と言い出す者が絶えない。何故かというと、この世に「完璧に意思疎通ができるわんちゃんと仲良くしたい」という人間は少なくないからだ。たとえそれが「見た目だけ犬」という存在だとしても。

犬化症候群で犬化した人間は、心まで丸ごと犬になるわけではない。中身は人間のままだ。まぁ多少犬の習性に引っ張られる（走り回ったり、散歩を楽しんだり、フリスビーや転がるボールを無性に追いかけたくなったり等々）こともなくはないが、完全に人間としての意思を失くすことはない……と、今のところ言われている。

世の中には犬好きがごまんといる。もちろん「本物の犬以外はちょっと……」という人もいるだろうが、中には「本物のわんちゃんにはできないことも、中身が人間だってわかってたらできる」と考える人間もいるわけで。そのような層に向けたサービスが、世の中には既《すで》にいくつか流通しはじめていた。

碧が働いているのは、そんな犬化……ポメ化症候群サービスのひとつ「デリバリーポメラニアン」通称デリポメの店だ。

名称からわかる通り、いわゆるデリバリーヘルスと似たような立ち位置であるこの仕事は、ニッチなサービスとしてアングラ的な人気を博している。ニッチとはいっても当然ながら性的な行為は含まれない。あくまで「対犬」サービスだ。

簡単にいえばつまりデリバリーヘルスと同様で、自宅なり指定の店なりに人間の代わりに犬が派遣されるのだ。まさしく、犬のデリバリーである。

派遣された犬は依頼主に犬と過ごす幸せな時間を提供する。内容は人それぞれだが、思う存分可愛がりたい、撫で回したい、というのが一番多く、依頼のほとんどを占めている。なにしろ本物の犬であれば過度に撫ですぎたり構ったりすると、ストレスになりかねない。それが遠慮なく（キャストそれぞれでNG行為はあるが）撫でて可愛がってべたべたできるのだ。そりゃあ需要がある。また、写真撮影等もお手のものだ。なにしろ言葉がスムーズに通じるので「こんなポーズで」「あんなポーズで」という注文にも即座に応えられるし、服の着せ替えもやり易い。

老人ホームのレクリエーションイベントで、おじいちゃんおばあちゃんたちと一緒に遊ぶなんて仕事もある。碧はおばあちゃん子だったので、そういった仕事も得意だった。

他には、アニマルセラピー的に「ただ黙って話を聞いて欲しい」という依頼もある。物言わぬ動物（まぁ中身は人間だが）だからこそ話してすっきりできるらしいが、当事者である碧にはその気持ちはいまいちわからない。

一応店の決まりとして、依頼を受ける際はデリバリー犬の人間としての性別やざっくりとした年齢はきちんと説明している。見た目は犬とはいっても中身は人間だ。可愛い犬になったからとそれを武器に客に痴漢を働こうとする事件も……まぁ、なくはない。きちんとポメキャストの身元を証明するのは、経営する店の責任でもあった。

デリポメが客と接する時は、基本的にずっと犬の姿だ。なにしろ、相手が求めているのは「犬」。人の姿なんてお呼びでないし、そちらが必要なのであれば人専門のサービスを利用すればいい。

こういう仕事をしていると、時折「仕事中に人間に戻ってしまった」という話を聞くこともある。……が、碧は一度もそういった失態を犯したことはない。

長時間のバイトの前には苦手なホラー映画を観てストレスを溜め込み、客に撫でられてストレスが昇華《しょうか》しそうになったらその映像を思い出すようにしている。基本的に店で働いているのは犬化のコントロールが得意な者が多いが、碧はその中でも特にそれが上手い、と店長に褒められていた。

自分で言うのは少し恥ずかしいが、碧はこのデリポメという仕事に誇りを持っていた。はじめは「給料もいいし、犬化症候群である自分のことを肯定できる良い機会かも」となんの気なしに始めたバイトだったが、客の「ありがとう」や「癒されたよ」の言葉は碧自身を大いに励ましてくれた。

元来の真面目な性格のせいか、碧は、人に喜ばれたり感謝されると、それに見合ったものを返したくなる。どういうポーズを取ればより一層可愛く見えるか、どんな仕草をすれば客が笑ってくれるか、碧なりに研究を重ねて仕事で披露した。するとまた客が喜んでくれて、それが碧の励みになって……。ウィンウィンの関係というかなんというか、それを繰り返すうちに碧の中にデリポメキャストとしての誇りがすくすくと芽生えていったのだ。大学一年生の夏に始めてかれこれ丸三年。店の超人気キャスト……とまではいかないが、「アオくんなら間違いないよね」と信頼されるだけの、いわゆる中堅的な地位を獲得していた。

（高遠《たかとお》さんだって演技の前には『役作りのために精一杯頑張りますし、多少無茶なこともします』っ

て『ドキュメンタリートゥエンティフォー』の中で言ってたし）

だから俺だって頑張るのだ、と碧はキャリーケースの中で一人にぎにぎと前脚を握って気合いを入れた。

水本に家まで送り届けてもらってから、碧はちゃかちゃかと爪を鳴らして廊下を走り、自室のソファに向かった。そこには小さい頃から使っている、お気に入りのくたくたブランケットが既に準備されている。碧は自身の荷物の中からスマートフォンを取り出すと、はぐ、とそれを咥《くわ》えてからソファに飛び乗った。

肉球で、てしてし、とスマートフォンを操作しながらうつ伏せでブランケットに包《くる》まる。勢いがよすぎたせいか、ブランケットがめくれて尻だけ飛び出ている。そういえば姉に「あんたの尻って焼きたての食パンみたい。むっちむち」と評されたことがある。体形的に自分の尻は見えないのでわからないが、それ以来パン屋に行くとなんとなく食パンコーナーに目が行く「あぁ俺の尻もあんな感じなのかな」なんて。

まぁ今は食パンでもクリームパンでもなんでもいい。大事なのは自分の尻より目の前のスマートフォン。画面が切り替わる間にも、尻尾がぺぺぺぺっと左右に振れてしまって仕方ない。

（よかった、間に合った……！）

アーカイブでもいいのだが、やはりリアルタイムが一番いい。碧はスマートフォンを鼻先でぐいぐいと押してソファの肘置きに立て掛け、ぺたんと伏せのポーズで映像を見守った。

「えっ、あー……なにこれ、もう始まってる？」

「始まってるよ。タカに任せるといつもこれだよ」

「はい、どーも！　超新星アイドルグループ、スーパーメテオでーす」

画面に映った五人のメンバーがぱらぱらと挨拶《あいさつ》していく。ちゃんと編集されたテレビ番組や動画と違って締まりはないが、そのぶん「素」が出ているのが堪《たま》らない。実際ライブ画面の横を流れるコメントは「いつものグダグダ可愛い～」「待ってました！」「タカちいつまでも操作慣れてないのウケる」といった好意的なものばかりだ。碧も犬の姿のまま「あふ」と笑ってしまった。

彼らは大手芸能事務所に所属する五人組メンズアイドルグループ「SuperMeteor（スーパーメテオ）」、スパメテの愛称で親しまれている。アイドルグループといいつつ音楽やダンスの実力も高く、有名音楽プロデューサーが手掛ける楽曲はどれも話題になるし、企業とのタイアップも多い。デビュー三年目にして、事務所の看板といっても過言ではないほどの人気を博していた。

メンバーは明るく元気なセンターの宍原《ししはら》レンヤ、最年長でしっかり者のリーダー織嶋《おりしま》カケル。それから、どこか抜けているところもあるが歌唱センス抜群の御子柴《みこしば》タカ、ヤンチャな弟キャラの東雲《しののめ》アイラ、そして……。

「ちょっと、ハヤテくん、ハヤテくん」

それぞれメンバーが挨拶していく中、宍原が後方のメンバーを手招く。

「画面から見切れてるよ。ただでさえ身長高いんだから、フレームアウト気をつけて」

「あぁ」

高身長のその人物が、す、と身を屈《かが》める。と、コメントが滝のように、どぉっと流れた。

『ヴィジュアルが強すぎる』

『目っ、目が痛いほどに美しい』

『きゃあ――っ！』

『はー、歩く美術品。彫刻と絵画のハイブリッドハヤテくん、今日も輝いてる～！』

どどど、と流れるコメントを、進行役である宍原が「えーっと、とにかくハヤテくんカッコいい～ってことらしいです」と雑にまとめる。と、高遠……、高遠ハヤテは目を瞬かせてから「アリガトウゴザイマス」と無表情のままに礼を言った。それにまたものすごい数のコメントやハートが飛び交うが、高遠は、すん、とした顔で一歩下がり、じっとカメラを見ている。

「も、もうちょっとファンサ、ファンサだよハヤテくん」

宍原がそう言って諌《いさ》めるが、他のメンバーは笑ってしまっている。これがいつもの「高遠ハヤテ」だからだ。

『自分の顔がもはや芸術品だと理解しているのかいないのかよくわかんない態度がたまらない』

「わ、わかるぅ」

流れたコメントにうんうんと頷きながら、碧は自分が人間に戻っていることに気がついた。ソファの近くに準備しておいた服をいそいそと着込みながら、碧は画面に向かって手を合わせる。

犬化症候群の犬化は、心の昂りが落ち着くことで解消される。つまり、精神的に満たされ、穏やかで幸せな気持ちになれば人間に戻れるのだ。

人によっては「撫でられないと戻れない」「可愛いってたくさん言ってもらえないと満足できない」なんて他人の力を借りないと対処できない場合もあるが、碧は自分一人……いや、「高遠ハヤテ」がいれば十分だ。高遠の顔を見ているだけで心が癒されて、満たされて、あっという間に人間に戻ることができる。

「高遠さんの力で今日も人間に戻れました。ありがとうございます」

しっかりと十秒ほど拝んでから、碧はくたくたのブランケットを肩に掛けて、ふにゃりと微笑んだ。

碧は幼い頃からアイドルが好きだった。歳の離れた姉が元々アイドルや芸能人が好きで、その影響で……というのが大きい。好きなアイドルのコンサートに行ったり、出演する音楽番組やドラマを観たりするのは、小さい頃から当たり前の行為だった。

その中でも特に……というか、今はもう唯一無二でハマっているのが「高遠ハヤテ」だ。

高遠ハヤテはスーパーメテオの圧倒的ヴィジュアル担当だ。メンバーの中ではちょうど真ん中の今年二十三歳。碧のひとつ年上である。たしか冬生まれなのでまだ二十二歳のはずだが、その歳にして既に完成された顔面を持っている。

(はー、今日もすごい。顔面が強すぎる)

画面をぼんやりと眺めながら、碧は高遠の顔を観察する。

他のメンバーより拳《こぶし》ひとつ分抜き出た高身長は、公式では百八十五センチと発表されている。今どき風のセンター分けの黒髪に、意外と太めの眉、シャープな切れ長の目、すっきりと通った鼻梁《びりょう》に、薄い唇。年齢よりややたらと大人びて見えるのは、醸《かも》し出される色気のせいだろうか。ライブ配信中だというのに、ふ、とあくびをした顔さえセクシーで、メンバーは「おーい」と突っ込んでいるが画面はハートで埋まっている。

　スパメテのメンバーはそれぞれキャラが立っているので個別の仕事も多いのだが、高遠は圧倒的にその顔面力を活かしたモデルの仕事が多い。先日も海外有名ファッション誌の表紙を飾った、ということで騒ぎになっていた。「歩く芸術品」とはファンが彼を表する言葉だが、言い得て妙である、と碧も思う。

（でもなぁ。モデルもいいけど高遠さんは……）

「えーっと、それじゃあ最後に嬉しいお知らせです！　僕たちスパメテ、デビュー三周年を記念して……なんと、来年春から全国ツアーが開催されることになりました、拍手！」

「……っえ！」

　思い出に浸りかけていた碧は、ハッと顔を上げる。見るとメンバーが「わ〜」と拍手をしており、コメント欄は「おめでとう」の言葉で埋まっている。埋まっているというか、滝のように流れていてもはや目で追うこともできない。

「えっ、えっ、ツアー……全国ツアー！　ら、来年？　えっ？」

　碧がおろおろと立ち上がったり座ったりしている間にも話が進んでいく。

　来年といえば、おそらく社会人として働いている頃だろう。チケットが取れるか、そもそも休みが取れるかどうかもわからないが、今から楽しみで仕方ない。

「やっ……たぁ！」

碧は溢れ出る歓喜をブランケットにぶつけるように、むぎゅうっと抱きしめる。今度は嬉しさが過ぎてポメ化してしまいそうだが、もういっそそれでもいい。碧は「うへへへ」と笑いながら、ころころとソファの上を転がった。

二

スパメテの全国ツアーが決まり、最近碧はその情報を集めては順調にテンションを上げていた。スパメテのファン界隈もその件で大層盛り上がっており、その賑《にぎ》やかな雰囲気を味わうだけでも気分が上がる。おかげで精神も安定して犬化も落ち着いていたが、もちろんバイトのためにはちゃんとポメラニアンになる必要がある。

さて今日はどのお客さんの予約が入っていたかな……とバイト先である『ワンラブ』(『ワンちゃんラブ』と『ひとつの愛』を掛けた店名なのだ、と以前店長が誇らしげに教えてくれた。多少ダサ……個性的な名前だが、碧も嫌いではない)に確認の連絡をしようとしたところで、何故か店長から連絡が入った。日頃は客の管理も送り迎えも水本が担当しているので、店長から連絡が来るのはかなり珍しい。

「え、もともと入ってた予約を他の子に回して、代わりに初回飛び入り客対応? 俺が、ですか?」

『そうなんだよねぇ』

あっけらかんと明るく告げる店長の声を聞きながら、碧は「はぁ」と首を傾げる。

『かなりの大客で、身元は確かだよ、保証する。んでも絶対客の情報を漏らして欲しくなくてさぁ～……って、どのお客さんのことも漏らしてもらっちゃ困るんだけどね。個人情報大事～わはは』

店長は仕事のできる人だとは思うが、何事もふわふわと緊張感がないところがある。顔を合わせる時はいつもにこにこ（ニヤニヤとも言う）している店長の髭面《ひげづら》を思い出して、碧は目を瞬かせた。

『マルちゃんとかユーチカくんとか可愛い子いるけど、なんでかアオくんが良いってご指名でさぁ。ま、うちの店で一番真面目で口が固いのアオくんだし？　かえって良かったな～って』

「はぁ……」

それは言外に碧を「あまり可愛くない」と言っているのではないかと思ったが、口にはしなかった。悪い人ではないのだが、どうも正直すぎるきらいがある。まぁ信用はしてくれているらしいし……と自分を慰めながら、碧は曖昧《あいまい》な返事を返した。

『で、十八時から百二十分のコースなんだけど、いいかな？』

「はい、まぁ」

いささか気になる点はあるが、断るほどではない。店長が「身元は保証する」と言っているのだから、危険な仕事ではないはずだ。碧は戸惑いながらも依頼を受けることにした。

（でっ……かいな）

碧は目を瞬かせながらそのマンションを見上げた。最上階まで見上げると首が痛くなって、「はふ」と息を吐く。

店長の運転する車はスムーズにそのマンションの駐車場に入り、来客用スペースに停まった。

「でかいよね～」

まるで碧の心の中を読んだかのように店長が笑う。

いつもなら水本の仕事である送迎を、今日は店長が担当してくれていた。

（これは相当なお客さん……なんだろうけど）

こういった店に勤めていると、風の噂で「有名人に会った」「政治家が定期的にリピートしてくる」「すごいお金持ちの客だった」なんて耳にすることはある。が、碧はそういった客に当たったことはない。碧自身は一生懸命仕事を頑張っているつもりだが、キャストランクでナンバー付きになったことはない。店長も言っていたが、やはり犬にも「可愛い」のランクはあり、碧はまぁ中の中だ。ちなみに今『ワンラブ』の人気ツートップはトイプードルのマルちゃんとゴールデンレトリーバーのユーチカである。

（お、俺でいいのか、なぁ？）

はたして自分で大丈夫なのだろうか、という不安で、自然と尻尾が下がってしまう。知らぬ人物と過ごすのは慣れているが、こういったタワーマンションに住むような客の相手をするのは初めてだ。

エントランスに入る前の風除室で部屋番号を押して依頼主を呼び出すと、玄関の自動ドアが開く。

やり取りは全て店長がこなすので、碧はケージの中でそれをぼんやりと眺めていた。

（はぁ～中も広いな）

広々としたエントランスホールにはカウンターもあり、コンシェルジュも控えていた。いわゆる高級マンションというやつだろう。エレベーターもエントランスもオートロックもない自分のアパートと比べて、碧は「ほ～」と感心してしまった。

ほ、の形に口を開けているうちに、店長がするりとエレベーターに乗り込んだ。行き先ボタンをちらりと見ると、高層階の階数しか記されていない。どうやら高層階専用のエレベーターらしい。

「こ、高層階？　え、高層階？」と戸惑っているうちに、ポン、と軽い音とともにエレベーターが止まる。ケージの中から絨毯《じゅうたん》が敷き詰められた廊下を進む店長の靴を見ていると、ある部屋の前でぴたりと足が止まった。おそらくここが依頼主の部屋なのだろう。碧はケージの中でぷるっと身を震わせた。

「まぁアオくんなら大丈夫だと思うけど、くれぐれも粗相《そそう》のないようにね」

そう言ってコンコンと優しくケージを叩いた店長は、部屋のインターフォンを押した。

『はい』

「どうもぉ～、『ワンラブ』から来ましたぁ」

『開けます』

声からするに、どうやら客は若い男らしい。しばらくして、ガチャ、という解錠音とともに扉が開く。

（ん？）

ぬ、と部屋の中から現れたのは背の高い男だった。しかし、わかるのはそれだけだ。ケージに入れられたままなので、碧からは男の顔がよく見えない。

（背が高い、脚も長い……のはわかる、けど、んー……顔が見えない）

どうにか顔を確認しようとケージの中でもそもそと体を動かす。が、男の身長が高いせいで、位置的にどうしてもしっかり視界に捉えることができない。

「ありがとうございます」

「いえ～。事前に契約は交わしていただいておりますのでぇサイン等は結構です。というわけで……はいっどうぞ」

掛け声とともに、碧はケージごと男に向かって差し出される。今度こそ、と思ったがやはりちょうどいい具合に顔が見えない。

「こちら、ご指名のアオくんでーす」

「アオ？」

重低音の声で確認するように名前を呼ばれて、尻尾がしびびっと震える。なんというか、やたら耳がムズムズするような良い声だ。なんとなく聞き覚えがある気がして「ん？」と内心首を傾げる……が、すぐに「なわけないか」と自己完結した。こんな高級マンションに住まう知り合いはいない。

「はーい。ではご指定の時間にお迎えに上がりますのでぇ、どうぞ目一杯『ワンラブ』をお楽しみください」

わはは～、と軽い笑いを残しながら、店長は頭を下げてさっさと廊下の向こうへ消えていく。途端に、しん、と静かになってしまって、碧は戸惑いながらケージの中でもそもそと身動《みじろ》ぎする。

（む、無口な人なのかな）

デリポメの仕事だと初対面は「かわいい〜！」「よろしくね」と熱烈な歓迎の挨拶を受けることが多いのだが、今日の依頼者である男は終始無言だ。

何も言葉を発さぬ男の手に抱えられたまま、碧は玄関から部屋の中へと連れ込まれる。そして、マンションにしては広めの廊下の上に、ゴト、と下ろされた。男の手でケージの鍵が外され扉が開くが、やはりその間も声を掛けられることはない。

（これは、出ていいの、……か？）

結局「出ておいで〜」の言葉を待たず、碧はケージの外に出ておそるおそる男を見上げる。……と、男は何故か仁王立ちで腕組みしたまま、じっ、と碧を見下ろしていた。逆光でいまいち顔がよく見えず、碧はしぱしぱと目を瞬かせる。しかも、男は室内だというのに黒いマスクをつけていた。

（でか……、ってか、こ、こわ……。な、なんでマスク？）

「アオ」

いつもなら初めての時は「よろしくお願いします」と言うように愛想良く尻尾を振り「わんっ」と鳴くのがお決まりだ。が、いまだ顔もはっきり見えない謎の男に遥か高い位置から見下ろされている緊張から、喉の奥に毛玉が絡まったかのように声が出てこない。

「く……ひゃん」

ようやっと出てきたのはあまりにも情けない鳴き声だった。いや、鳴き声というよりは鼻を鳴らしたに近い。ひゃん、ひゃんと細い声を上げて、碧はせめてもというように首を傾げてみせた。

「似てる」

（……え？　に、似てる？　似てるって言ったか？）

じっと碧を見下ろしていた男が、思わずといったようにぽつりと漏らした。碧はぽかんと口を開けて男を見上げる……、と、その黒い切れ長の目に、何か見覚えがあるような気がして「ん？」と心の中で眉を顰《ひそ》める。目というか、そう、全体的に見覚えが……。

「あぁ、悪い」

碧がじっと自分の顔を見つめていることに気がついたのか、男はあっさりとマスクを取った。そして、ゆっくりと身を屈める。

「玄関開けて顔を出す時はこれを着けるのが癖になっていて」

「く、ひゃ……」

どんどん近付いてくるその顔に、碧は目を見開く。同時に、胸の中がどうしようもないほど熱いものでいっぱいになって、呼吸が止まって。意図せず犬歯が震える。うわ……と人間の姿なら両手を口に当てていただろう。

意志の強そうな眉に切れ長の目、高い鼻、薄く整った唇。お手入れは何をしているんですかっ、と聞きたくなるようにきめが細かくつるりとした肌。手触りの良さそうな烏《からす》の濡れ羽色の髪をさらりと揺らして、男が首を傾けた。

「アオ。俺は高遠、高遠颯《はやて》だ」

目の前にいたのは高遠。そう、あの「高遠ハヤテ」だった。スーパーメテオの最強ヴィジュアル担当メンバー。座れば絵画、立てば彫像、歩く姿は美術館と呼ばれる、あの、高遠ハヤテ。天下一ヴィジュアル格闘技大会優勝と名高い、あの、高遠ハヤテなのだ。

「よろしく」

ぽかんと口を開ける碧の頭に、そ、と高遠の手が触れる。すりすりと優しく動くその手は勘所をよく心得ており、さりげなく、額から耳の付け根のあたりにかけてをふにふにと優しく揉み込んでくれる。

（あ、あれ、あ、あえ？）

碧が嫌がっていないと見てとったのか、高遠は碧の両脇に手を差し込み無言で持ち上げてきた。

「わう、わ、わう」

抱えられて、空中で脚をぱたぱたと蠢《うごめ》かせる。何かこう、良くない予感がしたのだ。しかしそんな抵抗など意にも介していないらしい高遠は「お」とどこか楽しそうな声をあげる。

「元気がいいんだな」

うごうごと脚を動かす碧に、高遠が微笑んでみせる。

そう、微笑んだのだ。あの高遠ハヤテが。どんなに「ハヤテくんもっと笑って！　スマイルだよ、スマイル！」とメンバーに促されてもそうそう笑顔なんて見せない高遠ハヤテが。出演したドラマで微笑むだけで「高遠ハヤテの笑顔」というワードがＳＮＳでトレンド入りしてしまう高遠ハヤテが。コンサートで笑顔を見せようものなら会場が揺れるほどの歓声と悲鳴をファンに迸《ほとばし》らせる高遠ハヤテが。

「よしよし」

そして片手で碧を抱えたまま「いい子だ」と言うように、碧の白い胸毛をわしわしと撫でる。それは思わず、ほわぁ……とストレスが昇華されていくような心地よさで。

（う、あ、ヤバいこれ、ヤバ）

必死でホラー映画の一場面を思い出す。恐ろしい怨霊が街を徘徊《はいかい》するホラーだ。建物の陰に隠れる主人公たちの背後からひたひたと怨霊が忍び寄って……そして、そして。

（そして、ほわほわの胸毛を撫でられて、気持ちよくて、いい匂いで……って、違う違う違う！）

気がついたら「へけ……」と間抜けに舌を出していて、慌てて姿勢を正す。しかしもう、背筋を伸ばしたくらいではどうしようもなく……。

「ぅあっ！」

まずい、と思った時には既に遅く。ぽひゅんっ、と情けない音とともに、碧の視線が高くなる。

「あ？」

「あ……」

一拍置いた後、真正面から向かい合った高遠の眉間に皺《しわ》が寄るのが見えた。碧は言葉らしい言葉を紡ぐこともできないまま「ひゅっ」と息を呑む。人間、本当に焦った時は悲鳴すら出てこないらしい。

「あ、う、え」

そう。碧は、人間に戻っていた。それはもうすっかりばっちり、どこからどう見ても人間だ。

ずしりと重くなったからだろう、高遠の腕にグッと力がこもる。当たり前だ、人間の成人男子を腕に抱えているのだから。

「……、アオ、か?」

顰められた眉を片方上げて、高遠が不審気に問うてくる。碧の顔からサァっと血の気が引いた。

「す……」

「す?」

碧の言葉に、高遠が首を傾げる。その黒い瞳を見つめていられなくて、碧はくしゃりと顔を歪めた。

「すみませんでしたぁっ!」

高遠の腕からひゅぽっと抜け出し、碧は床に手をついてその場で頭を下げる。心臓が痛いほど高鳴って、頭がガンガンと痛い。あまりのストレスに犬化してしまいそうだが、今更変化したところでなんの贖罪《しょくざい》にもなりはしない。

「サ、サービスご利用中に人間に戻るなんて、本当に、とんでもないことを!」

額を床に擦りつけんばかりに頭を下げて、碧は「すみませんすみません」と繰り返す。

「……、まぁ」

高遠が何か言いかけたので顔を上げる……と、きらきらと美しい顔を見上げることになってしまった。碧は衝撃波をくらったような気持ちで「うぐぅっ!」と呻き目を閉じる。先ほどからダラダラと滝のように流れる汗が止まらない。

「ほんっとうにすみません! あの、このお詫びは何かしらの形でしますので、あの、あの、すみません、……一旦失礼をっ！」

こうなってしまってはもうどうしようもない。碧は頭を下げながらとりあえず一度この場から下がろうと立ち上がり……かけて、自身の体を見下ろしハッとする。バッと体の前に手を持ってきて、そしてそのまま「うぅ」と呻いて縮こまる。

（なんでもう、なんでもう、なんでもうっ！）

碧は裸、そう、シャツ一枚下着一枚身につけていない正真正銘真っ裸だった。犬の姿で人間の服を着ているわけはないのでそれは仕方ない。仕方ないのだが、この状況ではもう、泣き喚《わめ》いて消え果ててしまいたくなる。

（なんでこんなことに……っ！）

いくら犬化していても、きちんとした自制心があればこうあっさりと人間に戻ったりはしない。戻るにしても「あ、戻りそうだ」という感覚は自分でちゃんとわかるし、戻るまでに時間もかかる。「戻りそうだ」と思った瞬間にノータイムで人間に戻るなどあり得ないのだ。

そう、基本的な防衛本能というかなんというか、犬化症候群の人間が犬から人間に戻る時、それなりに尊厳は保てるような仕組みになっている。何しろ「気を抜いたら人間になっていました」なんてあちこちで犬が人間に戻っていたら、街中に突然現れる裸の人間のニュースが絶えないだろう。

感覚的には、人前で排泄をしないのと同じようなものかもしれない。トイレでないところで用を足さないのと同様、本人が「ここで人間に戻るぞ」という気持ちがなければ成立しない、はずなのだ。はずだったのだ、少なくとも碧にとっては。

「あの、すみません」

もはやこすりつけすぎて床に穴が空くのではないかというレベルで、碧はさらに頭を下げる。いやもう叶うことなら、そのまま穴を掘って埋まってしまいたい。地中奥深くに潜《もぐ》ってそのままそこで一生過ごしたい。が、ここは高層マンションなので穴を掘っても下の階の住人を驚かせるだけだろう。

「ふ、服を……いえ、何か身を隠す、布か何か……お、お借りできないでしょうか」

もういっそ夢であれ……！　と強く願いながら、碧は憧れの人である高遠に情けない頼み事をした。

三

「はぁ……」

「谷敷、お前大丈夫か？」

正面から問われて、碧は「ん？」と顔を上げる。向かい側には、同じ学科、同じゼミの高比良《たかひら》が変な顔をしていた。そこでようやく、今日は卒論作成のための実験をしに大学に来たこと、そして一段落したところで昼ご飯を食べに学食に来たことを思い出す。意識すればざわざわと騒がしい周囲の音も耳に入ってくる。碧は「え？　大丈夫って？」と高比良を見つめ返した。

「溜め息。今ので五回目だぞ」

そのうどんそんなに美味くないの、と重ねて問われ、碧は手元を見下ろす。そこには半分伸びたきつねうどんがあって、碧は慌てて箸を持ち直す。

「いや、……いや、うん、うどんは美味いよ。美味いんだけど……」

そう、うどんに問題はない。問題があるのは碧の方だ。ちゅる、と麺を啜《すす》ってから、碧は「はぁ」と苦しい溜め息を吐く。

「ほらまた。なぁ、体調でも悪いのか？　今週いくつか講義休んでただろ」

「あー……、いや、いやぁ」

心配そうに聞かれて、碧は申し訳ないやら気まずいやら、なんとも言えない気持ちでこめかみをかく。

「ちょっと、バイトで失敗しちゃってさ」

「バイトで？」

うん、と頷いてから、碧はしょんぼりと項垂《うなだ》れるように顔を俯けた。澄み切った出汁《だし》の中に、ゆらゆらと揺れる自分の影が滲《にじ》んで見える。

「ほんと、とんでもない失敗」

あの日。「高遠ハヤテ」と、デリポメのキャストと客として出会った日。ぺこぺこと頭を下げる碧に、高遠は「これでいいか？」と何を考えているのかわからない無表情で服を貸してくれた。

犬の碧には微笑みを見せてくれた高遠であったが、人間に戻った途端いつもテレビや動画で見る無表情になってしまった。無表情すぎて、怒っているのかどうかもいまいちわからず。碧は苦しい気持ちでサイズ感の違いすぎる服を着込んだ。

そりゃあ金を払って犬と会うはずだったのにいきなり裸の男が出てきたら幻滅……どころか絶望だろう。裸で追い出されなかっただけマシだ。マシなのだろうが。

（よりによって高遠ハヤテ、高遠ハヤテに……とんってもない失態を）

碧は何度も何度も頭を下げて、高遠の部屋を飛び出した。どうにもこうにも居たたまれなかったのだ。「あ」と高遠の引き止めるような声が聞こえた気がしたが、その頃にはもう碧は脱兎《だっと》のごとく廊下に飛び出て、エレベーターに駆け込んでいた。

その後迎えが来るまで駐車場で待とうと思っていたのだが、約束の時間の前に店長が迎えに来た。なんと叱責されるかと怯えたが、店長はあっけらかんとした様子で「なんか大変だったみたいだね～」と笑っていて、碧は拍子抜けした。

姿を見ればわかるだろうが、正直に「あの、俺、人間に戻っちゃって」と伝えるとあっさり「知ってるよ」と返ってきて。

「高遠さんから連絡あったもん。人間に戻って部屋を出ちゃったから、迎えに来てあげて欲しいってだからこうやって時間より早く来れたんだよ、なんて言われて。碧は「そ、そりゃそうですね」と項垂れることしかできなかった。そして五分と仕事をこなすことができなかった自分に対して気遣いを見せてくれた高遠に感謝し、同時に、さらに申し訳なく、居たたまれない気持ちになった。

店長は「まぁ怒ってる風でもなかったし、返金もしなくていいってことだったし、いいんじゃない？」と碧を慰めてくれた。もちろん、碧にとってそれは慰めにもなんにもならず、余計に自責の念に駆られただけであったが。

（服も返したいけど、押しかけるのは絶対に迷惑だろうし。でも連絡先も知らないし……）

高遠に借りた服は、よくよく見ると、とんでもない高級ブランドの服であった。一応クリーニングに出したけれど、困ったことに返すあてがない。

かといって、店長に連絡を取ってもらうのも大変気まずい。いや、それしか方法はないのだから早くそうすべきなのはわかっている。わかっているのだが……。

「はぁ」

重たい溜め息を吐くと、高比良が「また出た」と笑った。

「谷敷って真面目だし、なんでもそつなくこなしそうなのに、失敗なんてするんだな」

「いや……、まぁ、どうかなぁ」

これまで自分なりに気をつけて仕事をしてきたはずだったが、よりにもよって高遠ハヤテを前にしてとんでもない失態を犯してしまった。いや、高遠でなくとも客の前で失敗するのはよくないのだが。いやでも、でも……とぐるぐる思い悩んでいると、高比良が不思議そうに首を傾げた。

「そこまで落ち込む失敗って何？　店の皿全部割ったとか？　客にビール頭からぶっかけた？」

高比良はじめ大学の友人には「飲食店で働いている」と伝えているので、皆、碧は居酒屋か何かで働いていると思っている。それもあっての「皿」や「ビール」という問いかけなのだろう。が、碧はふるふると首を振った。

「それよりひどいかも。個人のお客さんに、あー、とんでもないご迷惑？　をおかけした的な……」

「マジで？」

驚いたように目を見開く高比良に、はは、と情けない笑みを向ける。

「クビにならないのが不思議なくらい」

そう言って肩をすくめた時、テーブルの上に無造作に置いていたスマートフォンがヴヴッと震えた。

「えー、なにしたんだよ。なんか客先に謝りに行ったりしなくちゃいけないやつ？　菓子折りとか持って」

苦笑いで問いかけてくる高比良に「うーん」と曖昧に返しながら、机の上に置いたスマートフォンを、とと、と指先だけで操作する。

「ん……？」

届いたメッセージの内容を目線だけで二度確認して、碧は「うぁ」と情けない声を絞り出した。

「いや、ほんと、それかもしれない……」

「それ？」

「菓子折り持って土下座で謝罪」

碧の言葉に、高比良が「はぁっ？」と目と口を開く。

碧は弱々しく笑いながら、手元のスマートフォンに目を落とす。そこには、店長からのメッセージが届いていた。

『店長：高遠さんからもう一度アオくんご指名が入ったから、明後日午後七時からバイト入れないかな？』

何度読んでも変わらないそれをもう一度上から下まで読み返して、頭を抱える。

「おーい、大丈夫？」

「大丈夫……、いや、うん……はぁー……」

心配そうに声をかけてくれる高比良に頷きながら、ついに本日八度目となるどでかい溜め息をこぼして碧は机に突っ伏した。

『謝罪ぃ？　違う違う、普通にもう一回指名したいんだってさ。アオくんを』

高遠は謝罪ではなく普通のサービスを求めている、という店長の言葉に碧は愕然《がくぜん》とした。

「なっ、なんでですかぁ！」

人気《ひとけ》の少ない実験棟の休憩所とはいえ、まったく人がいないわけではない。大きな声を出しすぎたことにハッとして、碧は声を抑えて「なんでですか」ともう一度繰り返す。

何がどうしたら目の前で犬から人間になってしまった奴にもう一度サービスを頼もうというのか。

『いや、知らないよ』

伸びたうどんを超特急でかき込み、店長に「さっきのメッセージ、どういうことですか？」と電話をかけてみると、彼はいつも通り「さぁ～？　俺もよくわからないんだよね」とあっけらかんと返してきた。

『だって高遠さんがアオくんがいいって言い張るんだもん。こっちだって申し訳ないから他の子無料で指名していいですよぉって言ったんだよ？　でも頑《かたく》なにアオくん一択』

「え、えぇ……」

店長自身も不思議に思っているらしい。が、碧ほど深くは考えていないらしく「まぁいいんじゃない？」とケロッとしている。

『こっちとしては何も文句はないし。逆にアオくんは何が不満なの？』

そう言われて、碧は思わず「うっ」と言葉に詰まってしまった。いや別に、不満なんてあるわけない。あるのは申し訳ない気持ち、それと、どうしようもない恥ずかしさだけだ。

（いやだって、仕事らしい仕事もできないまま裸になって、は、裸になって……っ！）

あの時のことを思い出すだけで、ぐわ～～っと頭を抱えて転がってしまいたくなる。

実際、あれ以来生活の中で何度もあの場面を思い出しては、ぽひゅ、ぽひゅ、とたびたびポメ化している。満面の笑みを向けてくれる高遠の目の前に、間抜《まぬ》けにも裸で登場することになった自分。裸の男を抱える羽目になった高遠。シャワーを浴びている時、ベッドに入って電気を消した時、不意に思い出しては「くぅ～っ」と呻《うめ》いてじたばたしてポメ化して。最近講義を休みがちだったのもそのせいだ。

（もう一度高遠さんに会うなんて無理、無理だと思った……けど）

店長に電話をかけたのは、断《ことわ》ろうと思ったからだ。もう顔を合わせることすら申し訳なくてできないのだ、と。絶対に自分より相応しいキャストがいる、と。

（けど）

そこで、碧は下げきっていた頭を持ち上げる。

これは自身の恥に向き合うのと同時に、チャンスでもあるのだ、と気付いたからだ。なんのチャンスかというと、デリポメキャストとしての「挽回のチャンス」。

碧は高遠ハヤテのファンだが、それ以前に『ワンラブ』のスタッフだ。『ワンラブ』は犬化症候群の犬化を活かして客を癒すのが仕事。先日はまったくその「仕事」ができないままで終わってしまった。高遠ハヤテということを抜きにして、碧は客を満足させられないまま金を払わせてしまったのだ。

碧は碧なりに、この仕事に誇りを持って務めてきたのにもかかわらず。

（このままでいいのか？　高遠さんに『こんなものか』と思われるような仕事しかできなくていいのか？　……いや、よくない）

なんて反語を心のうちで繰り返してから、碧は「い、行きます……、依頼、引き受けます！」と店長に返事をした。

『だよね～。で、いつにする？』

店長の中ではもう決定事項だったらしく至極《しごく》軽い調子で受け入れられてしまった。が、碧はそんなことお構いなしに、軽く拳を握りしめていた。今度こそ、今度こそアオとして高遠を満足させてみせる、と。

「めちゃくちゃストレス溜めに溜めて、絶対高遠さんを満足させてみせます！」

『あ、そう？　無理はしないでねぇ。じゃ、明後日迎えに行くね～』

碧の熱く固い決意にも、店長はやはり軽く返してくる。まぁ、店長にとっては碧の決意などどうでもいいだろう。碧はグッと拳を握りしめてそれを胸に当てた。

（高遠さんに、『ワンラブ』のアオの本気を……見せる！）

めらめらと決意の炎をたぎらせる碧のことなど知らぬ店長が「じゃ、明後日ってことでよろしくね〜」と言って通話を切る。碧は気合いを入れるようにスマートフォンを握りしめ「やるぞ、やるぞ！」とそれを空に向かって持ち上げた。

四

「これだけは二度と観ない」と固い決意の下に封印していた、幼少期に観てトラウマになったゾンビ映画を観て。苦手な辛いものを泣きながら食べて、高遠との恥ずかしい出会い含め過去の「わーっ！」と叫び出したくなる出来事（幼い頃海に行った帰りにパンツを忘れて泣きながらノーパンで帰ったこと、文化祭の催しで似合わない女装をさせられたこと、友達へのラブレターを自分宛かと勘違いしてしまったこと等々）を唸《うな》りながら無理矢理思い出して。碧はそうやってこつこつとストレスを溜め続けた。

そう、碧なりに最大級に頑張った。頑張ったのだ。

「これでとどめだ！」と、出勤前にホラー映画を観て激辛やきそばを食べて「辛い」とひんひん泣きながら、ぽへ、と犬化して。そのまま、いざっ、と決戦に臨《のぞ》むような気持ちでバイトに向かったのだ。

勇ましく店長の運転するワゴンに乗り込み、いそいそとケージに入り、来訪二度目となる高級マンションにも臆することなく、店長の提げるケージの中でもキリリとした表情を崩すことなく。そして……。

「すっ、すみませんでしたぁっ」

碧は再び、歩く芸術品……もとい高遠ハヤテの前で土下座していた。全裸で。

高遠は相変わらずの無表情でそんな碧を見下ろしている。その、何を考えているかわからない彫刻のような美しい顔をちらりと見上げて、碧はぶるぶると震えながらもう一度「ずみばぜん」とほぼ半泣きで頭を下げた。

いや、前回よりはかなり保ったのだ。来訪直後に笑顔で「アオ」と声をかけられても、「触っていいか？」と律儀に声をかけられてから（高遠も前回のアレで思うところがあったのだろう）よしよしと頭を撫でられても、「こっち」とリビングに誘われても耐えた。ほわ、と蒸発しそうになるストレスをどうにかかき集めて耐えたのだ。

そこからさらに「これ、アオ用にクッション買ってみたんだ」とふわふわのタッセルがついたクッションを差し出されても、心の中では「うわ〜っ！　高遠ハヤテが俺に喋《しゃべ》りかけてくれてる、頭撫でてくれてる、俺にクッション差し出してくれてる！」と叫んでも。優しく撫でまわされて、自然と後脚が、空中をかきそうになっても（気持ちよく撫でられるとどうしても後脚が持ち上がってしまうのだ）。それでも、顔には出さずにどうにか「くひっ」と情けない鳴き声をあげて、せめて可愛くあろうと高遠の手に鼻先を擦りつけたり、尻尾を振ったり、クッションに座ったり。どうにか、どうにか仕事を全《まっと》うしようと頑張った。

しかし、高遠が碧を胸に抱いたから。そのままとんとんと背中を叩いて、額のあたりに鼻先を擦りつけて、スゥ、と嗅ぐから。それでもう駄目だった。

碧は「あぁ〜〜っ」と絶望の声をあげながら、ひゅぽっと人間に戻ってしまって。そしてソファに座る高遠の膝の上で裸のまま対面することになってしまった。

……からの、速攻床に下りて土下座だ。そして冒頭の「すっ、すみませんでしたぁっ」に戻る。

「こ、こ、こんなつもりじゃなくてっ、ほんと、あのすみません……っ」

「いや」

高遠は先ほどまで碧を抱いていた手をにぎにぎと惜しそうに開いたり閉じたりしながら、小さく溜め息をこぼした。目の前にいる碧のことは見ておらず、ひたすらその手を見下ろしている。まるで、アオの感触を思い出すように。

「少しでも触れたから、いい」

「……高遠、さん」

そのどこか切ない顔を見て、碧は高遠が本当に「アオ」を望んでいたことを知った。理由はわからないが、高遠はアオを気に入ってくれているらしい。だというのに、今日もまた十分そこらで人間に戻ってしまった。碧が武士なら「切腹してお詫びを」と言っているところだが、生憎《あいにく》と碧はただの犬化症候群の人間で、今は素っ裸の成人男子だ。ここで腹なんか切っても、迷惑になるだけだろう。

「あ、あの……」

碧はごくりと喉を鳴らし、そして正直に事情を説明することにした。アオを求めてくれた高遠へ、せめても誠実に対応したかったからだ。

「せっかく指名していただいたんですが、俺、あの、たっ高遠さんのファンで」

もはや恥も外聞もなく、言い訳のように本当のことを話す。と、高遠は興味なさ気に「そうなんだ」と頷いた。まぁ高遠のファンなんて男女問わずごまんといるだろうから、その反応もしょうがない。

碧は、しょぼ、と悲しい気持ちになりながら「だから、あの」と尻すぼみに声を小さくしていく。

「ポメ化するには感情の高ぶりが必要なんですが、高遠さんを見ていると心が幸せになるといいますか安定するといいますか、つい人間に変身して……っていうかあの感情のアップダウンが激しくて、多分このままじゃきっと……わうっ！」

言い終わらないうちに視界がぐるんと回って、今度はまた犬化してしまった。ぺしゃ、と床に倒れ込んで、慌てて顔を上げる。

「アオ」

高遠は不思議そうにそう言って、ソファから下りると碧の前で膝を折って顔を覗《のぞ》き込んでくる。黒い宝石のような瞳に覗き込まれて、碧は「ひっ」と飛び上がる。床の上でかしかしかしっと脚を動かして真っ直ぐ姿勢を保とうとするも、フローリングで滑ってしまって無様に転んでしまう。

あまりの情けなさに「へう」と舌を出して心中で泣いていると、口元に手を当てた高遠が「ふっ」と笑った。驚いて、舌を出したまま顔を上げてしまう。

「つまり、俺のファンだから犬にも人間にもなるって？」

端的に問われて、碧は情けない気持ちで「……きゃん」と小さく鳴いた。その通りです、すみません、と伝えるように。

「わかった」

申し訳なさに伏せる碧を見下ろしながら、高遠がなんてことないように言う。碧は「は？」と思いながら高遠の顔を見上げた。

「別にいい。アオに会えるなら、途中で人間に戻ってもいい。だからこれからも会いたい」

高遠のやたら真っ直ぐな視線に、碧はたじたじと後退る。

（それはさすがに……）

申し訳ないにもほどがある。そう思ってちらりと玄関に続く扉の方に目をやるが、その間も高遠はジッと碧を見下ろしていた。

（う）

やたら瞬きが少なく感じるのはどうしてだろうか。そのせいで作り物めいた顔が余計に精巧な美術品のように見えて……。

「くぅ、……きゃん」

一度情けなく鼻を鳴らしてから、碧は了承の意味を込めて、ぽふ、と高遠の膝に片脚をのせた。

途端、高遠が嬉しそうに「よかった」と顔をほころばせる。

（ひぃ……っ！）

その笑顔のあまりの眩《まぶ》しさに、碧は目を閉じるようにくしゃりと顔を歪める。直視すると目から溶け出してしまいそうだったからだ。しかも高遠はその嬉しそうな顔のまま、碧に向かって手を伸ばしてきた。

「ありがとう。嬉しい」

（ひぃ――っ！）

むぎゅ、と抱きしめられて、碧はしびびびっと尻尾を震わせながら心の中で悲鳴をあげる。同時に、高遠の柔らかな良い香りが鼻腔を、そして耐え難《がた》いほどの多幸感が胸の内を満たす。

ぽひっ。

「だっからっ、ファンだからダメなんですって！」

もはや半泣きになりながら、高遠の胸板を押しのけるように腕を突っ張る。突然人間に変わってももう動揺することもなくなった高遠が、そんな碧をジッと見下ろしてくる。

「犬になれる？」

「多分、もう少ししたら……」

高遠は碧の返事を聞いて「わかった、待つ」と頷いた。そのまま、じ……っとひたすらに見つめ続けられて、碧は視線を右にやり左にやり、降参するように手をあげた。

「あの」

「どうした」

「多分、見られてたら……無理かもしれません」

高遠は目を瞬かせると「そういうもんか」と言って立ち上がった。そして顎に手を当てたまま、やはりジッと碧を見下ろす。

「似て、なくもないんだな」

「へ？」

高遠はそう言うと、おもむろに碧の頭に手をのせた。大きな手が、ぽす、と碧の頭を包み込む。

「人のアオと、犬のアオ」

よしよし、と人間の姿の頭を撫でられて、碧はそのままそこで爆発しそうになりながら「ひぃえっ？」と情けない声をあげた。

「そりゃ、あの、いや、そりゃあ……」

そりゃあ犬の姿になっても俺は俺ですしあのその、と言葉を紡ごうとしたが、どうにも呂律《ろれつ》が回らない。碧は「ひぃ」とやはり言葉にならない音を漏らしてからギュッと目を閉じる。

（いや、いや、バイトだから、高遠さんもいいって言ったから、いいんだけど、いいんだけどっ、いや、……これでいいのかぁっ？）

「ん？」

ちら、と見上げるとやはり高遠は機嫌良さそうに碧の頭を撫でている。どうやら高遠にとっては犬の姿にさえ変わるのならば、人間の姿の時間があっても問題ないらしい。

（いや、いや……こっちの心臓が、もたない、もたないもたない）

碧はまたも犬になりそうな気配を感じながら、どきどきとうるさい胸に手を当てて「うぐぅ～」と呻いた。

五

「どうもぉ～、『ワンラブ』です」

軽快な呼び出し音の後に店長がインターフォンに呼びかけると、しばしの間の後、勢いよく玄関扉が開いた。

「アオ、久しぶり」

現れた美しい顔、かつそこにのった光り輝かんばかりの笑顔に、碧はもちろん、店長も「わぉ」と驚いた声をあげる。

「お待ちかねだったみたいですね～。お顔きらきら素敵ですぅ～。はい、こちらアオくんです。今日もたくさんよしよししてあげてくださいね」

お決まりの台詞《せりふ》を言って、店長が胸に抱いた碧を高遠に差し出す。慣れないうちはケージを使用するのが店の決まりだが、高遠はもうそれを必要としない。

高遠は「どうも」と短く答えてから、優しく碧を抱きしめた。一瞬、フワ、と力が抜けかけるが、碧はふるふるふるふると首を振ってから「よろしくお願いします」と伝えるように鼻を鳴らした。

「や～、最初は人間になっちゃってご迷惑おかけしちゃったみたいですが、その後は上手くやれてるようでよかったです～。これからもご贔屓《ひいき》に」

店長は首の後ろに手をやりながらそう言うと、ではでは、と明るく去っていった。その背中を見送ってから、碧は高遠の腕に抱かれたまま、ちらりと視線を上げる。

「わん」

碧は「今日もよろしくお願いします」という気持ちを込めて、こてんと首を傾げる。と、高遠は無表情ながらもどこか嬉しそうに口の下の毛の短い箇所をしょりしょりと撫で、「可愛い」「すごく、可愛い」と頷いた。

最近ようやく高遠の「可愛いポイント」がわかってきた気がする。碧は「へふ～」と力の抜けた顔で笑った。

碧が高遠に指名されるようになってから、はや三ヶ月が経とうとしていた。

高遠は売れっ子アイドルらしく大変多忙で、利用頻度はまちまちだ。本人的には「一週間に一回は利用したい」ということだが、それ以上の期間が開くこともざらだ。

それでもやはり一回の時間が長いので、碧もだいぶ高遠に慣れてきた。いや、その顔面力には負けっぱなしだが、人間でいる時間はだいぶん短くなってきた。最近は安定して犬の姿で高遠と過ごせている。

高遠はどうやら本物の犬のように碧とのんびり過ごすことを求めているらしく、過剰なサービスを要求してはこなかった。ただ……。

「アオ、アオ」

最近定位置となったふわふわタッセル付きのクッションの上に座っていると、いそいそと隣に腰かけた高遠が「いいモノを買ってきた」とまるで怪しい売人のような声のかけ方をしてきた。

碧は寝そべったまま耳だけを立てて高遠を窺《うかが》ってみる。

「これ」

高遠が取り出したのはボール型の犬用おもちゃであった。高遠が手に力を入れると、ぷい、と軽やかな音がする。どうやら噛んだり踏んだりすると音がする仕組みらしい。

犬化しても、もちろん中身は人間だ……が、本能として犬の方に引っ張られることもある。たとえば広々とした公園を走り回りたくなるし、撫でられると気持ちがいいし、ボールやフリスビーを投げられると追いかけたくなる。というわけで高遠もおもちゃを用意してくれたのだろうが……。

「ぐぅ！」

（高遠さん！）

唸るように喉を鳴らして、物申すように立ち上がる。……と、高遠が「お」と声をあげた。そして、ぷい、ぷい、とおもちゃを鳴らしながら、右手と左手を使いリズミカルに持ち替える。

「ぐ、う、……うぅ」

碧は唸りながらも、つられるように顔を右へ左へと向けてしまう。ぷいぷい音が鳴るのが良くないのだ。そんな音を出されたら、目で追わずにはいられない。

「それ」

碧がてしてしと交互に前脚を動かしはじめたのに気がついたのか、高遠がおもちゃをぽいっと遠くへ投げた。碧はちゃかちゃかとフローリングの上を走り、おもちゃが着地したラグの上に滑り込む。

そのまま、あぐあぐあぐとおもちゃに噛《かじ》りついた。

（う、この、歯ごたえがまたいい感じで、うう、音が、う～っ！）

噛むたびにぷいぷいと鳴るおもちゃを歯で噛み脚で蹴りながら転がっていると、穏やかな顔でこちらを見守る高遠の顔が見えた。碧は、ハッと我に返って、そろそろと咥えていたおもちゃを離す。離す瞬間、ぷい～……と情けない音が響いてなんともいえない心地になった。

「……ぁんっ」

人間でいうところの咳払いをするように何度か鳴いてから、碧はスッと姿勢を正した。

「気に入ったのか」

いや違いますからっ、という意味を込めて、高遠に向かってきゃんっと吠える。今さら感は否めないが、そうなんです～とへらへらするわけにはいかない。何故なら……。

「ぅわん！」

碧はソファを飛び降り、てけてけっと部屋の隅に置かれた箱まで走った。

「わんっわんっ」

箱の中には、大小様々色とりどり、多種多様なおもちゃがぎっしりと詰まっている。碧は鼻先でその箱をずずっと高遠の眼前に押しやった。

「今度はそっちで遊びたいのか？」

しょうがないな、と言いたげに箱に手を伸ばした高遠に、碧は首を振って「ちがうちがう」と伝える。

（おもちゃっ、買いすぎなんですって）

そう。高遠は碧が来るたびに「いいものを買ってきた」と、いそいそと嬉しそうにおもちゃなりブラシなり服なり小物なり犬用おやつなりを与えてくる。それはもう、大好きな推しに貢ぎに貢ぎまくるファンのように。

「もしかして、『また買いすぎ』って怒ってるのか」

高遠はようやく気付いたというように眉を上げる。碧はここぞとばかりに「ひゃんひゃんひゃん」と繰り返した。その場でくるくると回って飛び跳ねると、高遠は顎に手を当てて困ったように眉根を寄せた。

気持ちが伝わったか、と「わふ」と口を開けて見上げると、高遠は「可愛い」と呟いた。思わず、どへっとその場に倒れ込んでしまう。

（うっ、まさかあの『高遠ハヤテ』とコントじみたことをするなんて）

ああもう、と倒れ込む碧の前でそっと膝を折る。ハッ、と気付いて逃げようとするものの、その前に高遠の長い腕に捕まってしまった。

「アオが可愛いのが悪い」

「……ひんっ」

高遠は碧を腕に抱き込んで、よしよしと優しく頭を撫でてくる。

「この間来た時、音が出るおもちゃで喜んでただろう。何回もぷうぷう言わせて、咥えたままソファに座ってた姿が忘れられなくて」

言い訳のように言い募る高遠の腕の中で、碧は密かに感動を噛みしめていた。

（ぷうぷう！　高遠ハヤテがぷうぷうって言った）

半年経ってもいまだに新鮮に高遠の言動に震えてしまう。

しかしそれはそれとして貢ぎすぎはよくない。そのことだけはきちんと主張しておかなければならないのだが……。

（言わなきゃ、なんだけど）

「なぁ、アオ」

碧の頭を撫でたまま、高遠がソファに腰かける。そのままよしよしと腹を撫でられて、碧は舌を出して脚を曲げてしまう。

「だから、ついおもちゃを買いすぎてもおかしくない。な？」

最後にむぎゅっと頬を挟まれて、碧は「うう」と唸りながら体を震わせる。そのまま、もち、もち、と両手で頬を揉まれて、パン生地のように捏《こ》ねられて、ほわほわといい気持ちになって。

（う、あ、まずい）

碧は慌ててふすふすと鼻を鳴らして高遠の手を押しやる。そしてそのままソファに用意されているブランケットに体ごと突っ込んだ。

飛び込んだと同時に、ぽひゅ、と間抜けな音がして体から力が抜ける。

「んも〜」

碧はまとわりつくブランケットからもぞもぞと顔を出して、不満の声をあげた。

「いくらなんでもおもちゃ買いすぎですってば。あと、毎回誤魔化《ごまか》すためによしよししまくるのやめてくださいよ」

ブランケットを被《かぶ》ったまま情けない顔で、犬の姿の時は言えなかった不満を伝える。と、しれっとした顔の高遠が肩をすくめた。

「誤魔化してなんかない」

「いや、誤魔化してますって。俺が高遠さんに撫でられるの好きってわかっててやってるでしょ」

「撫でられるのが好きなのか」

「好き……っ、いや、好きですけど、好きですよ」

そう言うと、優しい顔をした高遠が「そうか」と嬉しさを噛みしめるように頷く。「アオ」を思っている時の高遠の微笑みの破壊力はとんでもない。もし碧が悪《あ》しき存在であれば、高遠の笑みをこんな距離で食らってしまったら「ぐわぁあああ！」と断末魔の叫びをあげながら浄化されていただろう。それくらい、高遠の笑みは清らかで神々しく、かつ、とんでもなく美しい。なんというか、つい拝みたくなってしまうほどだ。

碧は無意識のうちに両手を合わせそうになって、ぐっと堪《こら》える。そして、ぐぬぬと口をすぼめた。

「だから、それ、ずるいですってぇ」

俺が高遠さんの笑顔に弱いのを知ってるくせに、と、もにもに口の中で転がすように言うと、高遠がまたもや嬉しそうに笑った。結局のところ、そう、どれだけ時間が経って多少慣れてきたところで、碧はやはり高遠のファンだし、気を抜くとすぐに人間に戻ってしまうのだ。

碧は溜め息を噛み殺して前屈みに体を倒す。と、ちょうどブランケットの下にあったおもちゃが「ぷい～」と間抜けな音を立てた。


三ヶ月高遠と接して、彼についてわかったことがいくつかある。

まず、高遠は碧……いや「アオ」に甘い。とにかく甘い。シュガーグレーズにチョコグレーズ、さらに蜂蜜をかけてさらにチョコスプレーと粉砂糖を振ったドーナツよりまだ甘い。

普段の態度もそうなのだが、とにかく貢ぎ癖がひどい。一度など「よかったら貰ってくれないか」と首輪を渡された。その箱には碧でも知っている世界的に有名なブランドのロゴが入っていて、さすがに「ひゃんっ」と飛び上がってしまった。チラッと箱の隙間から見た本体にはキラッと光る石まで付いていて。どう考えても一般人……ならぬ一般ポメラニアンがポンと貰っていいものではない。

「さすがに受け取れない」とぷるぷる首を振って後退ると、高遠は無表情ながらシュンとした顔になってしまって。あまりにもしょぼんと肩を落とすので、つい「まぁここで着けるだけなら、いいかな……」と仏心を出してみたら、今度は一瞬で眩《まばゆ》いばかりの笑顔になって……。そして分不相応な首輪を着けられてぷるぷる震える一般ポメラニアンが誕生してしまった。そしてその情けない姿のまま「すごく似合ってる」「思った通りだ」「最高」と熱烈な歓声をあげるカメラマンと化した高遠に記念撮影をされるはめになってしまった。

首輪のことは一例だが、まぁとにかく一事が万事その調子なのだ。高遠はなんでもかんでも碧にプレゼントしたがる。変な言い方ではあるが、ホステスなりホストなりに貢ぐ客……に近いような気がしないでもない。

（いやある意味そういうものと同じなんだけど）

が、そんなことより何より高遠の碧に対する「甘さ」で顕著なのは、その表情だ。

テレビでも動画でも前に出て話すタイプではなく、喋ると「ハヤテくんがたくさん喋ってる！」「美術品が人間になった！」とコメント欄がざわつくくらいの高遠が。笑顔ひとつで国が傾くと言われる高遠が。碧の前ではやたらめったら笑顔になるのだ。正確には「碧」ではなく「アオ」の前限定だが。

あまりにも嬉しそうに笑うので、一度その笑顔に触れてしまったことがある。文字通り、その緩んだ頬に、ふに、と肉球を当ててしまったのだ。高遠は驚いた顔をした後に「もしかして、笑ってたか？」と碧の意図を汲むように問いかけてくれた。どうやら本人も無自覚だったらしい。

「アオといると嬉しいから、それが顔に出るんだろ」

なんて、額に鼻先をくっつけながら優しく囁かれて、碧は爆発してしまった。爆発というのはもちろん比喩であるが、犬から人間には戻った。なにしろ碧は高遠ハヤテのファンなのだ、しょうがない。

まぁそんな感じで、犬になったり人間になったりしてはいたが、それなりに楽しく、順調にバイトをこなしていた。

「休みの日は、何をしてる？」

「へ？」

「アオ」

今日も今日とて碧は高遠のところにデリバリーされていた。最初の一時間は犬の姿で過ごしていたのだが、「新しいブラシを買った」と高遠が取り出したリボン付きのブラシ（よく見ると木目調のそのブラシの背面には洒落《しゃれ》た筆記体で「ＡＯ」と彫られていた）でごしごしと毛を梳《す》かれて、そのうち人間に戻ってしまった。あまりにも気持ち良かったのだ。

面目ない気持ちでいっぱいであったが、高遠はいつも通りの読めない無表情に戻ってしまった。「アオ」と「碧」が切り替わると、高遠の表情も面白いくらいに変わってしまう。高遠の中では圧倒的に「アオ＞碧」なのだ。

（もはやオンオフスイッチ的な）

頭の中で「オン」と鳴くポメラニアンの自分を想像して、あまりのくだらなさに「ふふ」と笑ってしまう。

はじめの頃は戸惑うことも多かったが、今はだいぶ慣れた。高遠は人間の碧に笑顔を向けてきたりはしないが、それでも不親切というわけではない。アオに対するほど手厚くはないが、人間の碧もそれなりにもてなしてくれる。

今日も、人間に戻った碧に「何か飲む？」と聞く気遣いを見せてくれた。人間の碧なんて放置しておいてもいいのに、毎回飲み物や、場合によっては食事や菓子なども準備してくれる。高遠はあまり感情を表に出さないが決して意地悪な人物ではない。まぁ、見た目にはいまいちわかりにくいが。

ちなみに、高遠は意外と料理上手で、今日も「犬用と、あとおまけで人間用クッキーを焼いた」と碧に手作りのお菓子を振る舞ってくれた。人間用の方がおまけというのが実に彼らしい。

「休みの日、ですか？」

「そう」

おまけの人間用クッキーをさくさく食べていると、唐突に上記の質問が飛んできたのだ。「アオ」に関することは山ほど聞かれるが、碧個人のことを尋《たず》ねられるのは珍しい。

「なんでまた俺のことなんて」

思ったことがそのまま口に出てしまって、碧は「あ」と口を押さえる。と、高遠は「まぁ」と同意するように頷いた。

「会うようになって何ヶ月か経つけど、あんまり君のことを知らないな、と思って」

「なるほど」

三ヶ月経って、ようやく碧にも興味が湧いたらしい。マイペースな高遠らしい、と思わず笑ってしまう。

碧はしぱしぱと目を瞬かせてから「えっとですねぇ」と答えを探して視線を上げる。

「俺、海が好きで」

「海」

碧が腰かけるソファの、少し離れたところに座った高遠が、碧の言葉を拾い上げて繰り返す。碧は「そうです、海です、あの海」と頭の後ろに手をやってから話を続ける。

「よく海を見に行きます。あと、あー水族館とか」

「へぇ」

高遠が興味があるのかないのかわからない反応を返してくる。碧は戸惑いながら「まぁ、そういうことで、はい」と締めくくろうとした。この話に関して、高遠は興味がないと思ったからだ。が、予想に反して高遠が口を開いた。

「海の、どんなところが好きなんだ？」

問われて、碧は目を瞬かせる。少し躊躇《ためら》うように舌で唇を湿らせてから「あ、えと」と切り出した。

「俺、小さい頃、海の近くで暮らしてまして。あ、父の実家が南の方なんです。今は引っ越したんですけど……」

「南？」

「あ、はい、沖縄です」

自分の「好き」の気持ちを伝えようと、碧は昔を思い出しながらゆっくりと話す。

碧が沖縄の……海辺の街に住んでいたのは、小学校に上がる前の年までだった。なので、はっきり全てを覚えているかと言われると、そうではない。残るのは断片的な記憶だけだ。しかも年々薄れていっている。

「でも、海ってすごく身近な存在で。そこにあって当たり前っていうか……うん。海そのものも好きだし、そこに暮らす生き物も好きだし、波とか、音とか、温度とか全部好きなんです」

今でも、海開きがあると一目散に砂浜を駆けたことや、雨の日の物悲しくも激しい波や、潮の匂いを覚えている。砂浜に打ち上がった貝や、海藻や、よくわからない色々。泳いでも潜《もぐ》っても、海の一部にはなれない自分の体の異質さ。そういった感覚的なことは不思議と覚えているし、それはいつも碧の心を揺さぶる。

「俺の名前も、海の色からつけられたんです。両親が、俺の生まれた日の海の色を見て……、あ」

「へぇ」

言わなくてもいいようなことを言ってしまって、慌てて口を噤《つぐ》む。尻すぼみに声量が小さくなってしまう、が、高遠は気にした様子もなく「へぇ」と頷いてくれた。そして言葉を切った碧に「それで？」と促してきた。

「他には？」

「えっと……海の謎が好きで。海って地球の七割を占めてるのに、いまだに謎が多くて。陸地よりも全然解明されていないことばっかりなんです。七割の海のうち、さらにその九割五分が深海なんですけど、深海ってのが本当に謎に包まれていて……」

のたのたと自分が興味を持って勉強してきたことを話すと、高遠は「うん」と相槌《あいづち》を打ちながら体を前のめりに屈める。まるで話の続きを待つように。

「え、続けていいんですか？」

思わずそう尋ねると、高遠はきょとんとした顔で「続けないのか？」と尋ね返してきた。予想外の言葉に、え、と詰まってしまう。

「えっと、じゃあその深海の謎で特に俺が好きなのが……」

戸惑いながらも話を続けると、高遠はやはり「うん」と返してくれた。

「だから深海でも日の光が当たらないのに光合成を生物が……って、うわっ。三十分経ってる」

休みの日に何をするかの話だったのに、気がついたら深海の謎について熱く語っていて。ふと時計を見ると、長い針が九十度進んでいた。碧は慌てて「すみません」と謝る。

するよ、高遠の方は何故か不思議そうに首を傾げた。

「なんで？」

「え、いや、一人で盛り上がって。……なんか、意味不明だったかな、って」

恥ずかしさに視線を逸《そ》らしながらそう言うと、高遠は「いや」と首を振った。

「俺も楽しく聞いてた」

「楽し……く？」

すん、とした顔の高遠は「楽しんでいる」表情とはほど遠く見えたが、まぁ本人がそう言うならそうなのだろう。

「あぁ。……ふっ」

と、自信ありげに頷いた高遠が、珍しく人間の碧の前で吹き出した。碧は驚いて「な、なんですか？」と聞いてしまった。

「いや。海のことを話す時、アオが音の出るおもちゃを追いかける時と同じ顔をしてたな、と思って」

「同じっ……ってことはないでしょう」

碧は思わず不満気に鼻の上に皺を寄せてしまう。

自分で言うのもなんだが、ポメラニアンの碧はちょっと間抜けな顔をしている。タレ目だし、口はよく閉じ忘れて舌が出てしまうし、客にも「ちょっと抜けた顔が可愛い」と褒められ（ているかどうか怪しいところだが）てきた。

それと同じと言われて、思わず頬に手を当ててしまう。と、高遠がますます笑みを深めた。

「同じだ」

口元を押さえて笑う高遠は、とても楽しそうだ。こんなにも嬉しそうな顔を人間の碧として向けられるのは初めてで、なんだかくすぐったいような、不思議な気持ちになる。

「……そ、ですか」

碧は何か言葉を重ねようかと思ったが、やめた。色々言いたいことはあったが、なんだか胸が詰まったように、言葉が出てこない。

「でも、海の話、ちゃんと聞いてもらえて嬉しかったです」

ただそれだけを言って、碧は顔を俯けた。

他人にこんな風に海の話をしたのは初めてかもしれない。好きなものについて思う存分語って、胸の内がぽっぽっと熱を持っているように熱い。

好きなものを否定しないでくれるその優しさだったり、過剰に「すごいね」と言ってこないフラットさがありがたかった。高遠が、ただ言葉のままに受け止めてくれたのが伝わってきたからだ。

「あ、あとはドッグランにも行きますよ」

照れ隠しのように慌てて付け加えると、高遠が「えっ」と大きく反応した。

犬化症候群が世間に浸透して久しい現代。普通の犬用の他、犬化症候群用もしくは兼用のドッグランもかなり増えている。碧が通っているドッグランもまた、犬化症候群の人間も気兼ねなく利用できる施設なので、楽しく走り回らせてもらっている。

「ドッグランで、思い切り走る、アオ……？」

両手を鼻筋にあてるようにして口元を隠す高遠は、どうやらとんでもない衝撃を受けているらしい。

「へ？　まぁ、走りますけど」

「それは見た……、いや、そうか」

明らかに「見たい」と言いかけたのがわかった。が、碧は苦笑いすることしかできない。基本的に『ワンラブ』では部屋や店以外の場所で会うかどうかは、キャストの意思に委《ゆだ》ねられている。碧はこれまでずっとそういった依頼にはNGを出してきていた。外だとどんなハプニングが起こるかわからないので、学生バイトの身である自分には責任が重いと思ったからだ。

それに、高遠と外出というのは……違う意味でもちょっと無理がある気がする。高遠は顔を知らない人を探す方が難しいくらいの人気アイドルだ。万が一ファンに囲まれでもしたら事だろう。碧も、それに高遠も。

だから高遠も「行きたい」とは言わずにいるのだろう。碧はそわそわとした雰囲気を醸《かも》し出す高遠を横目に見ながら、はは、と笑った。

「んー……あとは、スパメテの配信とか溜めてたやつ観たりしてます。まぁほとんどリアタイで観てますけど」

「へぇ」

明らかに先ほどの「ドッグラン」の時とは違う、どうでもよさげな反応に笑ってしまう。

「ふはっ、高遠さん、自分のグループの話なのに興味ないんですか？」

なにがどうツボに入ってしまったのか自分でもわからないが、笑いが止まらない。高遠は不思議そうな顔で「まぁ、そんなに興味はないかもしれない」と顎に手を当てる。そしてふと気がついたように目を瞬かせた。

「本当にファンなんだな」

「ファンですよ！　何回も言ってるじゃないですか」

そもそもファンだからこそ、犬の姿も保てずぽんぽん人間に戻ってしまうのだ。笑いながら頷くと、高遠が「ありがとう？」と語尾を上げて礼を言った。

「なんで疑問形なんですか」

碧は「はぁ」と息を吐いてひと呼吸置いてから、軽く目を伏せる。

「ずっと好きですよ。デビュー当時のまだメンバーが四人だった頃から。歌やダンスはもちろん、みんなの掛け合いとかも好きですし……」

スパメテは元々四人でのデビューだった。結成一周年の際に最年少の東雲アイラが新メンバーとして加入したのだ。今は落ち着いているが、当初はファンの間でも新メンバー賛成派反対派と分かれ、ごたごたと揺れた時期もあった。

しかし、それも乗り越えて現在のスパメテがあるし、そうやって三周年を迎え全国ツアーを行うことになったのだ。そこにはきっと、高遠はじめメンバーの並々ならぬ努力がある。

「そうか」

そういったことをぽつぽつとかいつまんで伝えると、高遠は黙ってそれを聞いてくれた。

「あと、映画や舞台を観るのも好きです」

そう言うと、高遠が顔を上げた。

「高遠さんが出演されている作品も全部観てますよ。特に好きなのは……」

高遠は、その顔面力を買われてよくドラマや映画などに出演している。どうしても「顔の良い役柄」が多いし、碧も二枚目として出演する高遠は好きだ。が、彼の演技の魅力はそれだけではない。

「そうか」

しかしそれを伝える前に、高遠が話を遮るように立ち上がった。

「海を見に行くのも、ドッグランに行くのも難しいけど、映画ならここで観られるな」

「え？　あ、はい……はい？」

わかる、と、わからない、の間のような返事をしてしまった。

「今度一緒に何か観るか？」

碧はぽかんと口を開いたまま高遠を見上げて、ぐるぐると思考を巡らせた後「へ？　は、はい、喜んで？」とどこぞの居酒屋の店員のような返事をしてしまった。

高遠はそれを見て少しだけ眩しそうに目を細めた。

＊

「今日はジャネット・ホール監督の作品が観たい」

「え、監督縛りですか？　じゃあ『アップタウンボーイミーツダウンタウンガール』でお願いします」

「短編映画か。いいな」

今日も今日とて人間に戻ってしまった後。もそもそと服を着込みながらそう答えると、高遠が「わかった」と頷いて作品を検索してすぐさま視聴ボタンを押す。

配給会社のロゴの後始まったオープニングを眺めながら、碧は「ちょっ、待ってくださいよ」と慌てて服を着てソファに乗った。勢いが良すぎたのか少し高遠が跳ねてしまったが、気にした様子はない。脚を組んで背もたれに体を預け、ジッと画面に見入っている。

碧はそんな高遠の隣に座って、同じように画面を見やる。

（まさか本当に映画を観ることになるとはなぁ。しかも、毎回）

数週間前、碧は高遠から「一緒に映画を観よう」といった誘いを受けた。その時はまぁリップサービスか気まぐれの一種かと思っていたのだが、それ以降毎回利用のたびに碧は高遠と映画鑑賞をするようになった。

とはいっても犬のアオとして触れ合うことが一番で、映画はそのおまけのようなものだが。ある程度遊んで「さて何をするか」という空気になった時や、いつものごとく犬から人間に戻ってしまった後などに、高遠の方から「映画が観たい」と言い出すのだ。

最初は人間に戻った後の微妙な空気を誤魔化すためかと思ったが、どうやら高遠本人はこの小さな催しを楽しんでいるらしく、彼の方から「今日はこの映画が観たい」と言い出してくることもしばしばあった。

高遠の家のリビングには、大型の壁掛けテレビモニターが設置されている。正確にはわからないが、七十インチ以上は確実にあるだろう。普段スマートフォンやタブレットで映画を観ている碧にとっては大迫力の画面だ。

(映画、好きなんだなぁ)

暗闇の中、画面の光に照らされた高遠の端整な横顔を眺める。

そう、高遠はきっと映画が好きなのだ。

高遠のことは画面の向こうの人だと思っていたし、彼の「好きなもの」「嫌いなもの」はそのプロフィール画面からしかわからなかった。そこに「映画」の文字はなかったし、犬が好きなんてことも知らなかった。

(ここに、いるんだよな)

最近は、高遠と一緒にいることにもだいぶん慣れてきた。……とはいってもいまだに破壊力満点のその美貌にやられてまんまと人間に戻ったりはするわけだが。そういう慣れではなく、なんというか、高遠ハヤテという人に慣れた。

ここにいるのはアイドルの高遠ハヤテだが、少し違う。犬が好きで、お菓子作りができて、映画が好きな、碧のひとつ年上の男だ。

「なに？」

顔を見すぎたせいだろうか、真っ直ぐに画面を観ていた高遠が、ちらりと横目で碧を見た。碧はビクッと体を跳ねさせてから「いやあの」と言葉を濁す。

「高遠さん、映画好きですよね」

画面の中では、アップタウンに住む少年が都会から引っ越してきた美しい少女と出会い、恋に落ちていた。少年のはしばみ色の目が放つ真っ直ぐな光。それに似たような真っ直ぐな視線を画面に注ぎながら、高遠が「うん」と頷く。

「好き」

先日、碧も好きなものについて語った。それはもう長い時間をかけて、いくつも。

しかし高遠は多くを語らない。ただ「好き」とこぼしたきり、どこがどうとは言わず、ただ「これが好きなんだ」というように画面を見つめている。

最初はツンと澄ましていた都会の少女が、そのせいで孤立してしまい、ひとりぼっちになり、そこに少年が寄り添う。二人は仲良くなり、アップタウンの長閑《のどか》な風景の中を走っていく。風に揺れる草っ原を、二人、どこまでも。

「アオも、映画好きなんだよな」

「はい。好きで、よく観てますね。まぁ観はじめたのは高校生の頃からですけど」

なんとなく照れくさくて指先で鼻をかく。そして思い切って「そ、それで」と切り出した。

「前にも言いましたけど、高遠さんが出てる映画も、観てます。……全部」

高遠はモデル業が多いが、時折ドラマや映画にも出演している。どうも本人の希望らしく、ネットでは「ハヤテは俳優業をやりたいのでは」なんてまことしやかに囁かれていたりする。まぁ、真偽のほどはわからないが。

「俺は、高遠さんのお芝居、演技が好きです」

ぽつりとそう漏らすと、何故か高遠が鼻で笑った。

「顔だけ俳優だけど？」

自虐のような物言いに驚いて、碧は目を見張って隣を見やる。相変わらず視線を真っ直ぐ画面に向けたままの高遠のその顔からは、なんの感情も読み取れない。

たしかに高遠は「顔だけ」と言われがちだ。演技がどうこうというわけではなく、なにしろその顔面の力が強すぎるのだ。だからかどうか、どうしても顔を売りにした役柄が多い。

「こないだ、オーディション受けに行った時にも言われた」

「高遠さんが、ですか？」

「そう」

思いがけない言葉に、碧は何も言えなくなってしまう。

今まで何度も一緒の時間を過ごしてきているが、こんな風に仕事の話をされたことは初めてだ。

「君は顔が強すぎる。役者としては邪魔なほどに。顔が美しいだけの役で十分だろう」

それが、高遠に向けられた言葉だということはすぐにわかった。そのオーディションの時、そしてこれまでにも、ずっと言われ続けてきたのだろう。

高遠の表情は変わらない。いつもと変わらぬ美しい顔を、ただ真っ直ぐ前に向けている。

画面の中で、少女が少年の手を離した。以前少女を仲間外れにしていたクラスメイトが、「都会に遊びに行きましょうよ。案内して」と誘っている。彼らについていけば多分、少女が孤立することはなくなるだろう。しかし、たった一人の友を失くす。

碧は何度もこの映画を観たことがある。が、何回観たってこの場面で祈ってしまう。「どうか行かないで。もう一度彼の手を取って」と。

しかし今日だけは、祈らなかった。それよりも、隣の彼の、その真っ直ぐすぎる眼差《まなざ》しが気になって仕方なかったからだ。

（高遠さんは……）

碧は、何も言えないまままただ黙るしかなかった。何を言えばいいと言うのだろうか。

「そんなことはない」と「顔だけじゃない」と、そんな言葉はおそらく上滑りするだけだろう。きっと高遠だって、そんな慰めは望んでいない。

美しい少女は戸惑いながら、しかしどこか喜びを隠しきれない顔をして都会行きのバスに乗り込む。何人もの少年少女とともに。そしてタラップに足をかけた最後のその瞬間に、ふと振り返るのだ。そこにはたしかに少年がいるはずなのに、少女の目には映っていなかった。

道の真ん中で、呆然と立ち尽くす少年がどんどん遠ざかっていく。

バスが揺れるのに合わせて、少女が新たな友と一緒に歌っている。少年がどうなったのか、最後までは映されない。そして静かに流れるエンドロール。

高遠と並んでぼんやりとそれを観ながら、碧は「俺」と口を開いた。

「映画を観る、きっかけになった……作品があるんです」

ぽつんと漏らすと、高遠が「うん」と頷いた。先を促すでもないその短い応答を笑ってから、碧はゆったりとした気持ちで続ける。

「俺、高校三年生の時に、犬化症候群を発症したんです。最初はまぁ色々戸惑ったけど、なんとか上手くやってて……」

あの頃、に思いを馳せながら、碧はぽつぽつと話を続ける。

そう、受験シーズンだったので大変ではあったが、自宅で発症したこともあり多くの人に知られることもなくどうにか上手くやれていた。しかし……。

「家族以外には黙っていたんですけど、ある時、友達の一人に言っちゃったんですよね、『俺、犬化症候群になっちゃった』って」

それは、親友と呼べる相手だった。少なくとも、碧はそう思っていた。だからこそ打ち明けたのだ、自分の病気のことを。多分、どうしようもない痛みを、家族以外の誰かと分かち合いたいと、理解して欲しいと、そんなことを思ったのだ。

親友は「そうか」と言ってくれた。「そうか、大変だな」と。「俺にできることがあったら言えよ」なんて励ましてもくれて。碧はそれで「あぁ、話してよかった」と思ったのだ。

「誰にも言わないでって言ったんですけど、次の週にはクラス中にバレてて、それがどんどん広まって……それで」

顔も知らない人に、からかいまじりに「犬になってよ」と言われたり、それでストレスが溜まって犬化してしまったら大勢に囲まれて写真を撮られたり。気がついたら学校に着くと足がすくむようになって、教室に入れなくなって。三年の冬はほとんど学校に通えなかった。元々地元の大学を受ける予定だったのに、遠く離れた大学を受験することになったのもそれが理由だ。

さすがにそのことまでは口にできなくて、碧は唇を引き結ぶ。そしてもう一度、ゆっくりと開いた。

「その友達に、悪意があったんじゃないってのはわかってるんです。実際本人に『軽い気持ちで、一人だけに話したんだ』って『こんなことになってごめんな』って言われましたし」

親友が、悪意をもって広めたわけではないことはわかっていた。だが、碧の悩みを軽んじていたことは確かだ。だって、碧が人に囲まれても彼は笑っていた。「犬化症候群って人気者になれていいな」と。

「俺の伝え方が悪かったのかな、とか。親友だと思ってたのは俺だけだったのかな、とか。色々悩んで、悩んだら犬になったまま人間に戻れなくなって。それでも、無理に薬飲んで人間に戻ったりして……」

なんかもうぼろぼろでした、と笑うと高遠がこちらに顔を向けた気配がした。が、何も言わないままなので、碧もそのまま話を続ける。

「そんなある日、深夜放送で、古い映画を一本観たんです」

昼間は家族の目もあるので一生懸命平気なふりをして勉強していた。でも夜になると駄目で、薬が切れて犬の姿になったまま勉強することも、眠ることもできなくて。それでよく、ぼんやりと深夜のテレビを眺めていた。

「タイトルもわからないまま途中から観はじめて」

テレビをつけた時には、もうその映画は始まっていて、最初はストーリーもわからないままにただ眺めていた。だが、気がついたら物語に引き込まれて、息をすることすら忘れて画面を見つめていた。

「海辺の街に住む仲の良い男の子二人のうち一人が引っ越すことになる話で」

碧がぽつぽつと語る話を、高遠は黙って聞いてくれている。テレビ画面はもうエンドロールまで流れ終わってすっかり真っ暗になっていた。

「『明日も明後日も、ここで遊ぼうって約束したのに』って怒るけど、実はその引っ越しは男の子の病気の治療のためで。引っ越す男の子も行きたくないんですよね、本当は。でも、病気のことは話したくないって意地もあって」

そして友情がもつれたまま、二人は別れてしまう。後日引っ越した少年から謝罪の手紙が届くけれど、男の子がどこに引っ越したかわからない少年は返事を書けない。だから少年は手紙を書いて、瓶に入れて海に流した。

「その男の子が、本当に悲しそうに流れていく瓶を見つめてるんですよ。ずっと。それで、見つめたまま、いつの間にかその頬に、すぅーって綺麗な涙が一筋流れてて」

微動《びどう》だにせず、ただ綺麗な涙を流す少年を見ていたら、いつの間にか碧もぽろぽろと涙をこぼしていた。

「別に自分のこと重ねたわけじゃないんですけど、なんか、すごく泣けて、泣けて泣けてたまらなくて」

当時の気持ちを思い出しながら、ゆっくりと話す。薄暗い部屋が余計に口を滑らかにさせてくれた。

「泣いたら驚くくらいに心がすっきり軽くなって。あぁ～映画ってすごいんだなぁ！　って感動しちゃって。それからは毎日色んな映画を観て、泣いたり笑ったりしました」

動画のサブスクリプションを利用したり、配信されていない古い作品はレンタルショップに借りに行ったり。とにかく、最新作から名作と名高い作品、予告やあらすじ、パッケージが気になった作品まで、毎日毎日色々な作品を楽しんだ。

映画は、それぞれ碧を違う世界に連れて行ってくれた。楽しい世界、悲しい世界、胸が苦しくなるくらい切ない世界にも。

「その……映画は」

「『小瓶に手紙』です。それから俺、その主演の男の子のファンになって……今も、ずっとファンなんです」

含みのある言い方になってしまったかもしれないと思って、碧は「いえ」と言い直す。

「あれからずっと、高遠さんのファン、なんです」

そう。その映画の主演は、幼い高遠ハヤテだった。高遠はスパメテでアイドルとして活躍する十年ほど前、子役として数本の映画やドラマに出演していた。

「……っていっても、あの子と高遠さんが同一人物だって気付いたのはスパメテを好きになってからしばらくしてですけど」

頭をかくと、高遠は何かを言いたそうに口を開いて、閉じて、そしてもう一度ゆっくりと開いて
「よくわかったな」と溜め息とともに吐き出した。

「俺が子役をしてたことは公表してないはずだ。ネット情報か？」

「へ？」

言われてみれば確かに、高遠は子役時代のことを公《おおやけ》にしていない。芸名も違うし、当時高遠は十歳前後で面影はあるとはいえ顔も声も違う。どうして知っているのかと疑問に思う、いや、不審に思われても仕方ない。

碧はぶるぶると首を振ってから、両手を膝に置いて高遠に向き直った。

「いや！　あの……自分で気付いたんです。最初は似てるなって思っただけだったんですけど、演技の時の声の出し方とか仕草とか、どう見ても一緒だよなって思って。それで……。もちろん口外はしてませんし、ネットにも書き込んだりしてません」

碧はまっすぐに高遠を見つめて真剣に伝える。いつもなら高遠にこんな詰め寄るように話すことはない。それだけ必死だった。

高遠はその圧に押されたように目を丸くして「わかった」と頷く。そして戸惑ったように首を傾けて、碧を見つめ返してきた。

「でも、よく気付いたな」

「いや、はい……さっきも言ったんですけど、その子の演技がすごく、好きで」

本当に好きで、と消え入りそうな声で繰り返して、自身の耳を触る。指先が熱いのは、きっと恥ずかしいからだ。でも、伝えずにはいられなかった。

「高遠さん、ご自身でさっき『顔だけ』って言われてましたけど、決してそんなことないと思います。いや、もちろんお顔が美しいことは当たり前なんですが。でも、それに頼らない演技に対する情熱を感じると言いますか、あの、原作がある作品とかだと特に、あぁ読み込まれてキャラ作りされてるんだなぁっていうのが伝わってきますし。それで、それで俺は……、俺はあの時……」

とにかく伝えねば、と思う心のままに熱く語ってしまう。と、高遠が「ふっ」と笑った。

「アオ」

ふ、ふ、と柔らかく笑われて、碧は混乱して「え、はい？　え？」と間抜けに首を傾げることしかできない。そんな碧の顔を見てますます笑みを深くした高遠が、自身の手に顔を埋めるようにしながら碧の顔を見つめてきた。

「海の話した時と、同じ顔してる」

「え？」

自分の顔なんて見えないので、碧は慌てて手を頬にあてる。ぺたぺたと触ってみるが、やはりわからない。おそらくというかなんというか、碧はいわゆるオタク気質で、好きなものについてはつい語りすぎてしまうところがある。

「す、すみません」

思わず謝ると、高遠はいつもの無表情に戻って「いや？」と首を振った。それからふと気付いたよ

うに眉を上げる。

「ごめん、話を遮った。あの時？」

問われて、碧は「あ」と言葉を紡ぎかけて、そして口を噤んだ。そのままゆるく首を振る。

「さっきも言ったんですけど、俺、初めて『小瓶に手紙』を観た時……、心の底から泣けたんです。高遠さんが、泣きながら海に小瓶を流すところで」

高遠演じる主人公の少年は、最後のそのシーンでひと言も話さなかった。なので、正確に彼の心情を把握することはできない。けれど、伝わってきたのだ。彼が自分の行いを悔いて、悲しんで、だからこそ泣いているのだということが。引っ越してしまった少年を責めたこと、引っ越し先すら聞かなかったこと、そして病気のことを知っても何もできない自分の無力さを、彼は悔いていた。

別に、その少年と友達を、自分と親友の彼に重ねたわけではない。けれど、碧は彼のその涙を見てたしかに救われた。

「助けられたんです、俺の……心が。だから俺、高遠さんの演技、好きです。好きなんです」

文章が上手く繋がっていないような気もしたが、碧はそれでも必死に言葉を紡いだ。

高遠は不思議そうな顔をしていたが、最後には「そうか」と頷いた。しかしその顔はどこか穏やかで、碧はなんとなく嬉しい気持ちになった。

「あっ、でもそれだけじゃないですよ。『小瓶に手紙』の主人公日野大和《ひのやまと》くんの純粋な演技から始まり『ブラッディ・ジェノス』の美貌の敵幹部サラサキさんの最後の慟哭《どうこく》に涙しましたし、『悪魔の子と呼んで』で担任の美人教師と禁断の恋に落ちる風馬誠《ふうままこと》くんの壁ドンに痺れて、『純真』の冷酷な軍人一ノ瀬隼《いちのせしゅん》中尉は最後の処刑シーンまでの誇り高い姿に痺れて、それから……」

「アオ」

「えっ？」

「わかった」

指折り出演作の感想を伝えていると、ぽん、と頭に手を置かれた。そのままぐりぐりと揺らすように撫でられる。

「わ、わ？」

「伝わったから、十分。……ありがとう」

ぐらぐらと揺れる視界の中、高遠が照れたように微笑んでいるのが見えて、碧は「う、わ」と心の中で悲鳴のような声をあげた。いつもの無表情ではなく、アオに向けるものともまた違う、初めて見る表情だった。

「またオーディションもあるし、ちゃんと、腐らず全力を尽くす」

最後にそう言って、高遠がリモコンを操作して部屋の電気をつける。

「わ」

「紅茶、淹《い》れるから」

眩しい光に目が慣れる前に、高遠は立ち上がってキッチンの方へと行ってしまった。

顔は見えないけれどその背中からやはり照れのようなものを感じて。碧は声に出さないくらいの小さな笑いを「ふへ」とこぼしてから、先ほどまで撫でられていた頭に触れた。

六

「アオ」

いつも通りバイトを終えて、広々とした玄関で靴を履いていると、背後から名前を呼ばれた。振り返ると見慣れた無表情の高遠が立っている。

「はい？」

「その……いや、もう夜も遅いから。気をつけて」

妙に長い間を置いてから、高遠が気遣いの言葉をかけてくれた。碧はその優しさに笑顔を返す。

「はい、ありがとうございます」

すると高遠が何か考えるように無言になった後「遅いから」と切り出した。

「泊まっていっても、いいけど」

ぶっきらぼうなその言い方に、碧は思わず笑ってしまう。

今日も今日とて一緒に映画を観てすっかり遅い時間になってしまったので、高遠なりに気を使ってくれているのだろう。

高遠との映画鑑賞会もかなり回を重ねて、観た映画の本数もとっくに二桁を超えた。お互いの映画の趣味も把握しきって、最近は「ふっふっ。今日選んだ映画、絶対高遠さん好きですよ」「俺のチョイスもいいぞ。アオが絶対喜ぶ」なんて言い合いながら鑑賞することもしばしばだ。

「や、全然大丈夫ですよ。タクシーも呼んでもらってますし」

そう言うと高遠はどこか拗《す》ねたようにそっぽを向いて「そうか」と頷いた。多分その仕草も、高遠なりの照れ隠しなのだ。なんだか微笑ましくて、碧は内心でこっそりと笑ってしまった。

基本的に、いつも高遠は長時間コースで依頼してくる。夜の八時から十一時までの三時間コース、時にはさらに一時間延長することもある。基本的に行き帰りは送迎があるのだが、最近は高遠が「直帰というシステムがある」ということを知り、タクシー代を払ってもらって直帰することも増えた。

直帰とは読んで字のごとく、キャストが店の送迎なしで客先から自宅に帰るシステムのことだ。しかし、基本的にはそれは不可能だ。なにしろキャストは全員犬姿なのだから。犬のままでは電車にも乗ることもできない。つまり、直帰するならば人間の姿に戻る必要があるのだ。

デリポメとはつまり「犬」を求めているわけなので、人間を感じさせる行為は基本的にNG……なのだが、客とキャスト双方の同意があれば、客先で人間に戻る、という方法を取ることもできる。前述のとおりまずは犬の姿ありきだし、人間姿は個人情報の流失にも繋がりかねないので、よほどの信頼関係が結べていないといけない。そして、キャストの管理の関係上、店の許可も取らないとならない。要するに直帰には、客、キャスト、店、三方の同意が必要なのだ。

何かの折に高遠に直帰システムのことを伝えたところ、彼が強く「それを利用したい」と言い出したのだ。最初は戸惑ったものの高遠が強く希望するので、碧も店長に「実は……」と相談して直帰システムの採用に至った。高遠はかなりの太客なので、店長は一も二もなくOKを出してくれて、碧は以降高遠のところから毎度タクシーで帰るようになった。おかげで時計を気にする必要がなくなり多少終了時間を過ぎることが増えてしまったのだが……どうやら高遠はそれで全然問題はないと思っているようだ。

問題ないどころか、最近は人間に戻った時用の服まで彼の部屋に常備させてもらっていた。犬の姿で訪れて人間の姿で帰る。それが最近の定番の流れだ。

「そういえば、あれは本当に必要ないのか？」

「はい？」

靴を履く碧を見下ろしていた高遠が、唐突に質問を投げかけてきた。

前は部屋の中で別れていたのに、最近高遠は玄関まで見送りに来る。犬の姿でないのに申し訳ないと毎度思うのだが、高遠は意外と律儀だ。

抽象的な物言いに「あれ、って？」と首を傾げてすぐ、ハッ、と気付く。碧はぶるるるっと首を振った。

「いやいや、大丈夫です、大丈夫ですから」

「そうか」

高遠はどこか、しょぼ、とした顔をする。高遠は先ほど、碧に「これ、アオに」と見覚えのあるブランドロゴが記された紙袋を渡してきたのだ。

はてこのマークはなんだったかなと思いながら「え、なんですか？」と気軽に開けてみると、中にどっしりと重たげな時計が入っていた。そこでようやく紙袋のロゴが「超高級」と名高い時計ブランドのものだと思い出し、碧は真っ青になりながらそれを突き返した。

値段はわからないが、おそらく一介の大学生が気軽に着けられるようなものではないだろう。アオの首輪の時も似たようなことをされたが、まさか人間の碧にも同じようにプレゼントを贈ってくるとは思わなかった。

(高遠さん、最近なんだか妙に……優しいというか、なんというか)

子役時代からのファンだと伝えたからかどうかはわからないが、最近どことなく高遠が優しい。いや、元々アオには甘々だったのだが、最近は人間の碧にも優しくなってきた。

相変わらず貢ぎ物はアオに対するものがほとんどだが、その中にたとえば「これ美味しいですね」と碧がポロリとこぼしたクッキーが混じるようになったり。今日の時計もそうだが、犬だけでなく人間用の小物や服なども「これ、アオに」と渡してくるようになった。

「アオに」の頻度がやたら高くなって、比例するように物の値段も上がっていって、さすがに「受け取れません」と断れば高遠は素直に「わかった」と頷くのだが、また次会った時には「これ」とプレゼントを渡してくる。元々高遠という人は貢ぎ癖があるのかもしれないぞ、と思いはじめた今日この頃だ。

人間の碧にも慣れてきてくれたのか、と嬉しい気持ちが湧かないでもない。しかし……。

(あくまで俺はデリポメのキャストだしなぁ)

そう。どんなに距離が近付いたような気がしても、高遠と碧は客とキャストでしかない。どんなに高遠がアオを可愛がってくれても、碧に優しくしてくれたとしても、驕《おご》らず調子に乗らず、適切な距離感を大事にしなければならない。

（高遠さんに迷惑かけないように）

碧はいつもそのことを肝に銘じて仕事に徹していた……つもりだった。


「アオ、あの……」

「わふ？」

高遠がやたら改まった様子で話しかけてきたのは、そんなことを考えはじめて三ヶ月ほど経ったある日のことだった。高遠と出会って半年。季節はすっかり冬になり、ポメとして出勤する時はもこもこの犬用のダウンやコートを着るようになった。その姿はいつも客に好評なのだが、案の定高遠も気に入ってくれて、やたら「可愛い」「天使だ」と褒めてくれた。天使は言いすぎだろうと思ったが、高遠の目にはそれに近いものとして映っているらしい。

たまに、高遠の目を通して「アオ」という犬を見てみたくなる。きっといつも鏡で見る以上に、可愛く、魅力的なのだろう。そんなことを臆面もなく思えてしまうくらいに、高遠はいつもポジティブな言葉を碧に与えてくれていた。それはもうストレートに、少しも躊躇うことなく。

しかし、そんな高遠が珍しく何かを言い淀んでいる。碧は目を瞬かせてから首を傾げた。

（なんだろう、改まった様子で）

そういえば今日は来訪した時から、高遠の様子がおかしかった。

碧の顔を両側から撫でながら、引っ張りっこ遊びをしながら、ブラッシングをしながら。その間ずっと何か言いたげに碧を見ては（いや、見るのはいつも通りなのだが）、やはり何も言わないという行動を繰り返していたのだ。

「……アオ」

今また名前を呼ばれたので「あん、あん」と吠えてみたのだが、高遠は何か言いたげに口を開いて……そして閉じてしまった。

「……いや」

そんな高遠の下に、碧は先ほどまで引っ張りっこに使っていたドーナツ型のぬいぐるみ（輪っか状のそれを高遠と嚙んで摑んで引っ張り合うのは、互いにお気に入りの遊びなのだ）を口に咥えたまま駆け寄る。そしてその膝の上に、て、と前脚を置いた。

（なんですか？）

何が言いたいのか、と鼻を突き出すように見上げる。と、高遠が「お」と言葉に詰まる。

（高遠さん）

高遠が碧の……いや、アオの顔に弱いことは十分知っている。碧は可愛さをアピールするように小首を傾げて、高遠の胸元にぐりぐりとドーナツをむぎゅっと押しつけた。そのままとどめのように「くぅん」と鼻を鳴らせば、高遠が「ぐ」と手を震わせながら碧の体を腕で包んだ。

そして碧の毛を、ふか、ふか、と手のひらで確かめるように弾ませながら「ちょっと、聞いて欲しい」と話を切り出した。

「実は」

「わふ」

「その」

高遠にしてはえらく勿体《もったい》つけたような言い方だった。いつもいつでも好きなことを思ったように発言する（なんてことは、もちろん本人には言えないが）彼にしてはえらく珍しい。

「映画の、主演に決まったんだ」

思い切ったようにそう言って、高遠は「はあ～」と溜め息を吐いた。そして太腿にのった碧の前脚を、わしっと摑み、そのまま引きずるように碧を胸に抱きしめる。

（映画の主演……っ主演っ？）

「えっ、えっ」とすぐさま顔を見て確かめて喜びたいのに、高遠にきつく抱きしめられているせいでそれも叶わない。碧は「い――っ！」とどうにか脚をばたつかせるが、高遠の拘束は一ミリも緩まなかった。

「この間アオの言葉に励まされて、その後に受けたオーディションで、決まって」

高遠は話しながら、首の毛あたりに鼻を突っ込んできた。そしてそのまま、すうー……と空気を吸い込む。さらにそこにぐりぐりと鼻先を押しつけられて、碧はくすぐったくて「くふ、くふ」と鼻を鳴らしてしまった。

「アオのおかげだって、伝えたくて」

（いや、俺は……何も）

高遠はそこまで言うと、は、と短く息を吐いた。言いたかったことをようやく口にできたという、安堵のようなものを滲《にじ》ませながら。そして、きつく抱きしめていた腕を緩め、碧の額に自身の額を合わせるように、こつ、とぶつけてきた。

「アオ、ありがとう」

いつもはきつく吊り上がり気味の目元が緩んで、目尻が下がっている。くしゃりと砕けたその表情が、柔らかいその言葉が、碧の胸をすとんと射貫《いぬ》いた。「ありがとう」という言葉にエコーがかかり、耳の中で祝福の鐘のように何度も響き渡る。

(うっ、……わ)

どっ、と痛いほど心臓が高鳴って、咄嗟《とっさ》に人間になるかと思った……が、胸はどっどっと鳴るばかりで、一向に人間には戻らない。そのことに安心しつつも、碧は「へふ」と息を漏らしながら視線を逸らす。

「映画の内容は、ホラーサスペンスなんだけど」

(……え?)

が、その言葉を聞いてドキドキが違う意味のドキドキに変わる。

「アオ、佐竹有世《さたけゆうせい》監督って知ってるか?」

「……ひゃん」

「そうか……。なぁ、その監督の前作一緒に観ないか?」

それはもう嬉しそうに微笑まれて、もちもちと頬を捏ねられて頭を撫でられて……どうして「えっ、いやです」と言えようか。

碧は頬を持ち上げられたまま「へぶ」と頷いた。たとえ佐竹有世氏が背筋も凍る和製ホラーを撮ることで有名な監督だと知ってはいても。

碧は、しょん、と垂れてしまった尻尾を見られないように尻を下げた。


結果的にいえば、映画自体はとても楽しかった。

ひとつの村を舞台にして繰り返される呪いのような殺人、その事件を解決すべく訪れた私立探偵とその助手。怪異に巻き込まれ、自身たちも傷つきながら数百年も前から続く呪縛を解く……。と、きちんとカタルシスを感じさせつつ、それでも「まだ呪いは続いている」と示唆するような薄暗い描写がエンドロール後のCパートにさりげなく捩《ね》じ込まれていて。とても見応えがあって面白く、そしてとても……。

（こっ、こっ、怖かった……！）

いつも映画を観る時のように、部屋の明かりを全て消していたのがまた良くなかった。大きな画面も相まってさながら映画館のようではあるが、なにしろそこかしこが暗闇で。その部屋の隅からや、もしくは細く開いた扉の向こうから何かが出てくるのではないかと気が気でなく、途中何度も情けなく、ふぃぃ、と鼻が鳴ってしまった。

高遠はというと、顎に手を当て真剣な表情で画面を見つめていた。かなり集中して見入っている様子だったので「邪魔はできぬ」とできるだけジッとしておこうとしたのだが、どうにも恐ろしくて尻尾を股の間に挟んだり、音を遮断しようと耳を伏せたりすることだけは我慢できなかった。

「面白かったな、アオ。……アオ？」

高遠がリモコンを操作して、部屋の電気をつける。と、膝の上で丸まる碧を見て高遠が不思議そうな声音で名前を呼んできた。

「どうした？」

高遠に問われて「いやいやなんでもないですよ。映画楽しかったですね〜」と明るく返すように吠えたかったのだが、出てきたのは……。

「ひゃん」

やたら情けない声だった。しかも尻尾が小刻みに震えてしまっている。尻尾どころか全身がぷるぷる震えている。客観的に見れば、今の碧は震える綿毛だろう。

あまりにもか細すぎる声に驚いたのか、高遠が碧を抱き上げる。

「アオ、どうしたんだ？」

まるで赤ん坊をあやすように腕の中に抱えられて、碧はなんと返事をしたらいいかわからず、困って高遠を見上げる。……と、碧をどこか心配そうに見ていた高遠が、碧の下半身を見やる。ハッとして葵もそこを見下ろすと、股の間の白い毛のところに、茶色の尻尾がふっさりと挟まっていた。これでは怯えていることがひと目でわかってしまう。

「もしかして、怖かったのか？」

案の定、高遠に恐怖心を見抜かれてしまった。映画を楽しんでいた高遠の気持ちに水を差すようで申し訳なく、碧は誤魔化すようにきゅるんとした目で高遠を見上げる。が、高遠はそんな碧の気持ちを見透かすような真っ直ぐな視線を返してきた。

結局その眼力に負けて、碧は「くぅん」と肯定するように鼻を鳴らす。途端、高遠が「はぁ」と重たい溜め息を吐いた。

（あ、あ）

失望させてしまったかと落ち込んでいると、高遠は何故か先ほどよりさらに優しい手つきで碧を撫でた。眉間を親指でふにふにと押されて、そのまま頭の骨を辿るように何度も繰り返し撫でられて、耳の付け根をくすぐられて。

「あう」

へぅへぅと舌を出しながら首を反らせば、今度は顎下のもこもこ毛を指先でくすぐられる。気持ち良さに目を閉じていると、高遠が「ごめん」と謝った。

その声があまりにも沈んでいたので、碧は慌てて目を開ける。

「悪かった。アオが怖がってるのも気付けなくて」

高遠はかなり落ち込んでいるらしい。いつもはにこやかに碧を見下ろしている目は暗く翳《かげ》り、ずぅんと意気消沈した気配が伝わってくる。碧は驚いて舌を引っ込める、そしてあわあわと高遠を見上げ、その顔を覗き込む。

「ふわっ、わんっ」

（いやあの、全然、俺が言わなかっただけですし）

ふんふんふんっ、と鼻を鳴らしながら首を傾げるようにして腕に頭を擦りつける。しかしそれでも、いつも吊り上がっている高遠の眉は下がったままだ。

碧はどうしようかと迷った末に、じたじたと脚を動かして高遠の腕から飛び降りた。「あ」とどこか寂しそうな高遠の声が聞こえたがとりあえず無視して、てて っと自分の荷物置き場に向かう。そして普段はケージの中に仕舞っているスマートフォンを、軽く歯を立てて取り出した。一応、『ワンラブ』のキャストは何かあった時や連絡が必要な時用にスマートフォンの携帯を許されている。

碧はてちてちと肉球でパスワードを解除してから、高遠を振り返る。そして戸惑っている様子の高遠を「わんっ」と鳴いて呼び寄せた。あやまたず碧の意思を汲み取ってくれたらしい高遠は、いそいそと碧の側にやってきて膝をついた。

「う、わ、わん」

碧はメモアプリを開いて、てしてしと肉球でメッセージを綴る。普通は仕事中にスマートフォンをこんな使い方はしない。「犬」を求めている客に人間じみた姿を見せるなんてもってのほかだからだ。しかし、今更高遠の前で人間の姿がどうこう気にする必要もないだろう。何せ毎回人間に戻ってしまっているのだから。

それでも一応、とスマートフォンの画面にタッチしながら高遠を見やると、彼は口に手を当てて「アオが、スマホを」と何故か感動の面持ちで見守ってくれていた。やはり問題はないらしい。

『おれはほらーみるのいやっていわなかた』

『たかとおさんのせいない』

肉球だとどうしても誤タップが発生するので、変換もなし、文章も途中端折《はしょ》りながら、それでもどうにか自分の気持ちを書き記す。と、それを読んだ高遠が戸惑ったように「でも……」とこぼした。

『でももへちまもなくて』

「……ふっ、へちま」

思わずてこてこと思ったままを綴ると、高遠がようやく笑顔を見せた。それを横目で見ながら、碧はスマートフォンのキーボードを押す。

『おれがみたかったからいいんです』

『たかとーさんといっしょに』

そこまで打ってから、碧はおすわりの姿勢で高遠を見上げる。

「アオ」

高遠が「困ったな」というように目を細める。どうやら気持ちは伝わったらしい。嬉しくて尻尾がぷんぷんと左右に揺れる。……が、大事なことを思い出した碧はハッとスマートフォンに向き直る。

『でもほんとはほらーこわい』

『いわないでごめなさい』

『さすぺんすはすき』

てけてけと打つたび、高遠の表情が緩んでいく。やがてそれは大きな笑みになり、最後には「はは」と吹き出した。そしてそのまま頭を撫でられて、頬の毛をわしゃわしゃとかき混ぜられて、碧が「わふ」となっていると、高遠は「ありがとう」と柔らかな声で囁いて。

「アオは、本当に可愛いな」

耳元でそんなことを言うから、碧は照れてしまう。人間の姿なら頬が真っ赤になっていただろう。

（い、犬でよかった）

もちもちと頬を触られながら、心の中でホッと溜め息を吐いて。

それから長いこともちもちむにむにと揉まれて、結局膝に持ち上げられて「ブラッシングしよう」とお気に入りのブラシで毛を梳かれて、マッサージまでされて。そこまでされてようやく碧は、あれ、と首を傾げた。

高遠の笑顔を見て、撫で回されて、心はかなり満足しているはずなのに、人間に戻らないのだ。おかしいな、と思いながら高遠を見上げると、高遠も不思議に思っていたらしく「いつもならこのくらいで戻るけど、今日はずっとアオだな」と笑った。

碧は、へら、と笑いつつじっとりした不安を拭えず、高遠の膝から降りた。そして「アオ？」と尋ねてくる高遠を放って、いつも変身する時に使わせてもらうブランケットの中にごそごそと避難して「ん」と力を抜く。人間に戻るために、だ。しかし……。

（あ、あれ？）

どれだけ「ん」「それ」「やっ」と気合いを入れても見下ろした前脚はふさふさの毛が生えていて、人間のそれには戻らない。ひっ、と思いながら碧はブランケットから顔を出す。

「もしかして、人間に戻れない？」

「……………くぅん」

嘘を吐く余裕もなく、碧は耳を伏せて素直に頷いた。

＊

「俺がソファで寝るからアオはベッド」

「うー……」

「じゃあ一緒に寝る」

「うぅー……」

「アオがソファからどかないなら俺もここで寝る」

何をどうしても引かない高遠に、碧は困ってソファの上で「うぅー！」と悲しき呻き声をあげてしまった。そんな碧の横で、高遠が「どっこいしょ」とソファに両足を上げてブランケットを被っている。碧は「くわっ」と口を開いてから、その体にのしかかる。

「一緒にベッドで寝る気になった？」

高遠がむくりと起き上がったせいで、ころんと転がる。が、床に落ちる前に高遠自身が碧をキャッチした。

「うぅー……わふ」

わかりました、わかりましたよ、としぶしぶさを隠さず鳴くと、にっこりと笑った高遠が碧とブランケットを小脇に抱えて「よし」と寝室に向かって歩き出す。

（どうしてこんなことに……）

どうしてもこうしても、碧が人間に戻れないからこうなったのだ。碧は「へぅ」と舌を出して溜め息を吐きながら、先ほどまでのことを思い出した。

人間に戻れないとわかってから、碧と高遠はどうにかしようとお互いに頑張った。高遠は碧を撫でに撫でまくって可愛がってくれたし、いつもは恥ずかしがってしまう碧も積極的にそれに応じた。ボールを投げてもらってキャッチしたり、美味しい犬のおやつを食べたり。碧は「幸せすぎて死ぬ……！」と思ったが、やはりどうしても人間に戻ることだけは叶わず。焦れば焦るほど、その焦燥《しょうそう》感《かん》で余計に気持ちが落ち着かなくなって。

どうしようどうしようとぐるぐるしていると、高遠が「とりあえず今日はうちに泊まっていったらいい」と提案してくれたのだ。

「明日には戻ってるかもしれない。とりあえず今日は一晩貸し切りコースに変更してもらうように、俺から『ワンラブ』に連絡する」

そこまできっぱりと言い切られて、碧は面食らいつつも「は、はい」（正確には犬の姿なので『わふ』）と頷くしかなかった。

高遠は宣言どおりすぐさま店長に連絡を入れると簡潔に、しかしちゃんとわかりやすく今の状況とそれに至った経緯を説明して、コースの変更を依頼してくれた。碧は基本的に一晩貸し切りコースは受けていなかったので、その点に関しての謝罪（『自分が、彼の苦手なホラーを観せてしまったせい』と正直に伝えていた）もきちんとして店長からコース変更の許可を得た。いつものぼんやりした高遠からは想像もできないしっかりとした姿に面食らったりもしたが、てきぱきと手配してくれた彼に礼を伝えて。そして碧は、高遠の家に泊まることになった。

高遠は「そうと決まれば」といそいそと「これが寝る時用のブランケット」「一応パジャマもある」「犬用シャンプーはオーガニック」と色々……、本当に色々取り出してきた。ぽかん、とそれを見ているとハッとした様子で「いや、いつかそういうことがあったらと思って……念の為」とどこか恥ずかしそうに額を押さえていた。

「これは……、下心がある男の言い訳みたいだな」

しまいにはそんなことを言い出して。下心のある男と高遠とがあまりにも繋がらなさすぎて、思わずへふへふと笑ってしまった。が、「いつかアオがお泊まりするかもしれない」といそいそと犬用のお泊り用品を買い集める高遠を想像するとやたらと胸がうずうずした。高遠は本当に「アオ」のことが好きなのだろう。

それから碧は、なんと高遠に風呂で全身を洗われてしまった。そう、全身だ。一日くらい風呂に入らなくても大丈夫だ、入るにしても一人で入る、というのに「そんなことはないだろう」「犬の手ではシャワーのコックも捻れない」と半ば押し切られる形で風呂場に連行されて。

高遠が碧を洗う手つきはそれはもう丁寧だった。顔にお湯がかからないように大きな手でガードしながら、尻の方からあらかじめ泡立てておいたふわふわの泡で丁寧に包んでくれて。顔もちょっと目を閉じている間に綺麗に洗い上げてくれた。タオルドライをした後はスリッカーで毛を整えながら丁寧に根本まで乾かしてくれて。最初は恥ずかしいだのなんだのわんわん吠えながら文句を言っていた碧も、最後にはリラックスして身を任せてしまった。

それから寝る段になって「一緒にベッドで寝る」と主張する高遠と「世話になる身の自分がベッドなんて使えない。ソファを貸して欲しい」と主張する碧の間で寝る場所を巡る攻防が勃発したが、「アオがソファで寝るなら俺もソファで寝る」という力業を繰り出してきた高遠に、最終的には軍配が上がる形で決着がついた。

＊

「狭くないか？」

ほのかな間接照明の明かりだけが灯《とも》った薄暗い部屋の中、ごそ、という衣擦《きぬず》れの後に静かな声で問われた。碧は体勢を整えながら「わん」と小さな声で返す。

本当は足元の方で丸まって寝ようと思ったのだが、何回も高遠に持ち上げられて枕元に連れさらわれて、諦めて高遠の目線上、少し離れた場所で丸くなっている。人間の姿でいえば、隣に寝ているようなものだろう。

（緊張するけど、……き、気持ちいい）

高遠の寝室には初めて入った。大きなベッドが真ん中に置いてあり、あとは間接照明が置いてあるだけだ。カーテンは遮光性なのか、外の明かりはまったく入ってこない。静かな部屋の中、碧はうつ伏せた姿勢で顎を布団にのせる。

「眩しくないか?」

「わふ」

顎を上げるだけの返事をすると、高遠は「そうか」と言ってそのまま目を閉じてしまった。しばらくすると、すぅ、と穏やかな寝息が聞こえてきてギョッとする。高遠は驚くほどに寝つきが良かった。

碧はしぱしぱと目を瞬かせてから、ごそごそと高遠に近付いてみた。

(ほんとに寝てる)

いつもなら碧が近付けば嬉しそうに「アオ」と目を輝かせるが、今は目を閉じてただ規則的な呼吸を繰り返している。

なんとなく面白くなって、碧はふにふにと笑いながら、高遠の腕の側に寝転ぶ。その際、背中の毛が少し高遠の腕に触れる……と、彼は不自然に腕を持ち上げた。起きたのか、と思ったがそうではないらしく、相変わらずすやすやと眠っている。どうやら無意識の動きで碧の寝る場所を確保してくれたらしい。

(前から思ってたけど、高遠さんって犬飼ってたのかな?)

風呂場での洗い方もそうだが、撫で方から何から、高遠はどうも犬に慣れているような気がする。この、犬の寝る場所を優先するという動きもそうだ。

(今度、人間になったら聞いてみようかな)

最初は「人間に戻れなかったらどうしよう」と悩んでいたが、その緊張もだいぶほぐれてきた。気持ちよく風呂に入れたというのもそうだが、高遠が何度となく声をかけてくれたからだ。

「大丈夫、落ち着けばまた人間に戻る」

「でも、無理に戻らなくてもいい」

「アオさえよければしばらくうちにいてもいいから」

高遠はそう言いながら、優しく気遣うように碧を撫でてくれた。不安を不安のまま受け止めて、そのままでもいいと言ってくれる高遠の優しさが嬉しかった。

そういえば高遠は、碧の「海が好き」「高遠の芝居が好き」という話もいつもそのまま受け止めてくれた。茶化すでも、ましてやからかうでもなく。かといってやたら褒めそやすでも無理に会話を広げるでもなく、話すことをただありのままに。

それが心地よくて、最近は人間の姿でもそれほど恥ずかしがらず高遠との会話も楽しんでいたように思う。高遠も映画や舞台が好きらしく、よく好きな監督の話などをしていた。

（多分、きっと今日も……）

今日の映画もまた、高遠なりに碧を楽しませるために提案してくれたのだろう。高遠の芝居が好きだと言った碧ならきっと、自分が主演を務める映画の監督の他作品にも興味を持ってくれるだろう、と。

高遠の気持ちはわかる。碧もいつも、彼と観る映画を決める時は「楽しんでくれたらいいな」「これなら観終わった後にたくさん感想を言い合えるだろうな」なんてわくわくと考えながら選んでいるから。喜んだ顔が見たい、一緒に楽しみたい、そうやって相手の……碧のことを考えてくれたのだろう。

碧に「主演に決まった」と話すまでのそわそわとした様子の高遠のことを思い出し、何故だか胸がきゅうと切なく引き絞られる。

碧は物音を立てないように頭を持ち上げて、高遠の顔を見つめた。

薄暗闇の中でも、高遠の顔は美しい。横顔だからか、鼻梁の高さがはっきりと伝わってくる。

(綺麗な人だなぁ)

高遠は碧のことを「アオ」としか呼ばない。それはもちろん碧がその名前しか教えていないからだ。レンタルサービスのポメラニアン、アオ。それが高遠にとっての全てなのだ。

しかし、碧はそれでよかった。元々それだけの関係であるし、それ以上を求めるのはおかしい。

(高遠さんは俺に優しい。俺に……、いや、アオに)

優しいのに、時々胸が痛むのはどうしてなのだろうか。碧はちくちくとささくれた胸をどうにか押さえるように、ころんと丸まった。


暗闇の中、むく、と男が体を起こす。

時刻は草木も眠る丑三《うしみ》つ時《どき》、夜も深まった頃だ。すぅ、すぅ、と聞こえる寝息を辿ると、青年が一人、シーツに包まるように眠っていた。

男はその剝《む》き出しの肌に触れようとして……、躊躇うように手を握りしめる。

「……はぁ」

男、高遠は溜め息を吐いて、裸で眠る青年……碧のその肌を見ないように目を逸らす。そして、もう一枚暖かいブランケットを碧にふわりとかけた。

「眠れるわけがないだろ」

立てた膝に肘をのせ拗ねたように漏らしたその言葉は、碧の耳に届く前に、ふわりと暗闇に溶けていった。

七

「んぇ、再来週？」

行儀悪く歯を磨きながらスマートフォンをいじっていた碧は、店長から届いたメッセージに首を傾げる。

口を濯いでから再度確認するが、やはりそこには「Tさん再来週金曜日二十時〜入れそう?」と書かれていた。ちなみにTというのは高遠のことである。

（もう二週間あいているのに、結構あくな）

つまり計四週間ぶりの依頼だ。高遠はもちろんアイドルとして忙しい身なので連日依頼なんてしてこないが、四週間も開くのは初めてだ。よほど忙しいのだろう。

（俺みたいな、暇な大学生と違って）

顔を洗ってタオルで拭って、碧は「はぁ」と溜め息を吐く。

卒論完成の目処も立って、講義は週に数コマだけ。はっきり言ってそう忙しくもない。就職の決まっている会社の内定者懇談会も催されたが、雰囲気も良く、同期や先輩社員とも楽しく交流することができた。

バイトの方は変わらず入ってはいるが、前よりも回数は減った。いつ高遠から依頼が入るかわからないから、つい彼が指定しそうな時間はあけてしまうからだ。

(や、別にそうしてくれって頼まれたわけじゃないし、他の依頼入ってるなら断ればいいいんだけど……)

頭ではわかっているが、それでもつい「この日、高遠さんから予約入るかも」なんて思うとそわそわしてしまう。

(卒業したらバイトも辞めなきゃだし、あと何回……って具体的に考えると、つい、なぁ)

十二月も後半に入った。次の依頼は年明け後。一月、二月……三月にはさすがにバイトも辞めなければならない。そう考えるとついつい優先して都合をつけてしまう。

「なんか、変なんだよな……あの日から」

碧は鏡に向かってそう呟いて、そこに飛んだ水滴を、きゅっと親指で拭った。

「あの日」とは二週間前、碧が犬の姿から人間に戻れなくなった日のことだ。あの日、朝起きると碧は人間の姿に戻っていた。

人間に戻って「戻った、戻れたぁ……」と泣きださんばかりに安堵する碧に、高遠はアオに向けるのと同じような顔をして「よかったな」と微笑んでくれた。高遠にとっては碧が犬でも人間でも関係ないのに。まるで我が事のようにホッとした顔をして。人間の碧に、まるで「アオ」に向けるような笑顔を向けてくれた。

その時の笑顔を思い出して、碧はぼんやりとスマートフォンを眺める。

（その笑顔が嬉しくて、俺は……）

と、そこまで考えて、碧はハッと顔を上げた。俺は……、一体なんだというのだろうか。人間の自分も求められて嬉しかったと、まさかそんな調子に乗ったことを考えたとでもいうのか。と、碧は自分自身を笑う。

（いや、まぁ、犬のアオとしては必要とされてるんだから）

そわ、と浮ついた気分を落ち着けるため、碧はソファに腰掛けてスマートフォンを操作する。

「なんにしようかなぁ」

動画サブスクリプションアプリの、自身のお気に入り作品一覧を眺める。次回高遠と観る映画を選ぶためだ。

（こないだはホラーが苦手だって黙ってて迷惑かけたし、思い切ってコメディってのもいいなぁ。……でも、高遠さんってコメディ観るイメージないしなぁ）

高遠の、すん、とした顔を思い出して、碧は「ふ、ふ」と小さく笑う。最初の頃は機嫌が悪いのかと思ったが、あの表情は高遠の「通常」なのだ。今では高遠のあの顔を見ても、びくびくすることはなくなった。……というより、あの冷めた表情を見ること自体減ってきた気がする。

「アオ」と優しい声で名前を呼び微笑んでくれる高遠の顔を思い浮かべて、碧は思わず下唇を強く噛みしめた。そうしないと変な笑いがこぼれてしまいそうだったからだ。

「あ、これ……」

ふぐ、と変な顔をしながらスマートフォンに向き合っている……と、一本の映画が目に留まった。それは、有名はラブコメディだ。少し古い映画ではあるが、一時期はよくテレビでも放映されていたし、タイトルを言えば「あぁ、あれね」と思い当たる人は多いだろう。碧も何度も観たことがある。

内容はいわゆる身分違いの恋の話で、貴族の爵位を持つ由緒正しきお坊ちゃんと、貧乏で、しかしバイタリティに溢れた清掃員の女性がひょんなことから出会い、最初は反発し合っていたけれど徐々に惹かれ合い恋に落ちていく……というストーリーだ。よくある話といえばそうなのだが、これがとてもユーモラスに、しかし身分社会にも切り込むシリアスさも盛り込みながら描かれており、とても楽しい。

（途中辛いシーンもあるけど、すごく後味の良い映画なんだよなぁ〜。特にエンドロールが秀逸で……）

物語はもちろんハッピーエンドで終わるのだが、エンドロールでは、映画のストーリーの後の彼らの人生を人形劇で見せてくれる。想像の余地を残すという意味では賛否が分かれるかもしれないが、碧はそのエンドロールを観るたびにほっとする。彼らの人生は映画の後も続いていくのだ、としっかり感じられるからだ。

「エンドロール、か」

その映画に限らず、碧はエンドロールを観るのが好きだ。映画館に観に行く際はそれが流れ終わるまで席を立つことはないし、家で鑑賞する時もそうだ。時折思いがけぬ情報が挟まれるのも嬉しいし、その映画に関わった人物の名前をじっくり眺めるだけでも楽しい。

(たとえば)

たとえば、人生が映画だったとして。碧の映画のエンドロールにはきっと高遠の名前がでかでかと載るだろう。スペシャルサンクス、もしくは特別出演、なんて書かれているかもしれない。許可が下りるなら顔写真も横に並べて欲しい。

碧はそんなエンドロールを想像して、ふ、と笑った。そして笑顔をそのままに、少し顔を俯ける。

(高遠さんの映画には……)

彼の人生の映画には、きっと錚々《そうそう》たる有名人の名前がずらずらと書かれるのだろう。有名人だけではなく、きっと、彼のエンドロールに名を連ねたい人は星の数ほどいる。とんでもなく時間がかかるであろうそれを想像しながら、碧は「もしも」と頭の中で囁くように呟いた。

(もしも叶うなら、その端っこの、端っこの端っこ、誰の目にも留まらないくらいの大きさで、その他大勢の中でいいから)

それでいいから、彼の、高遠の何かになって残りたい。と、ぼんやりと夢想して。そして碧は、「何を馬鹿なことを」と自分自身に苦い笑いを向けた。あまりにも抽象的というか、ファンタジーが過ぎる。

とりあえず、映画はこれでいいか。と、そのラブコメディ映画を候補に入れてから、碧はアプリを閉じる。そして、いつも利用しているSNSを開いた。

「ん？」

そのまま、すぃ、すぃ、と画面をタップしていると、「ついにデビュー」という文字が目に飛び込んできた。

「あぁ、高遠さんの事務所の……」

それは、スパメテも所属しているアイドル事務所のニュースであった。新しいアイドルグループがデビューすると少し前からまことしやかに囁かれていたが、本当にするらしい。

メンバーはスパメテの後輩にあたる三人だった。三人とも既に事務所に所属しており、それぞれ見覚えのある顔だった。

（多分デビューするって言われてた……へぇ！　後でデビュー曲のサンプルチェックしてみようっと）

碧は新たに公開されたメンバーのプロフィールページをスクロールしながら確認していく。

「え？」

スマートフォンに触れていた指が止まる。メンバーの一人、片岡みちるのインタビューページを見た時だ。

『片岡《かたおか》みちる（十九歳）身長百七十六センチ、特技：連続バク転、趣味：ドッグランで走ること、尊敬する人：高遠ハヤテ。みなさんへひと言……僕は犬化症候群です。犬種はポメラニアン！　アイドルとしてもポメラニアンとしても、可愛さ格好良さ全開で頑張ります』

自身が犬化症候群に罹患《りかん》していることを公表している著名人は多い。特にタレントはそれを売りにしている場合もあり、ポメタレ（ポメ化するタレント）と呼ばれていたりもする。

「犬化症候群……」

尊敬する人の欄の「高遠ハヤテ」とポメラニアンという犬種が妙に引っかかって、碧は意味なく瞬きしてその不安を逃す。

（いやいや、何を考えてるんだって）

高遠はポメラニアンの「アオ」が好きだ。それはもう可愛がってくれているし、ずっと変わらず指名してくれて、優しくしてくれている。だが、ポメラニアンであれば誰でもいいというわけでもないだろう。それならば、『ワンラブ』で他のポメラニアンを指名したっておかしくない。が、高遠が指名するのは碧だけだ。

というより、こんなことを考えるなんて烏滸《おこ》がましいし、そもそも片岡に失礼すぎる。変に連想ゲームのように想像した碧が悪い。

「あ、インタビュー動画」

片岡のグループのインタビュー動画を見つけて、碧はなんとなくタップする。すぐさま「こんにちは〜」と明るい声が聞こえて、同時にパッと華やかなメンバーがスマフォの画面に映る。

それはありがちな「デビューに際しての告知動画」だった。メンバー紹介やデビューに至るまでのちょっとした秘話、それから抱負などなど。気がつけば碧も夢中になって動画を観ていた。

「片岡くんの仲の良い先輩と言ったら〜」

「そりゃあ高遠ハヤテさんだよね」

が、突然出てきた高遠の名前に、ぴく、とスマートフォンを持つ指先が震えてしまう。

「仲良いっていうか、あの人はポメが好きなだけだから」

片岡は拗ねたように口を尖らせてそう言う。が、残りのメンバーは「出た、あの人呼び」「みなさん、聞きましたか？　仲良いの伝わってくるでしょ」と茶化すように笑っている。どうやら定番のやり取りらしい。

同じグループや事務所の面々の仲良しエピソードは人気が高いので、これはあえて狙って入れられたトークなのかもしれない。碧だって高遠がスパメテの面々と仲良くしているのを見るのが好きだ。しかし、今は何故か胸の中がざわざわとざわめいて仕方ない。

画面の中では片岡が「はいはい仲良しですよ！　こないだもご飯に連れて行って貰いました！……って、その場に君らもいたでしょ。みんなで連れてって貰ったじゃん？」とメンバーを責めるような顔を見せる。トークも軽快だし、表情がころころ変わって片岡は大変愛らしく魅力的だ。おそらくこのグループのセンター的立ち位置なのだろう。

「公表してますが、僕は犬化症候群を患っています。発症してからずっと隠さずに生きてきました。たしかにポメの僕は可愛いです。めちゃくちゃ可愛いです」

そう言った片岡は両側から「自分で言うか？」とからかうようにツッコまれたが、それでもキリッとした笑顔で真っ直ぐに前を見据える。

「でも人間の僕も可愛いんで。可愛いし格好いいんで。絶対、みんなに応援したいって思ってもらえるようなアイドルになります」

その言葉は碧の胸を鋭く貫いた。思わず、眩しいばかりの笑顔からぎくしゃくと目を逸らしてしまうほど、痛烈な痛みを伴って。

一般的に、自身が犬化症候群であることを公にしている人のことをオープンポメ、反対に隠している人のことをクローズドポメと呼ぶ。別にどちらがすごいなんてことはないし、公表しているから偉いなんてことはないと思う。が、片岡みたいに犬化症候群のことも隠さずきらきらと輝いている人のことを見ると、単純に「すごいなぁ」と思うし、改めて我が身を顧みてしまったりもする。

碧はこの病を発症してから……正確には友人に噂を広められた一件を機に、ずっとクローズドポメだ。犬化症候群である自分をポジティブに受け止められるようになりたいと思ってデリポメのバイトを始めたが、大学の友人たちにそれを知られたいとは思わない。真っ直ぐに前を見ている片岡を見ると、後ろ向きな自分がやたら矮小《わいしょう》に感じられてしまう。

ぼんやりと画面を眺めているうちに、いつの間にか動画は終了していた。薄暗くなった画面を見つめてから、碧はゆっくりと指を持ち上げた。

『片岡みちる　ポメラニアン』

て、て、と普段の半分くらいのスピードで検索窓に文字を打ち込み、実行ボタンを押下する。と、画面には同じポメラニアンの写真がずらりと上がってきた。

「……え？」

その写真を見た瞬間、碧は我が目を疑った。そこに「自分」がいるのかと思ってしまったからだ。

薄茶色で胸と腹のあたりだけ白い毛、くるんと上向きに丸まった尻尾。黒い瞳に、しまいきれていない舌。碧は無言でそのポメラニアンを見つめた後、ごとっ、と床にスマートフォンを落としてしまった。取り落としたのではなく、スマートフォン自体を摑めなくなってしまったからだ。

「くぅ、……ん」

碧は犬化していた。着ていた服の襟元からむぎゅうっと顔と体を出しながら、碧は頭に浮かんだ考えをきちんとひとつの言葉にした。

（似てる。色とか、尻尾の形とか、毛並みとか……）

碧は座っていたソファから飛び降りて、てて、と部屋の隅に置いてある姿見の前に進む。

（片岡くんの犬姿と、俺の犬姿、すごく似てる）

鏡の中、不安そうな顔をしたポメラニアンが首を傾げている。碧は鼻先をくっつけるように鏡を見つめて、そして床に落ちたスマートフォンを振り返る。

（似てる？　俺が片岡くんに？　じゃなくて、片岡くんに……俺が？）

不意に、頭の中に「似てる」という声が響き、それがいつ誰に言われた言葉だったかをすぐに思い出す。

『似てる』

どこか嬉しそうな、その声。低くて、耳に心地よく響くその声は、高遠のものだ。

（あぁ……嘘だ、まさか）

そう、高遠は言っていたではないか。出会ったあの日、あの時、あの瞬間。「アオ」を見るやいなや「似てる」と。

あの時は少し不思議に思ったものの、目の前に憧れの人が現れてそれどころではなくなって。そして、いつの間にか記憶の隅に追いやっていた。

しかし今それをはっきりと思い出し、そして理解した。その「似てる」が誰を指してのことだったかということを。高遠はそう、きっと……。

(片岡くんに、似てる、って思ったんだ)

ポメラニアンの姿を見て、片岡に似ていると。だからこそ、高遠は碧を可愛がってくれたのだ。

そんなはずは、と思うのと同じくらい「やはりな」という気持ちが湧き上がる。そうだ、そうなのだ。あの高遠がたしかに愛らしいとはいえただのポメラニアンでしかない碧をあそこまで可愛がるのに、理由がないわけがなかったのだ。

「くぅ」

そうか、そうだよな。碧は転がったスマートフォンに顔を向ける。そこに映るポメラニアンは、色や形はたしかに碧に似ているが、よく観察すると違いが見えてくる。碧より片岡の方が目がくりっとしているし、毛並みも綺麗だ。耳もピンと立っていて、全体的に凜々《りり》しいし、顔は小さいのに体つきはシュッとしている。碧は「似てる、けど似ていない」と思った。なにしろ全然違うのだ。片岡の方が、何倍も、何倍も可愛い。似ているからこそ、より一層その差が伝わってくる。

(上位互換ってこういうことを言うのかな)

なんて馬鹿なことを考えて、碧は笑おうとした。が、笑えなかった。それは犬だからではない、胸が、笑えないほどに胸が痛かったからだ。

（犬の俺が必要とされているならって思ってたけど、それが、誰かの代わりなのだとしたら）

それでも、誰かの代わりだとわかっていても、自分は「わん」と可愛く小首を傾げながら尻尾を振れるだろうか。なんてことを考えて、即座に「当たり前だ」と自分を叱咤する。碧のそれは仕事だ。仕事なのだから、金を貰っているのだから、客である高遠に気分よくなってもらうために全力を尽くさねばならない。たとえ碧の気分がどうであれ、それは客である高遠には関係のない話だ。

（だって、それが、俺の仕事だから）

碧のそれは仕事だが、片岡のそれはきっと……。碧はそこまで考えて、ゆるゆると首を振った。考えすぎてはいけない、悩みすぎてはいけない、鈍感にならなければならない。そう頭ではわかっていても、どうしても沈む心を浮上させることはできなかった。自分が、何に、どうしてこんなにも傷ついているのかもわからないまま。

八

約束の日。碧はいつもどおり高遠の下へとバイトに向かった。犬の姿で訪れて、会えない間に買い溜めてしまった……というおもちゃで遊んで、思う存分ブラッシングしてもらって、写真撮影会じみたことまでして。

「この写真、印刷してもいいか？」

と聞かれたので、店の規則を思い出しつつ「どうぞ」という意味を込めて「わん」と鳴くと、高遠は嬉しそうに笑った。『ワンラブ』では、犬単体、もしくは犬と一緒に撮影した写真の利用は自由だ。もちろん、個人で楽しむ範囲に限ってのことだが。

……だが、そうやって楽しくしていても、頭のどこかにはずっと片岡のことがちらついていた。もちろん、あくまで仕事中なので「考えるな、考えるな」と言い聞かせ、意識の外に追いやろうとはしていたが。

少なくとも、犬の姿をしていれば話をする必要も口を滑らせることもない……と思っていたのだが、予定時間が半分ほど過ぎた頃になって、高遠がそわそわとしはじめた。そしてやたら碧を撫でながら……。

「そろそろ、人間の姿にならないのか？　映画も……今日はアオがお勧めを選ぶ番だろう？」

なんて言い出して。碧は驚いて、そして気を抜いてしまったところに高遠の照れたような顔をくらってしまい、あっという間に、ぽひっと人間に戻ってしまった。そんなことを言われたら「人間の碧」も求められているのではないか、なんて勘違いしてしまうではないか……と、完全に見当違いの八つ当たりのようなことまで考えながら。

（結局、いつも通りになっちゃったけど）

碧は高遠が用意してくれた茶と菓子を前に恐縮しながら肩を落としていた。いつも通りソファに座って、目の前のテレビでは、ちょうど碧の選んだラブコメディ映画が流れだしたところだった。

（間違えても余計なことは言いたくないから、できるだけ犬の姿でいたかったんだけど……）

ちなみに高遠の方は、やたらと機嫌良さそうな顔をしている。そんなに好きな映画だったか……と思ったが、どうやら違うらしい。

「あの、何かあったんですか？」

「ん？」

「や、嬉しそうな顔されてるから、なんかあったのかなぁ……って」

「あぁ、いや……」

指摘するとどこか戸惑ったように口元に手を当てる。まるでどうしても浮かんでしまう笑顔を隠すように。

（あ、そっか）

そこで高遠が嬉しそうな理由に思い至って、碧は曖昧に微笑む。

「アストロダイス、デビュー決まりましたね」

「？　あぁ、そうだったな」

アストロダイス、とは片岡が所属するアイドルグループの名前だ。彼らのデビューは、同じ事務所の彼は知っていたのかもしれないが、改めて世間に公表されて嬉しかったのではないだろうか。

が、高遠は何故か不思議そうな顔をしている。碧の方からその話が出ると思わず戸惑ったのだろうか。

そこで会話が途切れてしまって、碧は気まずい気持ちで膝に置いた手を見下ろす。

「アオ」

どうしようかな、と思っていると名前を呼ばれた。「はい?」と返事をしながら顔を上げると、高遠が何か言いたげな表情をしている。

「あー……休みの日はドッグランに行っていると、言っていたよな。前に」

そう言われて、碧は素直に「えぇ、あ、はい」と頷く。そういえばたしかに以前、休みの日に何をしているか尋ねられて「ドッグランに走りに行ったりしてる」と答えた。

(そういえば、片岡くんの趣味もドッグランで走ることだったな)

ふとそんなことを思い出していると、高遠が口元に手を当てながら「いや」とどこか歯切れ悪く話を続ける。

「知り合いが、会員制の犬化症候群向けドッグランを経営していて」

「へぇ! すごいですね」

会員制となると、かなり高級なドッグランなのだろう。以前テレビでそういう施設を見たことがあるが、スパやカフェも併設されていて、建物から内装から、かなり豪華だった。年会費が驚くほどに高くて「庶民向きじゃないなぁ」と思ったことを覚えている。

「そこなら出かけられるんじゃないかと思って、一緒に」

「え?」

「アオと、店外サービス」

話の筋が見えなかったが、ようやく理解して碧は目を丸くする。つまり高遠はアオとそのドッグランに行きたいというのだろう。

「え、あー……、ありがとうございます」

「その後、アオが嫌じゃなければ食事に行きたい。……この間みたいに泊まってもいいし」

「え？」

食事となると人間の姿に戻って、ということだろうか。碧は目を瞬かせてから苦く笑う。

「人間の俺は、必要ないんじゃないですか」

思わず自嘲するようにそうこぼした後、あまりにも拗ねた物言いに恥ずかしくなって顔を伏せる。

と、高遠が戸惑ったように「アオ？」と名を呼んできた。

ちょうどというかなんというか、折しも画面の中ではようやく心を通い合わせたはずの男女が、あらぬ誤解のせいで「私のことを好きだと言ったのは、冗談だったたってわけね」「……そうだ」「貴族にしてはジョークが下手ね」なんて言い合っていた。緊迫した音楽が流れてきて、なんだか気まずさが増す。

「なんでそんなことを言う？」

「あ、いや。だって……ほら、俺はデリバリーポメだから。用があるのは犬の方でしょう？」

言い訳のように早口でそう言って、誤魔化し笑いを浮かべる。高遠は納得がいっていないような微妙な表情をしていたが、「そうだな」と肯定の返事をした。その横顔がどこか寂しそうに見えたのは、碧の気のせいだろうか。

寂しいと思ってくれているなら嬉しい。人間の碧にだって用があるのだと、一緒にいて楽しいのだと、そう思ってくれたら。

(でも、それも全部……)

「俺って、もしかして誰かの代わり……だったりします?」

気がついたら、碧は言わなくてもいいことをぽろりとこぼしていた。そう、まったくもって言わなくてもいいことだ。仕事をする上で必要のない、聞いても意味のないこと。碧にはまったく関係のないこと。そんなことを聞いてしまったのはもしかすると、流れている映画のせいもあるかもしれない。相変わらず画面の中の二人の間には切ない空気が漂っていて、音楽も悲壮だ。つられるように、碧の胸もぎゅっと詰まる。

「あ、いや……」

慌てて口を押さえるが、もう遅い。高遠は眉根を寄せて「代わり?」と不審そうに碧を見ていた。

碧はしばらく迷った後、もういいや、と半ば自棄《やけ》のような気持ちで口を開く。

「アオに……犬の俺に、誰か重ねてませんか?」

心臓が痛かった。馬鹿、やめろ、と頭の中で声がする。それを知ってなんになるんだと、自己満足だと、自分を責める声がする。どき、どき、と心臓がうるさい。

「その話は、したか?」

どき。

一際心臓が高く鳴って、きゅっと喉が詰まったように呼吸がしづらくなる。碧は一気にからからになってしまった口の中で「いや」と言葉を転がした。

「その、あの……」

「代わりなんて、そんなつもりはない」

しどろもどろでどうにか話を続けようとしたがその前に、高遠が碧の言葉に重ねるように否定してきた。その強い言葉に、碧の胸が張り裂けそうになる。

「や、すみません。代わりなんて、おこがましいことを言って……」

言いながら、情けなく湿った笑いがこぼれてしまう。そりゃあ、天下のアイドルの代わりがしがない大学生なんかに務まるわけがない。

「すみません」

「なんでアオが謝……」

碧が頭を下げたのと同じタイミングで、高遠がどこかもどかしげに口を開く。と、その時。

――ヴヴッ、ヴー、ヴー。

振動音が響いて、二人してそちらを見やった。音の出どころは、机の上に置かれた高遠のスマートフォンだ。どうやら着信らしく、震えはなかなか止まらない。

「あの、どうぞ出てください」

無理矢理笑顔を浮かべながらそう言うと、高遠は短く「悪い」と溜め息混じりに謝ってから、スマートフォンを手に取った。

「もしもし」

高遠が電話に出ると、通話口から何やら騒がしい声が聞こえてきた。内容までは聞き取れないが、高遠が喋る前に一方的にまくし立てているようだ。

「は？　今は無理、出られない。……デビュー記念って、散々祝ってもらっただろ」

デビュー、という言葉に碧は顔を上げる。

「家に来られても困る。だから無理だって……おい」

高遠の言葉に重ねるように「ピンポーン」と来客を知らせるチャイムが鳴った。音から察するに、エントランスからの呼び出し音のようだ。このマンションはまずエントランスに入る前に居住者による解錠が必要なので、まだ玄関までは来られないだろうが……なんとなく、嫌な予感がした。

高遠は明らかに苛々《いらいら》とした様子で、インターフォンの応答ボタンを押す。

『あっ、ハヤテくん？　今日ご飯行こうってメッセージ入れたじゃないですか』

『高遠さんこんばんは』

『めっちゃいいマンション住んでるんですね』

画面に映ったのは、四人の男性だった。マスクや帽子で顔を隠してはいるが、モニターの映像でもその声とシルエットでそれが誰か碧にはわかってしまった。

(宍原くんと、アストロダイスのメンバーだ)

高遠と同じグループである宍原、そしてアストロダイスのメンバーだ。もちろんその中には片岡もいる。平素であれば彼らに会えたら嬉しくて飛び上がっていただろう。サインとまではいかなくとも、せめて手を振ってもらえたら、なんて。しかし今は……。

「今日は無理だって送っただろ。プライベートだ」

『プライベートって、あ、彼女連れ込んでます？』

『やだ～！　高遠さんは全人類の恋人でいてくださいよ～』

『ね、ね！　とりあえず一旦、一旦上げてくださいよ』

高遠の表情が見えないからか、画面の向こうはみんな楽しそうに笑っている。

『ほら、みちるくんも一緒だし。ね？　会いたかったんじゃないですか？』

と、宍原が片岡を画面の前に押してくる。片岡は「ハヤテさん突然押しかけてすみません～」と手を合わせている。それを見て、碧はズキッと胸が痛むのを感じた。そしてそれを誤魔化すように、慌てて自分のスマートフォンを手に取る。そして手早くメモアプリに文字を入力して、とんとんと高遠の腕を叩いた。

『今日はもう帰ります。俺もこの後予定があるので』

嘘だ。高遠の予約が入っている日に予定なんて絶対に入れたりしない。が、そう言うしかなかった。

「本物」が来てくれた以上「偽物」がここにいる必要はない。このままここにいて邪魔に思われるより、自分から去った方が楽だ。

高遠は軽く目を見開いた後、どこか怒ったように少しだけ眦《まなじり》を吊り上げた。そして碧の耳にそっと口元を寄せてくる。

「帰るのか？」

耳元で切なげに囁かれて、碧はビクッと身をすくめる。インターフォンの向こうにいる面々に声が聞こえないようにという配慮なのだろうが、高遠の低い声は心臓に悪すぎる。

碧はスマートフォンをぎゅっと握りしめてから、笑って頷いてみせた。多分、ちゃんと笑えているだろうが、いまいち自信がない。

高遠は「はぁ」と短く息を吐いた後、インターフォンに向かって「十分そこで待ってろ」と声をかけた。そして早々にプツッと通信を遮断すると、碧に向き直る。

「アオ……」

「芸能人をマンションの前で待たせるのはまずいですよね、早めに出ます」

高遠が何かを言う前に、碧はさっさと荷物をまとめる。

最後にちらりと見えたテレビ画面の中では、誤解の解けた恋人たちが「もう離さない」とばかりに互いを抱きしめ合っていた。物語はここから感動的なクライマックスとなる。

碧はそんな彼らと今の自身の状況の対比になんとなく胸が詰まって、ぐ、と荷物を入れたバッグの持ち手を握りしめた。

「……えっと、じゃあ俺、行きますね」

そそくさと頭を下げて、玄関に向かう。が、すぐ後から追いかけてきた高遠が、碧の腕を摑んだ。

「何か、怒っているのか？」

「怒る？」

まさか、と碧は思わず笑ってしまう。何故自分が高遠に怒るのだ。怒っているのではなく、泣かないように……我慢しているだけだ。

「さっき言っていた代わりってやつ。……あの子はあの子だし、アオはアオだ。重ねて見たことなんてない」

「いや、そりゃあ……全然違いますから」

先ほど見た片岡は、インターフォンの小さなモニターでもかなり顔貌が整っているのが伝わってきた。スタイルも良くて、性格も明るそうで、何もかもが碧とは違う。違いすぎる。

いよいよ笑顔を保つのが苦しくなってきた。碧は崩れた表情を見せないよう、さりげなく顔を背けながら、摑まれた方の腕を優しく取り返す。そして、できるだけ顔が見えないように気をつけて、深々と頭を下げた。

「今日も、ご利用ありがとうございました」

玄関が閉まる前に「アオ」と碧を呼ぶ声が聞こえた気がしたが、振り返ることはしなかった。くしゃくしゃになってしまった顔を見られたくなかったからだ。

（あー……、俺、最低だ。仕事なのに、態度悪すぎだろ。馬鹿野郎、あぁ、もう……）

顔どころか心までくしゃくしゃで、もうどうしようもない。そのままエレベーターに飛び乗って一階に降りた。


エントランスを抜けて外の空気を吸った時、駐車場に向かう方向とは反対の、綺麗に手入れされた生垣の近くから明るい声が聞こえてきた。

「やー、突撃してみるもんだなぁ」

「まさか高遠さんが家に入れてくれるなんて」

（あ）

聞き覚えのあるその声は、宍原、そしてアストロダイスのメンバーのものだった。

碧はできる限り下を向いてその近くを通り過ぎようとしたが、聞くともなしに、その会話が耳に入ってきた。

「うちのメンバーですらハヤテくんの部屋上がったことないよ」

宍原の言葉に、他のメンバーが「マジっすか」と沸き立つ。

「やっぱみちるマジックですかね？」

「高遠さんって絶対みちるに甘いっすよね。いいなーみちる」

アストロダイスのメンバーのものだろう声に、「んなことないって」と照れたように返す片岡の声が聞こえる。と、宍原が感心したように「へー」と声をあげた。

「や、ハヤテくんって誰にも興味ないって感じだったから、俺も意外かも。そんなに仲良かったんだ」

宍原の楽しそうな声を、誰かが「そうなんすよ」と自信ありげに肯定した。

「ここだけの話なんですけど……」

そして声を潜《ひそ》めるようにボリュームを下げて「実は」と続ける。

「高遠さんのスマホの壁紙、なんと、みちるだったんですよ」

「えぇ～！　それほんと？」

宍原の驚いたような声に合わせて、碧の胸が、ドキッとひとつ嫌な感じに高鳴った。思わず、わいわいと話す彼らを振り返ってしまう。生垣に阻まれて姿は見えないが、会話はしっかりと聞こえてきた。

（いや、駄目だろ。他人の……それも芸能人の会話を、それとわかってて盗み聞きするなんて……）

自分で自分を諫《いさ》めながらも、止まった足はそこに根を張ってしまったかのように動かない。「聞いちゃ駄目だ」と「聞きたい」が頭の中でせめぎ合って、こめかみがずきずきと痛みはじめた。

「ってか、ほんとにそれって俺だったの？」

「そうだって。同じメンバーの俺が、お前の写真を見間違えるわけないじゃん」

片岡の笑い混じりの言葉に、「見た」と言ったメンバーが笑って返す。宍原が感心したように「へぇ～」と感嘆の声をあげた。

「みちるくん、本当にハヤテくんのお気に入りなんだなぁ」

屈託のない、明るい声だった。

邪気のないその声に、別に責められているわけでもないのに罪悪感が増していく。

「俺、ずっと高遠さんに憧れてたから、本当なら嬉しいなって思います。俺にとって高遠さんは、最高のアイドルだから」

片岡の言葉は至極真剣だった。彼は本気でアイドルとしての高遠を好きなのだろう。その純粋な気持ちが言葉からも伝わってきて、碧は下唇を噛みしめた。片岡の気持ちは、同じく高遠に憧れる者として痛いほどにわかる。

（でも、俺も……俺だって……）

碧はそれに対して張り合うようなことを胸のうちに思い浮かべて、慌てて頬の内側を噛んだ。一般人の碧が高遠への憧れを口にしたところで、なんにもならない。ましてや、彼は本当に高遠に愛されていて、碧はその代わりで……。

「最近俳優業が増えてきた～って嘆いてたもんな」

「俺はアイドルしてる高遠さんが好きなの。最高にかっこいいじゃん。あー、よそ見せずにただアイドルでいて欲しいのになぁ」

「……っ！」

片岡の言葉に頭にカッと血が上って、そしてすぐに下がる。他愛もないやり取りだ。わかっているのに、碧は振り向いてしまう。建物の陰から、拗ねたように笑う片岡が見えた。夜目にもきらきらと輝くその美しい顔が、何故だかぼんやりと歪んでいく。

（高遠さんは……、高遠さんは、アイドルとしても凄いけど、でも、でもそれだけじゃなくて、芝居が好きで、映画も好きで、それで……）

言いたいことがぐちゃぐちゃでまとまらない。そもそも人の話を盗み聞いて勝手に反論したくなるなんて、惨《みじ》めで、馬鹿らしくて、恥ずかしい。それも、高遠のことをわかっている風に。

（……少しの時間、一緒にいたからって）

きっと、片岡の方が、碧よりもよほど高遠のことを知っている。胸に込み上げた熱は一瞬でしゅるしゅると萎み、碧は体の横にだらりと腕を落として、俯いた。

「あ～ハヤテさんのこと本気で好きだな。女だったらハヤテさんと付き合ってた。……や、いっそ男のままでもいいかも」

「マジかよ～。いやでも、お前が押したら高遠さん落ちるんじゃね？」

「ヤバい、今夜ビッグカップル誕生しちゃう感じ？」

「だってハヤテさんだよ？　普通に考えて良くない？」

片岡の屈託のない言葉と、湧き上がる笑い声。明るいその声に背を向けるように、碧はくるりと踵《きびす》を返して歩き出した。


（そういえば、映画、エンドロールまで一緒に観れなかったな）

あそこが碧的に一番見どころだった。

エンドロールまで観て「どこがどう面白かった」なんて感想を言い合いたかったな。高遠がせっかく作ってくれたお菓子も全部食べられなかったな。

（映画の、エンドロールが……、いや、お菓子が……、いや……）

色々なことを考えたような気がしたが、結局何も結論に至れないまま。

気がついたら、碧はポメラニアンになっていた。

（あれ……？）

あれ、おかしいな、なんて思いながら足元にくしゃくしゃに溜まった服を口で摑んで引っ張った。

生垣の隙間に荷物と一緒に突っ込んで、どうにか誤魔化す。

閑静な住宅街なので、人通りが少ないことが救いだった。

いつの間にか片岡たちはいなくなっていた。誰もいない静かなそこで、碧は「なんで」と心の中で繰り返す。

（なんで俺、ポメラニアンになってるんだろう）

そんなに感情が高ぶることがあっただろうか、と、足元を見下ろす。右脚を上げ、左脚を上げ、そしてそのままそこに伏せる。先ほど片岡たちの話を聞いてから、どのくらいぼんやりしていたかわからないが、体が冷え切っているのはわかった。

そう、片岡の熱烈な告白みたいなものを聞いてから……。

（……あぁ、そっか）

片岡が高遠のことを「好き」と言った。「付き合ってもいい」と。

高遠はきっと片岡に愛を告げられたら嬉しそうに受け入れるだろう。何せ彼の写真をスマートフォンの壁紙に設定するくらい好きなのだから。犬の姿が似ているというだけで碧を身代わりにするくらい、彼のことが大好きなのだから。

（そっか。俺、俺は……）

アスファルトに、ぽつ、と水滴が落ちる。雨が降ってきたのかと空を見上げて、それが雨ではないと気付いた。それは、碧の涙だった。

泣いているのだと意識したからか、涙はほろほろと止まらなくなって、次から次へと溢れてきた。

碧はきゅうきゅうと鼻を鳴らしながら、生垣に突っ込んだ自分の荷物を探る。

スマートフォンを取り出して、てち、てち、と画面をタップする。涙で滲んで前が見えなくて、犬の姿でしゃくり上げ、何度も何度も失敗しながら、それでもどうにかメッセージを送る。

『てんちょう、むかえ、おねがいできますか』

すぐさま「OK。Tさんのとこ？　上、下？」と返事が来る。上、というのは部屋までの迎え、下はマンションの駐車場だ。碧は「したで」とだけ返して、スマートフォンを荷物の中に戻す。そのまま生垣の間に挟まるように後退りして、蹲《うずくま》った。

（そっか。俺、高遠さんが好きなんだ）

だからこんなに苦しくて、苦しくて苦しくて堪らないのだと。今さら気付いた自分の気持ちと向き合って、碧は目を閉じる。途端にまたぽろりと涙が溢れて脚の毛を濡らす。

いつからか、碧は高遠に恋をしていた。ただの、憧れのはずだったのに。

（なんで、どうしてって……、そんなの）

高遠の、やたら犬に優しいところが面白かった。いつも無表情なくせにアオには全開の笑顔を見せてくれるのが、堪らなく幸せだった。

家事なんてしなそうなのに意外とまめに料理するとか、丁寧に紅茶を淹れてくれるとか。それでいて自分のことには無頓着で部屋着はよれよれだとか、そんな、そんなところが。

（好きだったんだ）

元々彼に、一方的にとはいえ「救われた」と思っていたところに、優しくされて……恋に落ちないわけがなかった。

男同士だとか、芸能人だとか、仕事の関係だとか、そんなこと全部わかっているし、自分が救いようのない馬鹿だということもわかっている。

（でも、だから、もう）

だからこそ、辛い。辛い、辛い。自分が身代わりだと知ってしまったから。彼が本当に好きなのは、自分なんて足元にも及ばないくらい、きらきらと輝く綺麗な人で。

犬として必要とされていれば、仕事だと割り切れば、と言い聞かせようとしたが、無理だった。

「くぅ」

情けなく鼻が鳴る。しんしんと冷え込む冬の夜は、犬の身でも寒い。涙のせいで毛が濡れているせいで、余計に。

ぶる、と身を震わせてから、碧はマンションを見上げた。小さな体では、てっぺんまで視界に入れることもできない。高遠の、そして片岡たちのいる部屋は目に映らない。

（高遠さんのエンドロールには……）

不意に、先日考えていたことが頭に浮かぶ。高遠ハヤテのエンドロールに、きっと片岡は名前を連ねるのだろう。もしかしたら高遠の次に、もしくは横に並ぶのかもしれない。なにしろ、二人は互いに想い合っているのだから。

きらきらと光るエンドロール。自分の名前は、その他大勢の中にすら紛れ込むことはないのだろうと気がついて。碧は「あぁ」と己を笑った。

（それなら、せめて）

せめて、今日の映画のエンドロールくらいは一緒に観たかったな、と。胸の内で空しく呟く。

恋心に気付いた瞬間に失恋だ。いや、失恋なんていうのも烏滸がましいぐらいの、小さくて歪《いびつ》な恋心だが。

それから。店長から「着いたよ。どこにいる？」と連絡が来るまで、碧は生垣の中に隠れるように蹲っていた。

いつもどおりふにゃふにゃとした笑みを浮かべた店長は小さく体を伏せた碧の前に座り込み「どうしたの？　何かあった？」と聞いてきてくれた。いつもは緩く感じるその態度になんだかほっとしつつ碧は「なにもありません」というように首を振ることしかできなかった。

「あら～怒らせちゃった？　大丈夫～？」と店長はどことなく不安そうだった。もしかするとクレームが入るのではないかと心配しているのだろう。

しかし多分、高遠が店に対して怒ったりすることはないはずだ。彼はきっと、片岡たちと楽しくしているはずだから。

＊

高遠の家から帰った次の日から、人間の姿に戻った碧は、とんでもない高熱を出して寝込むことになってしまった。

寒空の下で長いこと蹲っていたせいかもしれないと思ったが、原因はわからない。とにかくその熱は何日経っても下がらず、最後には心配した両親が新幹線で三時間もかかる地元から看病にやってくる事態となってしまった。両親にも仕事があるので、申し訳ないと謝ったが、両親は「あんたは四年間私たちに頼ることなく一人で頑張ってきたでしょ。たまには迷惑くらいかけなさい」と言われてしまった。ありがたいやら情けないやら、碧は久しぶりに親の前で泣いてしまいそうになってしまった。

さらに病気のせいか失恋のせいか、犬化症候群の症状もひどくなった。それほど気が高ぶった状態じゃなくても犬の姿になったり、かと思えば唐突に人間の姿に戻ったり。いつ犬化してしまうのかわからないので、おいそれと外に出ることもできず、久しぶりに副作用を覚悟で強めの薬を定期的に摂取しなければならなくなってしまった。まさに泣きっ面に蜂、踏んだり蹴ったりだ。

医師によれば「不調の原因は精神的な影響も強いだろう」ということだった。元々犬化症候群は患者の精神状態で犬化したり人化したりするのだから、心が落ち着いていなければ症状が安定するわけがない。

そんな調子だったので、碧は『ワンラブ』を辞めることにした。店長からは連日のように「Tさんが予約取りたいって」「Tさんからとりあえず連絡したいって来てるけど」「お願い～Tさんが怖い～」なんて連絡が来ていたが、碧はただ「すみません」としか送れなかった。もちろん最低限の責務は果たすつもりだったのだが、結局は何もできないまま辞めてしまうことになった。店長には迷惑をかけて申し訳ないと思ったが、なにしろ大学にも行けていない状況だったので、バイトができるはずもなく。

店長は「いやもうそれはしょうがないと思うし、わかる、わかるよ。でも、はぁ……Tさんになんて言おう」と頭を抱えていたが、碧にはどうにもできず、やはり「すみません」と繰り返すしかなかった。

碧は申し訳なく思いながらも、Tこと高遠からの連絡もそのうち落ち着くだろうと思っていた。きっと、彼が本物の「自分の大好きな人」を手に入れる頃には。


結局、まともに大学に通えるようになるまで数週間ほどかかってしまった。休み休みだったので卒論の進行にも遅れが出てしまったが、最後の追い込みでどうにか乗り切った。最後の追い込みとは、つまりもうほぼ研究室への泊まり込みだ。体調不良からの泊まり込みでへとへとだったが、おかげで卒論発表の際は教授や院生に褒めてもらえた。

卒業までの数ヶ月は目まぐるしい日々ではあったが、ある意味それで救われた面もある。そうやって忙しくしていると、高遠のことを考えずに済んだからだ。気を抜くとすぐに高遠や、あの日聞いた片岡の話を思い出してしまって、そうしてまた犬化してしまっていた。自分でもそうだろうとは思ってはいたが、不安定の原因の主な理由は失恋だ。ただの、失恋。

よくよく考えてみれば、碧はこれまで人を好きになったことも、誰かと付き合ったこともない。つまりおそらく、高遠は碧の初恋だった。憧れと恋心がごちゃごちゃに絡まって大きくなって重たくなって、そしてこんなにも大事になってしまった。

自分の重たい気持ちに向き合ったり、反省したり、思い出して苦しんだり。同時に、卒論を仕上げ、就職に向けて準備したり。そうやって慌ただしい冬を乗り越えて、急ぎ足で春を迎え。入社式を終えて新社会人になって、学生気分も抜けて仕事にも徐々に慣れていって……。

目の前のことをひとつずつ乗り越えていくうちに、季節はゆっくりと、しかし確実に過ぎていった。

九

「谷敷さん、すみません。新商品の営業企画書を作成したのでチェックお願いしてもいいですか?」

「了解。共有フォルダ直下に置いておいて」

自分のデスクのパソコンを見つめたまま返事をすると「はい」とはきはきとした返事が返ってくる。

……が、後ろから人の気配がいつまでもなくならないので、碧は椅子をギィと軋《きし》ませながらのけ反るように振り向いた。

「なんだよ」

「いや、何かお手伝いすることはないかなぁ、って」

にこにこと爽やかに笑うのは、後輩の柳《やなぎ》健臣《たけおみ》だ。入社してまだ二年目なのだが、最近は個人でも大型案件を任されるようになっている、マーケティング部期待のルーキーだ。

「手伝わせることなんかないよ、早く帰りなって」

ほら、と手をひらひらと振るも、柳は「はー、つれないなぁ」と肩をすくめながら笑って隣の空いた席に座る。そんなキザな仕草も、まぁまぁ様になっているのだから凄いことだ。

学生時代ずっとバレーボールをしていたという柳は、背も高く、体格も筋肉質でがっしりしている。

ついでに言えば顔も整っている。切れ長の一重の目は涼しげで、いわゆる塩顔イケメン、というやつだろう。

「サイズがないから仕方なく」とオーダーメイドで頼んでいるらしいスーツもぴたりと合っており、「今うちの会社の一番の狙い目は柳くん」と騒ぐ女子社員の気持ちもわからないではないな、なんて思ってしまう。

「先輩の仕事手伝ったら一緒に帰れるじゃないですか。飯《めし》行きましょうよ、飯」

そんな柳は、何故だか妙に碧に懐いていた。「以前俺が仕事でミスした時、谷敷さんが庇《かば》ってくれたから」というのが本人の主張だが、碧からしてみれば、後輩のミスをカバーするのは当たり前のことだ。だから特別感謝なんてしなくていい、と正直に伝えたのだが、柳はそんな碧の話を聞いてます「谷敷さん、谷敷さん」と後を追ってくるようになった。実に不思議な後輩である。

別に柳に好かれて悪い気はしないのだが、女子社員にやたら「柳くんとの飲み会セッティングしてくださいよ〜」とせっつかれるのは困りものだ。その誘いを受ける時は大抵「あ、谷敷さんも来ていですから」とまるでおまけのような扱いを受けるのだが、柳を見ていると「まぁおまけでも仕方ないかな」と思えてしまう。モテはしているのだが、かといって碧含め男性社員から恨みを買うようなタイプでもなく、純粋に性格もいいのだ。

そんな柳本人は「今は恋人より仕事を頑張りたいので」と言っているが、本当のところ恋人がいるのではないかと思っている。まぁなんにしても彼のプライベートは碧には関係のないところである。

「それどこの案件ですか？　資料まとめましょうか？」

横からにこにこと話しかけてくる柳は屈託がない。なんだか「構って構って」とじゃれついてくる大型犬のようで、思わず笑ってしまう。

「柳って犬みたいだな」

思っていたことをそのまま伝えると、柳はわかりやすく顔を顰《しか》めて「犬、ですか？」とやたら不満そうに唇を尖らせた。せっかく慕ってくれている後輩を犬扱いはさすがにまずかったか、と碧は「いや、悪い。忘れて」と誤魔化すように笑ってみせた。そして、椅子の背もたれに身を預けながら、ちらりと柳に視線をやった。

「別に、手伝ってくれなくても飯くらい行くよ」

そう言うと、柳が途端に明るい表情を浮かべる。

「あ。でも、そんな高いとこには連れて行けないからな」

「どこでもいいですよ、先輩と一緒なら」

そういう台詞はよくお前に声をかけてる女子社員に言ってやれ、と思わなくもなかったが、碧は「はいはい」とだけ答えて目の前の仕事に集中することにした。

＊

水産加工食品を扱う会社に入社して、三年が経った。

碧はマーケティング部の下っ端として日々業務をこなしている。商品開発部を希望していたのだが叶わず、日々「やれターゲットエリアはどこだ」「営業戦略は」「キャンペーン施策は？　目新しいコンテンツは？」などと上司にちくちくと詰められながら働いていた。久しく海も見に行けていない。

　慣れない仕事で最初は「このままここでやっていけるのだろうか」と悩むこともあったが、今では存外楽しく働けている。意外と適性があったのかもしれない。

　犬化症候群の方は入社当初こそ薬を服用（とはいっても副作用の問題もあるのでそう頻繁には利用できなかったが）していたが、今はめっきりその頻度も減ってきた。

　会社の方には犬化症候群であることを申告しているが、「公にしたくない」という碧の意思を汲み取ってくれており、部署内では部長のみが事情を知っている。つまり、柳ももちろん碧がポメラニアンに変身することは知らない。


　結局柳に手伝ってもらい、早々に仕事を片付けられた碧は彼を連れて、会社から徒歩五分のところにある中華料理店を訪れた。昼飯にもよく利用する、お気に入りの店だ。特に胡麻の風味が効いた担々麵が絶品で、碧は来店のたびに必ずそれを注文している。

「あ、ポメの子だ」

　柳がぽつりと漏らした言葉に、碧は「けほっ」とむせる。担々麵の麵を運ぼうとしていた箸を下ろし、ごほ、ごほ、と二、三度咳き込んだ。

「大丈夫ですか？　はい、お水」

「あ、りがとう」

礼を言いながら、先ほどまで柳が視線を向けていた方をちらりと見やる。そこには中型のテレビがドンと置かれており、ゴールデンタイムのバラエティが放送されていた。

最近は個人経営の店でもテレビが設置されている店が減ってきた気がするが、ここは入社当初初めて来店した時から……いやおそらくその何年も前からずっとテレビがそれなりの音量で流れている。

柳が眺めていたテレビの画面には、ポメの子こと片岡みちるが映っている。どうやらトーク番組にゲスト出演しているらしく、MCの質問に、にこやかに答えていた。

『こちらが最近のベストショット?』

『ベストって、自分で言うのは恥ずかしいけど……まぁそうですね』

照れた顔をしながらも最終的に胸を張った片岡に、スタジオにいたゲストや観客の好意的な笑い声が重なる。と、画面には花畑の中で小首を傾げるポメラニアンの写真がアップで映された。

『うわっ、これはずるいですよ。あざとすぎ！』

『あざとくないっ、素ですよ、素』

すかさず片岡が突っ込み、スタジオがさらに笑いに包まれる。

「ポメちる、トークも上手くて面白いですよね。うちの妹もハマってます」

アストロダイスはデビューから三年、大人気アイドルグループになりつつあった。曲も順調にリリースされ、動画等の再生回数もぐんぐん上昇し、コンサートツアーも順調にこなして。テレビの出演はもちろん、広告や雑誌等でもよく見かける。アイドルとして既に不動の地位を築いているスパメテとともに事務所の二枚看板になっていた。

片岡は「ポメラニアン」と「みちる」が合体した「ポメちる」という愛称で親しまれている。配信ライブなどでポメラニアン姿をしばしば披露することもあり、「人間の姿ではカッコいいのにポメだと可愛いって最高！」と人気も鰻登りだ。中には「犬化症候群を利用しているだけだ」なんて批判もあるようだが、片岡本人は「そういう批判もあって然るべきだと思います。けど、僕は僕として何も隠さず生きていきます」と堂々と宣言している。

（ほんと、すごい子だよなぁ）

碧は相変わらずクローズドポメを貫いている。それが悪いことだとは思っていないが、片岡のようにきらきらと輝いているオープンポメの人を見ると、単純に「すごいなぁ」と感心してしまう。このまま、消極的な自分でいいのか……、なんて自問自答してみたり。

（まぁ、片岡くんと自分を比べてもな）

この三年、何度ともなく繰り返してきた言葉を心の中で呟いて、碧は湯気を上げる麺に「ふぅふぅ」と息を吹きかける。

と、番組はどうやら終盤らしく、画面の下の方にスタッフロールが流れ出した。と同時にメインMCが『えー、では最後にゲストの片岡さんからお知らせです』と片岡に話を振る。

『はい、えーこの後九時から僕が主演を務めさせていただくドラマがスタートします。内容は僕が演じる新米刑事と高遠ハヤテさん演じる先輩刑事のバディもので……』

（あ）

急に胸の中が、しん、と冷える。嫌な感覚に思わず顔を俯けると、柳が「谷敷さん？」と声をかけてきた。

「あんまりアイドルとか興味ない人ですか?」

「え、あー……」

明るく問われ、碧は「そんなことはないけど」と曖昧に返す。まさか数年前までとあるアイドルの大ファンで、逐一情報を調べて配信ライブも見逃さず、コンサートにも頻繁に行っていたよ……なんて言えやしない。まぁ、今はそういったこともしていない……どころか、自主的に避けるようになってしまっているのだが。

「っていうか、谷敷さんの趣味ってなんですか?」

「趣味? 俺の?」

唐突にそんなことを問われて、ぱちぱちと目を瞬かせてしまう。

「休みの日とか、何してるんですか?」

「え……、あー……」

昔同じような質問をされたことを思い出し……一瞬だけ胸の奥が甘く痛む。しかし碧はその痛みを見て見ぬふりして、困ったように首を傾げてみせた。

「あ、ちなみに俺は最近料理にハマってます。調味料が増えすぎてそれ用の棚が欲しいなって思ってるところです」

「なるほど」

特に北欧の家庭料理にハマってて、と麻婆豆腐を食べながら語る柳が面白くて、碧は思わず笑ってしまう。

「お、笑った」

まるでそれ自体が貴重であるかのように言われて、碧はまたも笑ってしまう。

「っていうか、谷敷さん結構謎の人だから知りたいっていうのもあります」

「俺が？　そうかな」

犬化症候群がバレないようにと、人と深く付き合うことを避けているせいもあるかもしれない。碧は自分の方に隠し事がある手前、ほんの少し気まずい気持ちで「普通だよ」と続ける。そう、普通。

たしかに犬化症候群のことはあるが、碧は普通の社会人だ。

「海に行ったり、映画観たり」

「へぇ。いいっすね」

「……うん。あとは運動したりかなぁ」

「え、運動？　なんか……すごく意外です」

まさか、という顔をされて、思わず苦笑してしまう。「意外」と言われるとおり、「人間の碧」は特別鍛《きた》えているようにも見えないし、趣味で何か運動を楽しんでいるようには見えないだろう。

「すごく、ってなんだよ」

思わず柳の肩を小突くと、彼は「あはは、すみません」と悪びれることなく謝った。こういう素直なところもまた彼が人に好かれる所以《ゆえん》だろう。

「運動って何してるんですか？」

「ん？　んー、ランニング……とか？」

「ラン、ニング？」

柳が、きょと、とした顔をして碧を頭の先から爪先までじろじろ見やる。そして不思議そうに首を傾げる。

「いや、うん。走るんだよちゃんと、俺も」

まぁ嘘はついていない、と心の中だけで呟きながら、碧は担々麺の上にのったチンゲン菜を口に運んだ。

「運動、俺も好きです」

「バレーボールしてたんだよね？」

「はい」

ちら、と見やったテレビは、ドラマに興味のないらしい店主がニュース番組にチャンネルを変えていて、もう片岡も映ってはいなかった。

ほ、と溜め息を吐いてから、中華料理店らしい赤いテーブルを見下ろす。

「久しぶりに走りに行こうかなぁ」

ぽつりと漏らすと、隣で麻婆豆腐をかき込んだ柳が「いいっふねぇ」とはふはふと息を弾ませながら笑った。

＊

その週の日曜日。碧は宣言通り「ランニング」に来ていた。

とはいっても、普通のランナーのように施設のランニングコースや車通りの少ない道を走るのではない。碧が走るのは……。

（ドッグランなんだよなぁ）

碧は内心でしみじみと呟きながら、手入れされた芝の上をてふてふと思い切り駆け抜けた。

碧は郊外にあるこのドッグランにかれこれ三年ほど通っている。つまりそう、社会人になってからずっと、だ。自宅からは電車を乗り継いで来なければならないので手間ではあるが、万が一にも知り合いに見つかりたくないので仕方ない。

施設はそれなりに整っているし、郊外なので面積も広い。犬と犬化症候群の人間との兼用ドッグランなので、たまに本物の犬にじゃれつかれて困ることもあるが、大きさごとにしっかり区画分けもされているのでそれほど恐怖はない。むしろ、本能のまま遠慮なく走り回れて、気持ちがいいのだ。

どの犬が本物でどの犬が犬化した人間なのか、なんてことはしっかり接してみないとわからない。が、碧はできるだけ本物の犬のように振る舞っていた。もちろん本物の犬たちの害になるようなことはしないように心がけたうえで。

施設を訪れる時は人間の姿で、施設内の専用スペースで犬化しているわけだから、もちろんスタッフには人間だと把握されているわけだが。それでも、知り合いのいない場所というだけで気持ちが軽くなる。

今日は久しぶりのドッグランだ。社会人になったばかりの頃はストレス発散によく通っていたが、最近はその回数も落ち着いていた。

(あの頃は、まぁ……)

社会人になってすぐの頃は、まだ高遠のことをしっかりと引きずっていた。それこそテレビで見かけては犬化して、曲を聴いては犬化して、街中でうっかり広告を見かけないように俯いて歩くのが癖になるほどに。

薬の副作用で食欲も湧かず、どんどん痩せていって。なにより一番の精神安定剤であったアイドル……高遠ハヤテのファンをやめたことが大きかった。なにしろ高遠の姿を見て人間に戻れていたのに、その高遠を見られなくなってしまったのだ。

そのせいで余計に薬に頼らざるを得ず、体調不良となる悪循環。新しい環境に慣れなければならないというプレッシャーも重なり、文字にすれば「へろへろのよろよろ」だった。見かねた姉に「友達がいいドッグラン紹介してくれたわよ」と連れて来られたのが、ここに通うようになったきっかけだ。

それから二年以上かけて、ようやく碧は健全な心と健康な体を取り戻しつつあった。

(やっぱ、失恋の傷ってのは時が解決してくれるんだなぁ)

それまで毎日のようにしていた動画やＳＮＳのチェック、出演番組や出演作の鑑賞。さらにコンサートの応募や参戦などなど生活の多くを占めていた色々がすっぽ抜けて、やることがなくなってしまった。

生活や精神状態が落ち着いてきた今でも、不意に高遠の姿を見かけると胸が痛むし、苦しくなる。が、「辛い、苦しい、恥ずかしい、惨めだ」というマイナスな感情ではなく「あぁやっぱり格好いいな」と前向きな感情を抱けるようになっていた。あの頃向けられた優しい笑顔も、声も、何もかもを忘れることはできなかったが、それでも一人の人間としての高遠ではなく、「アイドル高遠ハヤテ」として見ることができるようになった。

たしかに辛くはあるが、ただの一般人である碧にはそれが当然の立場なのだ。

高遠は直接話したり触れ合ったり、同じ目線で接する存在ではなく。画面越し、紙面上、ステージと客席の立ち位置で見ることが当たり前。

ただ、あの数ヶ月が、特別な夢だったのだと……。

「……っきゃん！」

（おっと）

考え事をしながら走っていたせいか、柵にぶつかりそうになって慌てて止まる。

……と、衝突しそうになる寸前に、視界の端で何かが激しく動いたように見えた。

（……っん？）

なんだろうか、と不思議に思いながらそちらを見やる。

そこには、一人の男がいた。飼い主の一人だろうか、犬たちが見える位置に立っている……が、やたら距離がある。他の飼い主たちは用意されたベンチや椅子に腰かけていたり、はたまたリードを付けた犬の側に立っている。しかし彼だけは、離れた木に寄りかかるように立っているのだ。なんというか……。

（不審者っぽい、ような）

見かけただけの人にそんなことを思ってしまうのは失礼かもしれない。が、見るからに怪しいのだ。しかも、なんとなくだがやたらと視線を感じる。

（や、サングラスしてるしはっきりとはわからないけど。……けど、なぁ）

男はちょっと見ないくらい背が高かった。百八十は超えているのではないだろうか。それでいて着膨れするような上着を羽織っているので、体形がわかりづらい。というより、やたら体格が良く見える。しかもサングラスに加えてバケットハットまで目深に被っているので、髪型すらはっきりとわからない。それでいてこそこそと覗くようにこちらを窺っていて……。なんとなくゾッとして、碧は身を震わせる。

普通、自分の飼い犬を連れて来ているなら、そちらの方に顔を向けるものではないだろうか。なのにその男は何故か真っ直ぐに碧の方を見ている。……ように見える。

（なんだろう、なんか……）

碧はなんとなく落ち着かず、逃げるようにドッグランの広場から抜け出した。鍵の開け閉めなどはスタッフがしてくれるので問題はない。にこやかに扉を開けてくれたスタッフに見送られながら、碧はさっさと個室に入り人間の姿に戻った。

一応シャワールームも併設されているので、そちらで汗を流して、着替えて身支度を整えて。

(まさかいない、よな?)

一応確認するように窺いながら外へと出たが、もちろん誰も碧の方なんて見ていなかったし、待ち伏せなんてこともされていなかった。

「勘違い、か」

結局のところ、自意識過剰だったのだろうか。きょろ、とあたりを見渡してから、碧は「まぁ、そうだよな」と漏らす。

妙に警戒していた自分がなんとなく気恥ずかしくなって、碧はぽりぽりと頭をかく。そして、背負ったリュックの紐を握りながら、碧はとぼとぼとバス停を目指して歩き出した。最寄り駅まで距離があるので、十五分ほどバスに揺られなければならないのだ。

時間はかかる……が、リフレッシュするにはやはりこのドッグランがもってこいなのだ。今日も、多少不完全燃焼だったとはいえすっきりできた。

(また来よう。来週は久しぶりに海も見に行きたいな。水族館行きたいし、ちょっと足を伸ばして……)

来週以降の予定を頭の中で組みながら歩いていると、背中に誰かの視線を感じた。碧は首を傾げるように後ろを振り向く。

「ん?」

しかし後ろにはドッグランの施設しかない。駐車場に何台か車は駐まっていたが、中に人がいるかどうかまではわからなかった。その中から誰かが碧のことを見ている……なんてことはないか、と思考の途中で笑ってしまう。

（誰が俺のことなんて見るっていうんだ。犬ならまだしも、人間の俺を）

先ほどのことがあったので過敏になっているのかもしれない。碧は「ふ」と不安を笑い飛ばしてから、バス停に向かってまた歩き出した。

十

「んじゃ、改めてかんぱーい」

「乾杯っ」

カツンッと洒落たグラスをぶつけて、お互い中の発泡酒を飲む。碧はひと口、柳はごくごくと喉を鳴らして、全て飲み干してしまった。絵に描いたような「良い飲みっぷり」をぽかんと口を開けて見届けてから、碧は首を傾げた。

「柳、そんなに飲む方だったっけ？」

飲み会などでそう飲んでいる印象もなかったので問うてみると、柳は「まぁ」と答えた。

「自宅なので。仕事の飲みとかでは、さすがにペース考えて飲んでますし」

「へぇ〜。ちゃんとセーブしてるんだな」

えらいなぁ、と感心の目を向けると、彼は少し照れくさそうに首の後ろに手をやった。

そう、柳が言ったとおり、ここは彼の家だ。一人暮らしには十分な広さの1LDK。駅から徒歩五分、近くにコンビニあり、南向き日当たり良好の角部屋。「めちゃくちゃ良い部屋じゃん」と言うと、柳は「部屋にはこだわりました」と少し嬉しそうに胸を張っていた。「会社から近ければいいや」と適当な理由で部屋を決めた碧とは大違いだ。

そう。碧は今何故か「日頃お世話になっている恩返しをさせてください」と柳に誘われて、彼の家を訪れていた。「お礼代わりの食事を」と言われたので最初はどこか飲食店に連れて行ってくれるのかと思っていたが……、なんと会場は前述のとおり柳の自宅だった。しかも食事は「柳自身」が振舞ってくれるというのだから驚きである。

「ほら、最近料理が趣味で作ってるって言ったじゃないですか。なんかどうしても誰かに食べて欲しいな～って思って。もし嫌じゃなければ、ぜひ」

と誘われたのは先週のこと。特に断る理由もなかったので誘いに乗った次第である。

「谷敷さんこそ、お酒飲んでるところ初めて見ました」

思考に耽《ふけ》りながらちびちびと酒を呷《あお》っていると、柳が相好《そうごう》を崩して碧の手元を指した。碧はグラスを傾けながら「いや、まぁ」と曖昧に頷く。

犬化するかもしれないという恐怖から、日頃から人前では深酒はしないようにしている。会社の集まりの時などは、特にだ。

とはいえ、碧自身は別に酒は嫌いではない。というより、むしろ好きな方だ。それほど量が飲めるわけではないが、酒を飲んだ時にしか味わえない酩酊《めいてい》感はたまに味わいたくなる。

　今日も本当は我慢するつもりだったのだが、柳の料理があまりにも美味しそうで、つい勧められるまま「じゃあ一杯だけ」と頷いてしまった。人が集まる店ではなく、柳の家ということで多少気が抜けているのかもしれない。

（まぁ気を抜かないようにすればいいよね）

　うん、うん、と自戒するように胸に手を当ててから、碧は改めて目の前のテーブルの上を見やった。

「それにしても、本当に料理が趣味なんだな」

　そこには、目にも鮮やかな料理がずらりと並んでいる。もちろん見た目だけでなく匂いも良く、先ほどから嗅覚が刺激されっぱなしだ。まだ想像でしかないが、多分味も良い。

「ええ。これがハッセルバック、フレスケスタイでしょ。こっちがヤンソンの誘惑、サーモンのスモーブローで……」

「ちょ、ちょ、待って。なに、ふれす……、ヤンソン？　誘惑って……それ、ほんとに料理名？」

　説明求む、とストップをかけるように手のひらを見せると柳がけたけたと笑った。酒のまわりが速いのか、心なし頬が色付いて見える。

「料理名はわからないけど……、こんなに美味しそうなの、いただいちゃっていいの？」

「どうぞどうぞ、日頃のお礼なので」

　一応、ご飯を食べさせてもらうお礼にと酒は碧が準備したが、出来上がった食事を見るにそれでは割に合わないような気がする。

しかしそう伝えると、柳はからからと笑って「えー、いいんですよ」と首を振った。

「こうやって先輩と家で飯食えるなんてむしろありがとうございますって感じですけど」

「そう？」

取り分けてもらったハッセルバックをもぐもぐと食べて首を傾げると、柳は「そうなんです」とやたら真面目な顔で頷いた。

「俺、本当に先輩に助けられてますから」

柳が酒の入ったグラスを傾けながら、視線を伏せる。

「全然希望してなかった部署に新卒で配属されて、どうすんだって思いましたもん。そしたら案の定ミスの連発で……」

碧もそうだが、柳もまた他部署を志望していた。たしか碧と同じく「研究職をやりたかった」と前にこぼしていた気がする。碧は「うん」と相槌を打つ。

「なんかもう色々疲れて『すみません』しか言えない俺を、谷敷さん根気強く励ましてくれたじゃないですか」

「そうだっけ？」

「ですよ。ミスも俺のせいにすればいいのに、谷敷さんは、しなかったじゃないですか。『指示を出したのは俺だから』って。上司にも客先にも絶対俺のせいだって言わないで」

「あー、そんな時期もあったなぁ」

そういえば、と思い出して笑う。どうやら一連のそれが、柳が谷敷に懐いてくれるきっかけになったらしい。

「最初は感謝しつつも、どうせそういう専門の勉強してきたから余裕あんだろって思ってたんすよ。そしたら先輩も全然畑違いの学部出身って聞いて」

柳はそこで言葉を切って、ふぅ、と酒に濡れた吐息を吐く。そしてくしゃりと目を細めて笑った。

「この人みたいになりたいって思いました。ほんと……。あと、仲良くなりたいって」

「えー、本当かよ」

改めてそんなことを言われると、照れてしまう。碧は頭の後ろを撫でながら「へへ」と照れ笑いをこぼした。

「でも先輩、マジで壁分厚いっていうか、距離感あるし。ほんと交流らしい交流させてくれないから。俺自分では結構社交的って思ってたんすけど、谷敷さんにはてこずりました」

犬化症候群のこともあり飲み会になかなか参加しないので、柳の言うことはもっともかもしれない。申し訳ない気持ちはあるが、不満そうに唇を尖らせる柳を見ているとつい笑ってしまう。

「てこずるって……、っふ」

「俺は真剣だったんすよ。屋敷さんとどうにか親密になりたくて」

「いや、それはさすがに盛ってるだろ」

「盛ってないっすって」

んもー、と喚く柳は本当に甘えたな犬のようだ。小型犬ではなく、大型犬。しかしそれを言うと柳はまた不満そうに「えー、犬ぅ？」と声をあげるだろう。

その様子がすぐ頭に思い浮かんでしまって、碧はますます笑いが収まらなくなってしまった。

それから、美味しい料理と適量の酒を心ゆくまで楽しんだ。酒のおかげで多少ふわふわとした気分で仕事の話をして、存外真面目に語ったり、時折愚痴をこぼしたり。酔いが醒《さ》めたら帰ると言うと「じゃあ最後に」と手作りのチーズケーキまで出してくれた。しっかりと焼き目のついたベイクドチーズケーキは見た目にも美味しそうで、碧は思わず「デザートまで作れるのっ？」と大きい声を出してしまった。

「はい。コーヒーでも飲みながら食べましょ」

と、にこにこと笑いながら切り分けたケーキを出してくれる柳に、こんな一面が会社の女子社員にバレたら一層人気が出るだろうな、なんて思ってそう言うと「どうですかねぇ」と彼は笑った。そしてどこかそわそわとした様子で、んん、と咳払いをした。

「谷敷さんは、恋人いないんですか？」

「俺？　いや、いないいないない」

フォークで刺すと、チーズケーキがほろりと崩れる。それをフォークの背でまとめて集めて口に運んで、碧は首を振った。

「恋人なんて、ずっと……」

と、その時。BGM代わりにつけていたテレビの中で「きゃあ！」と明るい歓声があがった。思わず言葉を切って顔を上げると、画面には見覚えのある……ありすぎる、美しい男が映っていた。

『今夜のスペシャルゲスト、高遠ハヤテさんです』

司会の言葉に、高遠が軽く頭を下げる。それだけで観覧席から悲鳴ともつかない声があがって、司会が「すごいでしょ？　すごいんですよ、圧が。顔面の圧が」と観客席に問いかけながら笑っている。

（たしかに、圧がすごいよなぁ）

碧は小さく苦笑しながら画面を見つめる。

高遠を見ると、やはりどうしても胸がぎゅっと締めつけられる。が、それでもかなりましになったのだ。三年前は、それこそ画面越しに見るだけで犬化していたが、今はこうやってじっと見ても犬になる気配はない。

「お、高遠ハヤテだ。この人最近個人での仕事多いですよね。ポメちるとドラマでダブル主演って言ってたし」

「そうだね」

「俺、髪型ちょっと真似してんすよね、この人の」

そう言って笑う柳は、まさか画面の中の高遠と碧が直接会って話をしたことがあるなんて、思いもしないだろう。

碧は話を逸らすように「柳、ケーキすごい美味い」とチーズケーキの感想を述べた。

「でしょ？　実はこれ隠し味に塩糀《しおこうじ》も入れてて……」

嬉しそうに解説を始めた柳に頷きながら、ちらりと視線を画面にやる。

三年経っても、高遠はやはり美しい。

（俺のことなんて、もう忘れてるかもしれないけど）

たった数ヶ月、客と店の犬として会っていただけの存在だ。高遠の中ではもう過去のこととして処理されているだろう。

しかも碧は一方的に連絡を絶って仕事を辞めてしまった。店長からは何度も「Tさんから会いたいって予約が入ってるんだけど」と連絡が来たが、最後まで会うことはなかった。そのうち連絡も来なくなって、就職して……そのまま今に至る。

（怒ったかな。良くしてやったのに薄情な、って）

この三年間何度も考えたことをまた思い浮かべてしまって、慌てて首を振る。高遠はそんなことを言う人ではない。それに、今さら考えたところで何になるというのだ。高遠はきっと、今頃……。

『高遠さん、休日はよくドッグランに通っていらっしゃるとか？』

『そうですね』

長い脚を組んだまま頷く高遠に、他のゲスト女性が「え～犬好きなんですね」とコメントしている。

「へー犬……、犬かぁ」

碧が黙って画面を見ていたからか、柳も同じようにそちらを眺めて呟きを漏らす。

「そう、みたいだね」

そうだ。碧は彼が犬好きだとよく知っている。

高遠はポメラニアンの碧をたくさん可愛がってくれた。おもちゃもたくさん買い与えて、ブラシも何本も準備して、何十分でも飽きずにブラッシングしてくれて。しかし、高遠が好きなのはただの犬ではなく……。

『今ドラマで共演中の片岡みちるさんも犬化症候群ですよね？　同じ事務所同士、かつ、わんちゃん繋がりということで、やっぱり仲良かったりするんですか？』

司会者の話に合わせて、画面にパッと片岡の写真が出てくる。

番組側としても人気アイドル二人の仲が良いという話は数字に繋がる……のかもしれない。もしくはドラマの話題性を上げるために、か。いずれにしても露骨な話の振り方だ。画面右上にはご丁寧にテロップで「仲良し先輩後輩の関係は？」と書かれていた。

急に、チーズケーキが胸につっかえたように苦しくなり、碧は慌てて画面から目を逸らし、コーヒーの入ったカップに手を伸ばす。

『普通です』

『またまたぁ。現場でも仲良しだとドラマ制作班から聞いてますよ』

『周りが言ってるだけです』

あまりにもあっさりとした物言いに、スタジオで笑いが起こる。本当は仲が良いくせにわざとらしいほど「普通」と言い張る。いわゆるツンデレというか、そういうネタなのだろう。実際「まぁ高遠さんがそう言うなら信じますけど？」とまったく信じていない顔で司会者が肩をすくめているし、観客の反応もそんな感じだ。

（そっか。やっぱり仲良いんだ……）

妙に動揺してしまったせいか、指先にカップが当たりガチャッと派手な音を立てた。少しこぼれたコーヒーが指先にかかり「あっ」と情けない声をあげてしまう。

「谷敷さん大丈夫ですか？」

タオルタオル、と立ち上がった柳に「あ、悪い」と謝りつつ、碧は「あの、さ」と続ける。

「もしよかったら、他の番組観てもいい？」

「え？　全然いいですよ。谷敷さんの好きなのに変えてください」

高遠を見るのは平気になったが、さすがに片岡との話となるといまだに胸が痛む。ざわざわと嫌な感じに首筋の毛が逆立って、碧は急いでリモコンをテレビに向ける。

『じゃあ高遠さん、どんな犬が好きなんですか？　好みとか』

ちょうどそのタイミングで司会者が高遠に質問を振った。聞きたくない、聞きたくないと思うのに、指が震えて上手くボタンを押せない。

高遠が、画面の向こうで表情を和《やわ》らげた。

『ポメラニアンです。毛が茶色くて、頬がふっくらした』

『いやだからそれって片岡くんじゃないですか！』

『全然違います』

またもスタジオに笑いが起こる。と同時に、画面にはポメラニアンの写真が出てきた。キリッとした顔立ちの、美しいポメラニアン。……片岡だ。

「……っう、あっ」

慌てて荷物に手を伸ばすが、一歩遅かった。

ぽひ、と情けない音とともに、視界がやたらと低くなる。

「谷敷さん、タオル……、谷敷さんっ？」

タオルを片手に戻ってきた柳が、それを取り落としながら碧の方に駆け寄ってくる。が、途中で「うわっ！」と叫んだ柳が足を止め、二、三歩下がる。

「えっ、えっ？　谷敷……さん、ですよね？」

明らかに戸惑いのこもった声で問われて、碧は自身の服の中から顔だけを出したまま、小さな声で「わん」と返す。目の前で犬になってしまったのだから、まず誤魔化すことなんてできない。

「も、もしかして、……犬化、症候群？」

「…………わふ」

嘘なんてつけるはずもなく。碧はもう一度、小さな鳴き声で返事を返した。


「えっと、つまり谷敷さんは犬化症候群で」

「あう」

「お酒を飲んで気が緩んでしまったから、犬化してしまった……と？」

「あう」

頷きながら、碧は目の前のスマートフォンに「そう」と打ち込む。と、それを覗き込んだ柳が「はー、犬がスマホ触ってる」とどこか感心したように漏らす。

「……っと、犬じゃなかった。すみません、俺身近に犬化症候群の人いなくて。なんか不思議な感じっていうか、なんていうか」

おそるおそるといった風に見つめられて、碧は耳を伏せる。こういう反応は久しぶりだ。……というより、他人に正体を明かす（というと大仰《おおぎょう》だが）のは高遠以来だ。

申し訳ない気持ちで「くぅん」と鼻を鳴らすと、柳は「あ、いや」と慌てたように首を振った。

「不思議な感じっていうのは文字通りで、別に嫌悪感とかそんなのはないです。単純にすごいな～って、それだけで」

柳は言葉を選ぶようにそう言って、笑顔を浮かべてくれた。彼らしい、気遣いに溢れた言葉に胸が熱くなって、碧は「わん」と感謝を伝えるように小さく吠えた。できるだけ可愛く見えるように吠えたつもりだったが、何故か柳は「ひ」と小さく声を漏らして、碧から距離を取った。

「あう？」

（柳？）

どうしたのか、という気持ちを込めてじっと見つめていると、柳の顔がどんどん青くなって、額に汗が浮かんでいくのがわかった。

「ただ、あの、その、俺……」

顔を引き攣《つ》らせたまま柳の喉が、ごく、と上下する。

「犬が、と、得意じゃなくて」

（あ、あー！　なるほど）

不可解な柳の態度に納得がいって、碧は「わん」と吠えかけてどうにか堪える。そしてずりずりと後ろに下がってからスマートフォンをてふてふとタップした。

『ごめんわるいことした。ちょっとしたらもどるから』

柳は「うっ、谷敷さんこそ大変なのにすみません」と胸元を押さえながら謝ってきた。なんだかただ申し訳なくて、碧は「へぅ」と小さく溜め息を吐く。

「あ、なんかジャーキーとか食べます？　なに、え、犬ってどうしたらいいんですかね？　今まで関わったことがなくて……」

困った、というように頬に手を当てる柳は、本当に戸惑っているようだ。いつものスマートな様子もなく、おろおろしている。なんだかその気遣いが面白くて、碧は「わふ」と笑うように吹き出してしまう。と、「うわっ？」と声をあげた柳が数十センチほど飛び退った。

あまりの勢いに目を丸くすると、柳もまた目を丸くして碧を見下ろしていた。

「はは、はっ、めちゃくちゃ飛んじゃった」

さすが元バレー部……といっていいのだろうか。いや、怖がっている相手にそんなことを言うのは失礼だろう。だが……。

「わふっ」

物凄い高さを飛んだ柳のインパクトがあまりにも強くて、碧はどうしても笑いを堪えることができない。わふ、はふ、と空気を漏らすようにして笑ってしまう。

柳も、碧が笑っていることがなんとなくわかったのだろう。最初は気まずそうな顔をしていたが、次第に笑顔になっていった。

二人して笑っていると、気持ちも軽くなる。柳には悪いが、変な形で慰められてしまった。

(はー……柳のおかげですぐ戻れそう)

気持ちも明るくなったし、そう時間がかからず人間に戻れるだろう。

柳はひとしきり笑ってから「今のうちに洗い物でもします」とキッチンに引っ込んでいった。多分、犬……碧の姿が見えない方がいいのだろう。碧は無理に追いかけることなく、柳を見送った。

一人になって、振り返ったテレビの画面は真っ暗で、じっとこちらを見つめるポメラニアンが一匹映っているだけだった。碧はそんな自分を、首を傾げるようにして見やる。そして、はふ、と重たい息を吐いた。

(全然、忘れてないんだな)

どこか他人事のように自身にそう言葉をかけて、耳を伏せる。意識せず「きゅ」と切なく鼻が鳴った。

高遠のことは、もう吹っ切れたと思っていた。恋心なんてもうなくなったと、顔を見ても平気なのだと。しかし結局のところ、碧はまだしっかりと高遠のことを引きずっていた。彼の口から片岡の話が出ただけで、胸がぎゅうっと苦しくなって、会社の後輩の家で変身なんてしてしまうくらいに。

(結局忘れただのなんだの言って、俺はいまだに……)

もはや悲しみというより、諦めに近い心境で、ふすー……と鼻を鳴らす。

『谷敷さんは、恋人いないんですか?』

先ほどの柳の問いが心の中に蘇《よみがえ》って、碧は情けなく耳を伏せた。視線を落とすと、ぬいぐるみのように丸々した前脚が目に入る。右、左、右、足踏みするようにむにむにと動かしながら深い溜め息を吐く。

(いない、いるわけがない。だって俺は)

ずっと、ずっと。結局のところ、高遠のことが好きなのだ。ずっと好きでい続けているのだ。

不毛な片想いを続ける自分が情けなくて、惨めで、馬鹿らしい。けれど気持ちばかりはどうにもできないのだ。そもそもそれを上手くコントロールできていたのなら、後輩の家で犬になんてならない。

もやもやが最高潮に達し、碧は自分の思考を無理矢理遮るように「へうー」と鳴いた。そうしないと、また暗い気持ちになってしまいそうだったからだ。

キッチンにいたはずの柳が「なっ、どうしましたっ?」と動揺しながらもひょっこり顔を覗かせたその慌てた顔が、また少しだけ心を明るくしてくれた。

十一

いまだに枯れない恋心が、自分の身の内にある。

……と、気付いたところで、碧が選べる選択肢はひとつしかなかった。

(全部、っずぇーんぶ、忘れることとっ、だ!)

心の中で拍子をつけて区切りながら、碧は芝の上をほわほわと跳ねるように走る。多分はたから見たら、今の碧は芝生を飛び跳ねる毛玉だ。ちょっと茶色みがかった毛玉。

一昨日雨が降ったからか、地面が少し柔らかくて走りやすい。多分脚の毛に泥が跳ねているだろうから、後でしっかり洗わねばならない。けど、そんなこと気にならないくらいに気持ちがいい。

（く～！　朝早く出てよかった）

朝早い時間だからか、犬も人も少なくて走りたい放題だ。碧は一直線に走って方向転換して、また一直線に走って……を繰り返しながらドッグランを走り回る。

「はっ、はふ、はっ」

天気も良く、心も晴れ晴れとしている。碧は顔を空に向けたまま、ふさふさっと尻尾を振った。


柳の部屋で犬化してからというもの、なんだかやたらと高遠の姿が目につくようになった。パッとつけたテレビの画面の中。ＳＮＳで流れたニュースの画像。街の広告、駅のポスター。至る所に彼はいて、じっと碧を見つめてくる。

どんなに避けようとしても目に入ってくるのは、おそらく碧が意識しているからだろう。特定の情報がやたら目に入る現象はなんとかかんとか現象というカタカナの名前がついていた気がするが……残念ながら碧はそのなんとかの部分を思い出すことができなかった。

とにもかくにも、高遠ハヤテだ。目に入れば気になるし、必然的に片岡のことも思い出して、ここ最近碧の情緒は不安定化の一途《いっと》を辿っていた。

ちなみに、柳はあれ以降も変わらず碧のことを先輩として慕ってくれている。犬化症候群のことを誰かに話した様子もなく、かといって碧に根掘り葉掘り聞いてくるでもなく。逆に碧の方が「気にならないのか?」と尋ねてしまったほどだ。しかし柳は……。

「まぁ気にならなくはないですけど、今まで言わなかったってことは話したくないってことですよね? 会社の人も知らないみたいだし。なら、俺からその話を聞いたりしませんって」

なんて爽やかに言い切って、本当にそれ以来その話を振ってこない。犬化の「い」の字も出さないのだから大したものだと、他人事のように感心してしまう。多分柳は、碧が思っていた以上に良い後輩だ。

それはさておき、良き後輩に恵まれても溜まったストレスはそう簡単に発散されない。というわけで、碧は最近暇さえあれば馴染みのドッグランに通い詰めていた。

(高遠さんをどれだけ見ても、なんとも思わないように。もう一回、忘れられるように)

はひ、はひ、と息も荒く走り回りながら、碧はただ前を見つめる。この自然豊かなドッグランの中であれば、さすがに高遠を見ることもない。

(忘れなきゃ。忘れて、前を見なきゃ)

濡れた地面を蹴って、土を飛ばして、碧は自分に言い聞かせる。

(忘れなきゃ)

「アオ」

そう、そんな風に呼ばれていたのは過去の話だ。いつまでもその頃の気持ちを引きずってはいられない。前を向いて、未来を見据えて、そして……。

（……ん、え？）

不意に。懐かしい名前を呼ばれた気がして、碧はキキィッとブレーキをかけるように脚を止めた。はふはふと息を吐きながら、あたりを見やる。

いや、まさかそんなことあるわけがない。ここは実家からも離れているし、知り合いはいないはずだ。もしかして「アオ」という名前の犬がこのドッグランにいるのかもしれない。

（そもそも聞き間違え……）

「アオ……、やっぱりアオだよな」

ではなかった。はっきりと何度も名前を呼ばれて、今度こそ碧は視線をきょろきょろと巡らせる。と、柵の向こうから身を乗り出さんばかりにしている男を見つけた。

「アオ！」

黒いサングラスに黒いバケットハット、おまけに黒いマスクまで着けた男に見覚えがあり、碧は「げ」と内心声を漏らす。それは先日、この施設で碧に視線を送っていた男だ。もったりとした上着を羽織ってはいるがやたら背が高くて……。

（……あ、あれ？）

なかなか見かけない高身長、よく通る重低音の声、そして「アオ」という名前。

ちかちかと何かが頭の中で閃《ひらめ》いて、そしてそれらがすべて繋がりそうになった、その時。男がゆっくりとサングラスを取った。いや、実際はそんなに時間がかかったわけではない……が、碧の目にはその全てがスローモーションのように映った。長い指がサングラスの柄にかかって、さらりと前髪を持ち上げながら外されて。白い額と、長い睫毛《まつげ》に縁どられた真っ黒な瞳が覗く。

「アオ、俺だ」

美しい、としか表現できないその目を見て、碧の尻尾の毛がぼわわわっと膨らむ。

（なにっ、な、な、なんでっ）

神に「いやぁ、丹精込めて作り上げました」と言われても「やっぱりそうですよね？」としか返せないその美しすぎる顔。服装だけはやたらもっさりとしているが、その光り輝かんばかりの美貌は、どこからどう見ても「高遠ハヤテ」その人だった。そう、高遠ハヤテ……高遠ハヤテだ。

「アオ」

何故、どうして、なんで、とその場に立ちすくんでいる間も、男は碧を呼んでいる。周りの客も「なんだなんだ？」というようにこちらを窺っていて、その中の誰かが「えっ、嘘、あれって……」と何かに気付いたような声をあげた。

（いや、いや……まずいだろっ）

何がなんだかわからないが、このままにしておくとかなりまずい事態に陥りそうなことはわかる。

碧は内心舌打ちしながら、男のところまで、てててっと駆けた。時を同じくして、高遠が扉を開ける。

「うわんっ」

「アオ、アオだ、アオ……！」

これがドラマのワンシーンであれば碧は高遠の腕の中に飛び込み、眩い光が二人を包み込み感動的な音楽が鳴り響いただろう。が、生憎とこれはドラマでもなんでもない、ただの現実だ。

アオは、ばひゅんっと高遠の横をすり抜ける。後ろから「アオ?」と戸惑ったような美声が追ってきたが、構っていられない。アオは一目散に更衣室のある建物へと駆け込む。そちらなら鍵のかかる部屋もあるし、高遠を避けることができる。

なんの目的でこんなところに現れ、碧の名前を呼んでいるのかわからないが、碧の方には用がない。それどころか、ほんの少し前まで「彼」を忘れるために走り回っていたのだ。その「忘れたい人」の胸の中に飛び込むなんて無理な話である。

だからこそこのまま逃げ切って、このドッグランは二度と使わないようにして、それで……。

「アオ……!」

頭では「そうするべきだ」と。今すぐ逃げろ、とわかっている。わかっているのに、高遠の切ない「アオ」を聞くとどうしても足が止まってしまう。碧の意思に反して、ひくひくと震える耳はすっかり高遠の方に傾いている。

「悪い、アオの気持ちも考えず突然に。……でも、話を聞いて欲しいんだ」

そう言われて、碧はおそるおそる振り返った。そこには、所在なさげな顔をした高遠が立ち尽くしている。寂しそうなその目を見て、碧の心が揺れる。普段無表情の高遠のこんな顔は、映画やドラマの中でしか見たことがない。

話、話とはなんだろうか。そもそも高遠は碧に会いに来た、という認識でいいのだろうか。どうしようかとその場で足踏みするように躊躇っていると、高遠にひょいと持ち上げられる。はっ、と前脚と後脚をばたばたと動かすも、高遠の手は吸いついたように離れなかった。

「逃げないで欲しい。頼む、アオ」

どこか切羽詰まったような声に、閉じていた目を開いて高遠を見上げる。半分はマスクで隠れているので、顔の全てが見えているわけではないが……その目は、やはりとても切なそうに眇められていた。思わず、抵抗するように動かしていた脚を止めてしまう。

「アオ……！」

碧が大人しくなったことで安心したのだろう、高遠は感激したように、むぎゅううっと碧を抱きしめる腕の力を強めてきた。高遠の胸の中にしまい込まれて、碧は「ゔゔゔ」と首を小刻みに振る。ひゅぽっと腕の中から顔を出すと、すぐ目の前に高遠の顔があった。そう、高遠だ。至近距離でも毛穴ひとつ目視できないきめ細やかな肌、彫刻のように彫りの深い「美」そのものの相貌《そうぼう》。歩く美術館こと、高遠ハヤテなのだ。

（ほ、本物……、うっ）

考えるべきことはたくさんあるのに、目の前の圧倒的美貌の前に思考の全てがジュッと焼き尽くされる。「くわっ、くわ〜っ！」と胸の中で繰り返しながらも、目を閉じて強制的に美貌をシャットアウトする。

碧は「ひゃんっひゃんっ」と鳴きながら鼻先を外の方へと向けた。とにもかくにも、ここから離れる必要があるとわかっていたからだ。先ほど「あれって」と高遠の方を気にしていた人が、やってこないとも限らない。

「アオ」

気持ちが通じたのか、高遠がきらきらとした目で碧を見下ろしてくる。

「アオっ」

いや、通じていなかった。小さく吠える碧を、高遠は何故かさらに強く抱きしめてくる。どうやら碧しか目に入っていないらしい。三年前のように、碧の額に高い鼻先を埋めて、すぅー……と吸い尽くすように匂いを嗅いでくる。

「あ、あのう？」

……と、少し離れた場所にいた男性スタッフが声をかけてきた。いつも碧が一人で利用していることを知っている、顔見知りのスタッフだ。

「失礼ですが、お知り合いで？」

一応、犬の誘拐等の防止のため、スタッフは常に配置されている。こういった確認もあって然《しか》るべきだろう。が、相手がまずい。

「知り合……ぶっ」

何か答えようとした高遠の顔面に、碧は覆いかぶさるように抱きつく。そしてスタッフに向かって「わんっわんっ」と元気よく鳴いてみせた。知り合いですよ、知ってますよ、大丈夫ですよ、とアピールするように。

碧のわざとらしいきらきらの目を見てどう思ったのか、スタッフは若干腑に落ちない顔で「大丈夫ならいいのですが」と引き下がった。碧は彼が背中を向けるまで必死にキャンキャンと可愛く鳴いて誤魔化しきった。なにしろここに「高遠ハヤテ」がいるということがバレるのはまずい。まずすぎる。

いくら人が少ないとはいえ、騒ぎになること必須だ。

（ふぅ）

ようやくスタッフが離れて、碧も高遠の頭にしがみついていた脚をそろそろと離す。と、何故か体の下から現れた高遠は……感極まったような顔をして眉間を押さえていた。

「……っく」

何か思うところがあるようだが、この姿では会話をすることもできない。碧は高遠の胸を前脚でてしてしてしっと叩く。高遠はハッとしたように顔を上げると「そうだな」と頷いた。

「この後すぐ、話せるか？」

そう言われて、一瞬、着替えた後にこっそりと逃げ出す、という手を考えた。しかし……。

「すぐ、話せるか？」

やたらギラギラとした目で見つめられて。碧はごくりと喉を鳴らして、「きゅう」と了承の意を示すことしかできなかった。


「アオ！　……あ。改めて、久しぶり」

「あ、えと……はい」

ドッグランの駐車場。指定されていた車に近付きコンコンと半分開いた運転席の窓を叩くと、高遠にやたら過剰な反応をされてしまった。驚いて目を瞬かせると、はっとしたように顔を逸らした高遠に「乗って」と促された。

ここまで来てもはや逃げる気もなく、碧は素直に助手席へと乗り込む。サングラスをかけた高遠は慣れた手つきで車を発進させた。

「車……買ったんですか?」

スムーズに走り出した車の中、碧は当たり障《さわ》りのない会話のボールを投げてみる。たしか三年前は「車は持っていない。移動は基本マネージャーの車」と言っていた。ということはつまり、会わなかったこの三年の間に購入したのだろう。

高遠の操る車は、よく見る高級外国メーカーのSUVだった。車高があって、外の景色が見やすい。それに車内が広いので、若干ではあるが高遠と距離が取れてホッとする。

「あぁ、買った」

「あ、へぇ……」

口数が少ないのは変わっていないらしく、会話はそこで終わってしまう。車内がシーンと静まってしまって、なんだか妙に「あ、これこれ」と思ってしまう。高遠といえばこのなんとも言えない沈黙だ。

我ながら変なことを懐かしんでるな、と思いながらも碧は会話の継続を試みる。

「免許持ってたんですね」

「あぁ、成人した頃に取った」

「俺も持ってるんですよ。ペーパーですけど」

「そうなのか」

「この車で、どんなところに出かけたんですか」

その質問をした時だけ、高遠が変に黙り込んだ。ん、と思って左隣を見ると高遠は真っ直ぐ前を向いていた。サングラスの隙間から真剣な目が見える。

「色々……、ドッグランとか」

そう言って咳払いした高遠を見て、碧はすぅと冷静になった。

(あぁ、そっか)

そういえばドッグラン巡りが趣味だと、先日テレビ番組の中で言っていたではないか。頭の中でドッグランと片岡の顔が容易に結びついて碧は「う、うーん」と心の中で唸る。

(あ、胃が痛い……)

そんなことを考えるとしくしくと胃が痛み出した。自虐的にもほどがある。

精神的に疲弊してまた犬化でもしたら困ってしまう。すりすりと腹をさすりながらどうにか「落ち着け、落ち着け」と気を鎮めていると、ハンドルを握る高遠がちらりと碧を見やった。

「具合、悪いのか?」

「や、えぇ……少し」

高遠はそれを聞いて少し考え込むように口を噤むと「わかった」と頷いた。

「家まで送る」

「え?」

「辛いなら寝ててもいいから」

ぐ、と体にかかる圧で高遠が少しスピードを出したことがわかる。碧は驚いて横を見るが、相変わらず高遠は感情の読めない顔をしている。サングラスなんてしているから、尚更だ。

「あの、は、話ってやつは？」

「今度でいい、アオの体調が優先」

思いがけない言葉に、碧はますます目を見開いてしまう。

「や……ありがとう、ございます」

今更「高遠さんのことを考えて胃が痛んだだけで、元気は元気ですよ」とも言えず、碧は口を閉じる。どうやら高遠は碧の体を気遣ってくれているらしいので、厚意は無下《むげ》にしない方が……いいだろう。

「家の住所は？　知られたくないなら最寄駅でもいい」

そう問われて、碧は「別に」と小声で続ける。

「家を知られたくないとかは、ないですが……」

「なら、知りたい」

と、食いつくような返事が返ってきた。

「へ、え？」

驚いて思い切り顔を高遠の方に向けてしまう。しかし、高遠はやはり真顔でなんの感情も読めない。

碧は戸惑いながらも家の近くの車を停められそうな場所を告げる。と、高遠は「わかった」と短く返してくれた。

「アオのことは知りたい。なんでも」

不意に高遠がそんなことを言い出して、碧は「は?」と目を見張る。

「な、なんでも……?」

なんでもとは、なんだろうか。碧は戸惑って……というより意味がわからなくて「なんでも」と間抜けにも口を開いたまま繰り返す。そうするとまた高遠が「なんでも」と力強く頷くわけで。

「元気だったかとか、今何をしてるのかとか、あれからどうしてたのかとか、……恋人はいるのかとか、全部」

「え? あぁ、はぁ…なるほど」

予想外の言葉に碧はなんと答えていいか困ってしまう。冗談だろうとは思うが、では果たしてどこまでが本気でどこからが冗談なのか。

「元気、です。普通に仕事してます。あの頃、俺は大学生で……卒業して、就職して。恋人は……」

服を掴む手が汗ばんでいるのがわかった。碧は手のひらをごしごしと服に擦りつけてから、首を振った。その問いの答えを、高遠が本気で求めているとは思えなかったからだ。

「恋人が、いるのか?」

「あ、え?」

と、何故か高遠が強く、低い声で問うてきた。先ほどの回答の中で唯一濁した、一番必要ではない部分を。碧はますますわけがわからなくなって、頭の上に疑問符を浮かべる。が、高遠も高遠で引く様子がない。

「いや、いないですけど……」

結局正直に言ってしまう。と、何故か高遠が「いないのか」と溜め息とともにこぼした。それがやけにほっとしたような声に聞こえて、碧は意味もなく膝の上で拳を握りしめる。

「お、俺のことより、高遠さんこそ片岡さんと……」

思いがけず、拗ねたような声が出てしまって、碧は言葉の途中で口を閉ざした。ごにょごにょと誤魔化すように語尾を小さくしたが、高遠にはしっかり聞こえていたらしい。

「なんで片岡が出てくる」

「え、なんで……って？」

好きな相手、もしくは恋人の話をされてどうしてそんな不思議そうな、いや、嫌そうにも見える顔をするのだろうか。

「俺じゃなくて……片岡が推しになった？」

「はっ？　いや、そんなことはないですけど……えっ？」

それはどういう意味だろうか。片岡のことが好きだから腹を立てている、という風にも見えない。どちらかというと……。

「なんか、元気……ないです？」

目に見えることをそのまま口にしてしまって、碧は慌てて口元を押さえる。が、高遠は「げんき」と平淡な声で繰り返した後、右手で顎を触った。

「アオに会えて元気になった……けど」

「俺に会えて？」

「あぁ」

何故、と問おうかどうしようかと悩んで、碧は言葉を飲み込む。すると高遠もまた黙り込んで、しん、と沈黙が漂いはじめた。

「あー、そ、そうえば高遠さんは、なんで一人でドッグランに？」

少し澱んでしまった車内の空気を切り替えるように問いかけてみる。

ドッグランとはそもそも犬をのびのびと遊ばせる施設だ。人間の、犬連れでもない高遠がどうして一人であそこにいたのか。

「ずっと、探してたから」

「え？」

探すって何をですか、と高遠に目を向けて、そして、そのまま固まってしまう。高遠が、ひどく思いつめたような顔をしていたからだ。

「この三年間、ずっとアオを探してた」

「さん……、えっ、三年間？　ずっと、俺を？」

なんの冗談かと隣を見やる、とハンドルを握る高遠の、そのサングラスの隙間から見える目はやはり驚くほど真剣な色をたたえていて。碧は軽く息を呑んで、言葉を失ってしまった。

「アオがどうして俺に会ってくれなくなったのか、わからなくて。何かしたなら、ちゃんと謝りたくて」

「え?」

頭がついていかない。碧は何度か「え」を繰り返してから、こめかみに手を当てた。

「どうやって見つけたらいいかわからなくて、オフのたびに海に行ったり、ドッグランに行ったりしてた。アオが、行くって言ってたから」

「いや、それって」

それはたしかに、たしかに碧が「休みの日に行く」と話した場所だ。しかしそれは三年も前の話だ。

「え? いや、まさかそれを、そんな、まさか……」と、ちゃんとした文章にもならない指示語ばかりが混乱する頭の中でぐるぐると回る。

「それでようやく、ようやく今日アオに会えたんだ」

微《かす》かに語尾が震えている気がして、ちら、と高遠を見やる。彼はなんとも言えない表情を浮かべて、そして碧と同じように視線を流してきた。目が合って、びく、と肩が震える。

「アオ。なんで三年前、いなくなったんだ。何も言わずに」

どこか責めるような、しかし悲しげな口調に頭が混乱する。何故、高遠は寂しそうなのか、悲しそうなのか。碧は何も考えることができなくなって、ただ頭に浮かんだことをそのまま口にする。

「それは、だって、片岡さんが……」

片岡の代わりになれないと思って、それで逃げ出したのだ。おかしくなって、変なことを言いだしてしまう前に。

片岡の名前を出すと、高遠がわかりやすく眉を顰める。

「また片岡か？」

「ま、またって。それって……」

高遠の気持ちも、何と答えればいいのかもわからない。碧はどうにか思考をまとめて言葉にしようと試みる。が、その前に車が指定していた場所に着いてしまった。ここから五分も歩けば碧の自宅アパートがある。

碧はどうしようかと悩んだ。話は何ひとつ終わっていないし、高遠の意図もわからない。本当ならこれで終わりにした方がいいのだろう。しかし……。

「高遠さん。あの……」

「アオ、もう一度ちゃんと話したい」

スマートフォンを摑んで高遠を見ると、高遠もまた碧を見ていた。

「話したかったんだ、ずっと」

高遠の、切羽詰まったような物言いに、碧は言葉を失くす。そして、もう一度手に力を込めて「お、俺も」とどうにか言葉を絞り出した。

「あの、これ、俺の連絡先でして」

画面に、自分の電話番号が表示されたスマートフォンを差し出す。

「芸能人に連絡先交換とか、そんな、失礼ってわかってますけど、でも、あの、嫌じゃなければ」

「嫌なわけない」

高遠はそう言うと、ポケットから自身のスマートフォンを取り出して同じように画面を見せる。と、何故かそれをバッと引っ込めた。

「高遠さん？　あ、やっぱり迷惑……」

「じゃない」

高遠は急いだ様子でスマートフォンを操作する。と、碧のスマートフォンが着信を告げて震えた。画面に表示された見覚えのない番号は、おそらく高遠のものなのだろう。

「それ、俺の携帯の番号……だから」

「あ、はい」

登録しますね、と言い置いてちまちまと操作していると、隣で高遠が「はぁー……」と溜め息を吐きながらハンドルに頭と腕を預けていた。

「どうしたんですか？」

「緊張した」

高遠が何に緊張したのかわからず、目を瞬かせる。と、高遠は頭を下げたまま「アオに」と小さく切り出した。

「どうやって連絡先を聞けばいいか、わからなかったから」

「え、えぇ？　だからって、なんで緊張……」

「さっきから、会えてからずっと緊張してる」

目を閉じていた高遠が、うっすらと瞼を上げる。そして流し見るように碧に視線を送ってきた。

「ようやく会えたから」

「は……？」

それしか言葉が出てこなくて、しばらく碧は口を「は」の形にしたまま固まっていた。そしてようやく車を停めている場所が駅の近くだったことを思い出す。今は人通りも少ないが、万が一にも人目に触れたら困る。

「いや、あの……一旦、降りますね。はい、降ります。降りますよ」

碧はぎくしゃくと間抜けに頭を下げて、そして「アオ」と引き留めるような高遠の声を聞きながら、それでも車から降りた。

「金曜日」

「え？」

助手席の窓が開いて、高遠が身を乗り出すようにしながら碧に声をかけてきた。

「金曜日の夜、会える？」

「金曜……あの、仕事の後なら」

少し思案してから、頷いてみせる。と、向こうから人が歩いてくるのが見えてドッと冷や汗が出た。

「れ、連絡しますから！」

だから早く車出してください、と急《せ》かす。高遠は何か言いたそうにしていたが「は、早く」と進行方向を指差すと、ようやく頷いてサングラスをかけた。そのまま、車は発進する。

ほ、と息を吐いてから顔を上げる。向こうから歩いてくる人は手に持ったスマートフォンに視線を落としており、高遠の車も碧のことも見てもいなかった。

（連絡する、って言っちゃったな）

咄嗟のこととはいえ、自分から高遠に連絡を入れると約束してしまった。さすがにそれを反故《ほご》にすることはできない。

「はぁ」

あまりにも突然のことで、まるで夢のようだ。が、たしかに高遠は目の前にいたし、その車に乗ったし、喋った。なんなら犬の姿とはいえ抱きしめられた。

（い……）

碧はリュックの紐をギュッと握りしめる。

（いい匂いがしたなぁ～！）

久しぶりの高遠は強烈だった。顔が良いのはもちろんだが、えもいわれぬ良い香りがしたし、存在自体が奇跡のようだった。

三年前の悲しみや戸惑いはたしかにあったはずなのに、色々あって落ち着いてすぐに出てくるのが「良い匂いだった」はあまりにもしょうもない。

「いや、もう、はぁ……」

溜め息を吐くとともに肩を落としながら、碧はスマートフォンを見下ろす。その中には「高遠ハヤテ」の連絡先が入っているのだ。あの、高遠ハヤテの。

碧は下唇を噛みしめてそれを胸に抱き、その後すぐにリュックの中にしまった。

（でも、どんなに良い匂いでも、好きだって思っても、同じことの繰り返しはできない）

三年前の苦しみを思い出し、碧は真っ直ぐに歩き出す。

金曜日。本当にもう一度会えるのならば、今度はきちんと真実を話そうと思った。三年前は逃げるようにバイトを辞めることしかできなかったが、今はあの頃とは違う。

(身代わりになれないと思ったから、逃げました……って言わないと)

前に前にと進みながら、伝えたいことをひとつひとつ確認するように心の中で呟く。

(片岡くんと一緒にいる高遠さんを見たくなくて、逃げました、って)

理由を伝えて、そして、親切にしてくれた客に惚れるだなんてキャスト失格でした。と。素直に謝ろうと思った。

(あなたが好きだから、逃げました)

そして、勝手に好きになってごめんなさい。と、ちゃんとそう言おうと思った。

言える、今なら絶対に言えると繰り返しながら、それでも碧はずんずんと進めていた足を止める。

見上げれば、空は雲ひとつない秋晴れだった。だけど冷たい木枯らしが冬の訪れを告げてくれている。

「言わなきゃなぁ」

空に向かってぽつんとこぼしてから、碧はすんっと鼻をすすってもう一度歩き出す。

不意に。あの最後の日に、高遠とともに観ていた映画のことを思い出す。あのラブコメディはあれ以来一度も観ることもなく、記憶の底に沈めてしまっていた。

あの日、途中で止めてしまった映画の続きを観る時が来たのかもしれない。もちろん実際に「あの続きを観ましょうよ」と誘うわけではない。

心情的なものだ。今度はきちんとエンドロールまで観て、そして、すべてをきちんと終わらせなければいけない。たとえそこに自分の名前がなくとも、最後まで席を立たず、観続けるのだ。

前を向いて歩きながら、碧はもう一度鼻をすすった。

十二

時間というのは不思議なもので、できるだけゆっくりと過ぎて欲しいと思えば思うほど早く過ぎる。そしてその逆もまた然りなわけで。

（あっ……という間に金曜日）

碧はスマートフォンのカレンダーを開いて日付を確認する。今日、いや、今週何度この行為を繰り返したかしれない。つまりそう、碧はこの金曜日にならないで欲しい、ならないで欲しい、と願っていたわけだ。が、まるで光の矢のごとき早さで金曜日は訪れた。

碧は虚《うつ》ろな顔で荷物をまとめて退勤処理を済ませ、よろよろと会社を出る。冷たい風がひゅうと顔に吹きつけてきて、碧は身を震わせてからコートの襟を立てた。

と、もう一度スマートフォンの画面を覗き込んだタイミングで、メッセージが届いたことを知らせる通知が出てきた。

『高遠：やっぱり会社まで迎えに……』

碧は「ひっ」と息を呑んでから慌ててメッセージアプリを立ち上げて、両手でスマートフォンを抱えるようにして、ででででっとメッセージを打ち込む。

『大丈夫です、本当に大丈夫です。駅の方に行きますから車停めたら連絡してくださいお願いします』

ぎゅう、と指に力を込めて送信ボタンを押して。碧は「はぁー……」と重たい溜め息を吐いた。

高遠とは今日会社の最寄駅の近くで待ち合わせなのだが、高遠がやたら「迎えに行く」と言って聞かないのだ。そもそも、会社どころか最寄駅すら教えるつもりはなかったのに、やり取りしている中であれよあれよと言う間にすっかり話すことになってしまっていた。

（いやだって、高遠さんが上手いんだよ、聞き出すのが）

電話番号は交換したものの、メッセージアプリでやり取りするつもりはなかった。ショートメッセージか何かで連絡すればそれで……と思っていたのだ。しかし、素早くメッセージアプリの連絡先を送られて、拒むこともできず、あっさりと繋がってしまった。そして気がつけば、碧は連日連夜高遠とメッセージのやり取りをしている。

「おはよう」「何してる?」「今日はロケ」「これ弁当」「道端に花が咲いてた」なんてメッセージがぽんぽこぽんぽこ、まるで友達か家族かのようなノリで飛んでくるのだ。しかもその合間にやたら可愛いスタンプなんぞが挟まっていて、つい「おはようございます」「何って仕事ですよ」「ロケお疲れ様です」「お弁当美味しそうですね」「白い花、可愛いですね」なんて返してしまうのだ。そんな調子なので連日やり取りするのが当たり前になって……、そしてあっさりと職種や会社名、果ては最寄駅まで話していた。気がつけば現在の生活の何から何まで丸裸だ。

（こんなつもりじゃなかったんだけど）

本当は今日も迎えになんて来てもらうつもりはなかった。なんなら会うこともなく、電話で済ませようと思っていたくらいだ。だがこれまたいつの間にか「碧の仕事終わりに高遠が迎えに行き、彼のマンションで話をする」と決まっていたのだ。

高遠は普段何事にも興味がなさそうな顔をしているが、やはり彼も長く芸能関係の仕事をしている身なのだ。相手の懐《ふところ》にするりと入り込むというか、情報を引き出し自分にとって良き方向へ話を進めるのがすこぶる上手い。

（それに、なんていうか……本当に俺のこと気にかけてくれてるんだな、って伝わってくるっていうかさぁ）

そう、高遠がどういうつもりでこまめに連絡を寄越《よこ》してくるのかその意図まではわからない。が、少なくともマイナスの感情で動いてるわけではないことは伝わってくるのだ。

印象的だったのが、電話番号を交換した次の日だ。

『今、少しだけ話せる？』

ちょうど仕事が終わって帰宅したタイミングで、高遠からそんなメッセージが飛んできた。

今、今って、今の今ってことかな。と馬鹿なことで悩んでいる間にスマートフォンが着信を告げて。

慌てて通話ボタンを押して耳に押しつけたそれから、震えるような声が聞こえてきたのだ。

『アオ……、碧？』

開口一番名前を呼ばれて戸惑ったが、名乗られなくてもそれが高遠の声だとわかった。

一瞬「あおい」と聞こえた気がして、聞き間違えかと思ったのだが……。

『電話番号を登録したら、メッセージアプリにアオの名前が出てきた』

『あ、あぁ～』

今どきのメッセージアプリは便利なもので、スマートフォンに携帯番号さえ登録すればアプリに記載したプロフィールは簡単に紐付けされる。碧はなんとなく恥ずかしい気持ちで、空いた手で額を押さえてしまったが、高遠はまったく気にした様子もなく。むしろ嬉しそうに「名字、なんて読むの？」なんて聞いてきて。

『やしき、です。谷敷碧』

『谷敷、碧』

『あ、はい……です』

そういえばずっと「アオ」という名前しか伝えていなかった。本名を呼ばれるのがやたらくすぐったく、それを誤魔化すように短く答えることしかできなかった。

高遠は何度か転がすように「あおい、碧」と呟いた後、何故か一人で笑って、そして「嬉しいな」と呟いた。

『ずっと、名前が知りたかった。碧、アオ、嬉しい』

好きな人にそんなことを言われて、どうして冷静でいられようか。碧はそこからなんと言って電話を切ったか覚えてもいないくらい慌てふためいてしまった。「いや」だの「あの」だの「自分の名前気に入ってるんです、はい」なんて訳のわからないことまで言って。電話を切った時には、メッセージアプリで繋がっていた。

（あそこから、あそこから全てが狂ったんだ）

高遠が嬉しそうに名前なんて呼ぶから。それからもちょこちょことメッセージに「碧」なんてまじえてくるから。だから碧はそのたびに胸をときめかせることになって、もう、どうしようもない。

（ちゃんと、身代わりは無理だって話して、すっぱり諦めたいのに）

今日全てを話して終わらせると、悲壮な覚悟をしたはずだ。しかし、こんなにも親しみを込めて接されると、どうしても心がぐらついてしまう。身代わりでもいいなんて馬鹿なことを言いそうになってしまう。

「……それじゃ駄目だろ」

溜め息混じりに自分を諌める。と、後ろから「あれ、谷敷さん？」と声をかけられた。一瞬高遠かと思ってビクッと肩を跳ねさせるも、すぐに彼が名字で自分を呼ばないことを思い出してゆるゆると力を抜く。

「あぁ……、柳」

後ろには目を見張る柳がいた。どうやら碧が過剰に反応してしまったせいで驚かせたらしい。

「すみません。会社を出たら目の前に挙動不審な谷敷さんがいて。つい声かけちゃいましたけど、タイミング悪かったですか？」

はたと我に返ってみれば、たしかにスマートフォンを握りしめたまま会社の前に立ち尽くしていた。

言われてみれば、挙動不審そのものだろう。

「あぁいや、全然、悪くないんだけど……」

柳は「そうですか？」とまだ碧の内心を探るような視線を送ってくる。そしてちらりと周りを見やると内緒話をするように顔を寄せてきた。

「谷敷さん、今週ずっと様子が変でした、よね？」

「えっ？　あ、あぁ～そうかな？」

そんなにあからさまだったろうか、と胸元を押さえる。週末に高遠と会うという約束があったし、それでなくとも彼とのやり取りでどこかふわふわと気持ちが落ち着いていなかったかもしれない。

しかし直属の先輩がそんな調子では柳も戸惑っただろう。申し訳なさに少し肩を落とす、と、柳が「あ、違いますよ」と慌てた様子で首を振った。

「そんなすごいわかりやすいわけじゃなく。多分、俺が……谷敷さんをよく見てたから気付いただけで」

そこで、どこか気まずそうに言葉を切って柳が頭の後ろに手をやる。

「せっかく谷敷さんが犬化症候群だってこと話してくれたのに、俺、犬が怖いとか言って……」

「え？　あぁ、そういえば……」

そういえば先日、柳に犬化症候群のことがバレていたのだと、今更ながら思い出す。それ以上の事件が起きたせいで、すっかり思考の端に追いやっていた。

「本当にすみませんでした」

「え？　え？」

潔く頭を下げた柳に、碧の方が驚いて「いやいや顔上げて」とその肩を掴んで押し上げる。柳の方が上背もあるし体格もいいのでかなり力が要ったが、ぐぎぎ、と半ば無理やり押して。

「それはもう全然気にしてないって」

「……そうですか？」

どこか不安そうな顔をした柳に、碧は笑ってしまう。運動部になんて所属したことのない碧が、ひと回りも大きいがっしりとした体つきの柳を支えているというその図がなんだか面白かったからだ。

「ほら、体起こして、しゃんとして」

笑いながらそう言うと、柳はようやく体を起こし、そしてやはりどこか自信のなさそうな顔で碧を見下ろす。

「ごめん。俺の態度が良くなかったよな。本当に、本当～に気にしてないから、絶対大丈夫。怒ってない、悲しんでない」

笑って、両側から腕を叩いて、そして「そうだ」と自分ならではの説得方法を思い出す。

「ほら。ショック受けてたら犬になってるから」

な、と言って自分の体を見下ろし、頭にも手をやる。尻尾も耳も生えていないし、もちろん体のどこも犬になっていない。こういう時だけは、感情を如実に表してくれる自分の体質に助けられたな、なんて調子のいいことまで考えながら。すると、柳はとぼけた表情を作る碧につられるように笑顔を覗かせた。

「じゃあ……また飯とか誘ってもいいですか?」

顎を引くようにして、上目遣いで柳が問うてくる。そういう仕草は可愛らしい人間がやってこそだと思っていたが、意外とイケメンでも効果があるらしい。思わず、「ふっ」と吹き出してしまうくらいには。

「当たり前だろ。なんだよ、まさか遠慮してたのか? 笑顔で押せ押せ営業が得意な柳が?」

からかいまじりに問いかけると、柳が「しますよ、遠慮、めちゃくちゃ」と倒置法で力強く肯定してきた。

「まじで憧れの先輩に嫌われたかもって思ってたんですから」

はぁー……と溜め息を吐く様子を見るに、どうやら本気でそう思っていたらしい。まさしく胸を撫で下ろす、といった態度で、思わず目を瞬かせてしまう。そして碧は心に込み上げてきた嬉しさをそのまま表すように、ふにゃりと頬を緩めた。

「そりゃ嬉しいな」

「嬉しくないですよ、こっちはひやひや」

すかさず柳が肩をすくめて首を振る。その芝居がかった仕草が面白くて笑うと、柳もまた笑ってくれた。二人の間に挟まっていた薄氷はほろりと溶けるようになくなって、温かな空気が漂う。

「えー、じゃあ今日早速どうですか? 華金だし、飲んで行きませんか?」

柳の明るい誘いに、碧は「早速すぎる」と笑ってから、はっきりと首を振った。

「悪い。この後用事があって」

用事なんて言うと堅苦しいが、それ以外に言いようがないのだから仕方ない。素直に伝えると、柳は「あらま、そうですか」と少し残念そうに眉を下げた。

「あの、谷敷さん」

「ん？」

「俺……犬化症候群について調べたんですけど」

「え、そうなんだ」

それは多分碧のことがきっかけなのだろう。犬は苦手だと言っていた柳が犬化症候群について調べてくれるなんて、なんだか胸がほっこりする。

「犬化したら、気持ちを落ち着けなきゃいけないんですよね。リラックスしたり、遊んだり、撫でられたりして」

「まぁうん、一般的には」

まさしくその通りなので、素直に頷く。多分インターネットで調べたのだろう。確かめるように指を折りながら言う姿が微笑ましくて、また笑ってしまう。

そんな碧を見てどう思ったのか、柳はどこか眩しそうに目を細めてから「谷敷さん」と碧を呼んだ。

「俺、たしかに犬は苦手ですけど、その……」

何度か躊躇うように言葉を切りながら、柳がコートの襟を正して、碧と真正面から向き合うように立ち位置を直す。

「谷敷さんなら、大丈夫っていうか」

「大丈夫？」

何がどう大丈夫なのだろう、と彼を見上げると、やたらと真剣な色をたたえた目と目が合った。驚いて目を見張ると、柳が「うーん」と唸りながら手を上げた。そしてそれを、碧の頬の側に持ってくる。

「むしろ、あの、撫……でさせて欲しいっていうか」

「柳、……え？」

柳の指先が碧の髪の毛に触れそうになった、その時。

――ガシッ。

「あ？」

「ん？」

突然割り込んできた手が、柳の腕を摑んだ。碧の髪に触れそうになっていた指は寸前で止まって、空中を彷徨《さまよ》う。碧は柳の方へと向けていた顔を、柳を摑む腕、そしてその先にある体、顔へと移していく。

「……たっ」

思わず名前を呼びそうになって、口を閉じる。その続きはここで声高に叫ぶわけにはいかない。

（高遠さんっ？）

柳の腕を摑んでいたのは、高遠だった。サングラスとマスクをして、帽子まで被っているがさすがに碧にはわかる。今日はドッグランにいた時のように体型の隠れる服は着ていない。スタイリッシュなそれは、高遠のすっきりと引きしまった体によく似合っていた。

「え？　なに、……いでで っ！」

柳が摑まれた腕を引っ張るが、びくともせずに狼狽《うろた》えている。柳も身長は低い方ではないが、高遠はそれ以上だ。ここに来てようやく、碧はハッとして高遠の腕に手をかけた。駅で待ち合わせのはずなのになんでここにいるのか、とか。変装はもうちょっとオーラを抑える方向でお願いします、とか。言いたいことはたくさんあったが、とにかく現状をどうにかしないといけない。

「ちょっ、ちょっとちょっと」

「誰？」

高遠は手を離すことなく、重低音の声で碧に問うてきた。その目は冷たく柳を見下ろしており、まるで怒りをたたえているように鈍く光っているのがサングラス越しにもわかった。碧は焦って「か、会社の後輩です」と答える。

「後輩？　なんで後輩がアオの髪を触るんだ」

「は、髪？　い、いいから、あの……っ行きましょう！」

何故かより一層不機嫌そうに片眉を上げた高遠の手を摑んで、半ば強引に引っ張る。すると、するりと柳を摑む高遠の手が緩んで解けた。

「車あっちですか？　あっちですね」

決めつけるように駅の方を指差して歩き出す。高遠はいまだ柳に視線を向けていたので、体だけずるずると押しやるかたちだ。

「柳ごめん、なんかごめん！　あー、っと、また来週！」

呆然とこちらを見ている柳にぶんぶんと大きく手を振る。できる限り高遠を隠すように歩いてはみたが、身長から肩幅から何もかも違いすぎるので、それが叶っている可能性は低い。

それでも碧はへらへらと誤魔化し笑いを浮かべて、高遠を押しやりながら早歩きで進む。とにかく、柳の目の届かない場所に行きたかった。

十三

「高遠さん、もうほんと、本当にしないでくださいね」

「悪い」

何度目かわからない言い合い……ともいえないやり取りをしながらマンションの廊下を歩く。

「万が一柳に高遠ハヤテだってバレてたら……あぁ、想像するだけで恐ろしい」

芸能人にとってゴシップがどれだけ恐ろしいことか。碧はぶるっと身を震わせてズキズキと痛むこめかみを押さえた。

火のあるところどころか火のないところにさえ煙を立てるのが芸能人を追い回すメディアだ。もしも高遠が柳の手を摑んでいる写真でも撮られたら……。

（トップアイドル高遠ハヤテ、一般人に暴行かっ……なんて見出しの記事を出されて謝罪文出すことになって記者会見までするとになって……っあぁ！）

思わず両手で頭を抱えてしまう、と、高遠が不思議そうに首を傾げた。

「アオ、久しぶりだけど覚えてる？」

マンションの部屋、と言う高遠にはまったく焦った様子がない。車内でもずっとその調子だったのでもはや諦めかけてはいるが、あまりにもマイペースすぎないだろうか。

「覚えてますよ、忘れるわけないです」

「そうか」

どこか嬉しそうに頷く高遠を横目に見ながら「相変わらずよくわからない人だな」と少し失礼なことを考える。

（そもそも『俺の髪を触ろうとしたから止めただけ』っていう理由もよくわからないけど）

そう。それは車の中で言われた理由だ。柳の手をいきなり摑んだ、その理由。

最初に聞いた時は意味がわからなくて「はぁ？」と言ってしまったが、何回頭の中で繰り返してもやっぱり意味はわからない。


「アオ」

懐かしい匂いのする部屋に入って玄関の扉を閉めたところで、高遠が碧を呼んだ。

「は、はい……」

いよいよ高遠の部屋で二人きり、という状況に心臓がドバッと冷や汗をかく。先ほどまでは柳のこともあり今日の「話したいこと」について意識していなかった（というよりあえて頭の片隅に追いやっていた）が、ここまで来たらそういうわけにもいかない。

（ちゃんと、片岡さんの代わりはできないって、俺は……高遠さんが好きだからって）

ちゃんと気持ちを伝えて、そしてこれで終わりにしなければならないのだ。碧は、す、は、と息を吸って吐いてから「あの」と改めて話を切り出した。

「高遠さん、俺…………ん？」

しかし。玄関の飾り棚の上に置かれた写真立てを見て、全ての言葉が頭の中から飛んでいってしまう。

「……え、え？」

「ん？」

碧が変なところで言葉を切ったからだろう。高遠が不思議そうに首を傾げ、そして碧の視線を辿る。

「あ」

しまった、というように声をあげた高遠は、ぱた、と写真立てを伏せる。

「見た？」

「いや、あの……はい」

見た。碧は間違いなくその写真立ての写真を見た。見たからこそ意味がわからず、碧はゆっくりと人差し指を持ち上げて「自分」を指した。

「……俺、でした？」

高遠はしばし無言のまま腕を組んで、頭を傾けて、そして「アオ、だった」と頷いた。やはりそうだったのか、という気持ちと、それを追い越す勢いで「え、なんで？」の気持ちが湧き上がってきて、碧は混乱して額を押さえる。

「な、なんでアオなんですか、片岡さんじゃなくて？」

「なんで片岡？」

腕を組んだ高遠が、む、と明らかに不機嫌そうに片眉を上げる。そして「なぁ、アオ」と真剣な面持ちで碧を見つめてきた。

「この間からやけに片岡のことを言うのはなんでだ？」

なんでと聞かれても、理由なんてひとつしかない。

「何故って、高遠さんが……片岡さんを好きだから」

「……はぁ!?」

碧が素直に答えると、一瞬考え込む……というより、碧の言葉を咀嚼《そしゃく》するように黙ってから、高遠が珍しく大きな声をあげた。

「ない。ない、絶対ない。断じてない。ありえない」

「えっ？」

まさかここにきて高遠が思いがけないことを言い出して。碧は混乱したまま「え？」「え？」と繰り返す。

「えっ、なんでですかっ？」

「だって、俺が好きなのは……アオだ」

ぽかん、と文字通り口を開けて、碧は高遠を見上げる。そしてゆっくりと指を持ち上げて自分を指し、高遠を指し、そしてもう一度自分を指す。

「え?」

「そう。アオ」

高遠の美しい黒目に、目をまんまるに見開いた間抜けな顔の男が映っている。碧はそれを見ながらしつこく「え、え、え」と漏らし、そしてそれを繰り返したまま……視界がブラックアウトする。別に気を失ったわけではない。

「……アオ」

「わふ」

犬の姿になってしまったのだ。先ほどまで着ていたスーツやコートの山からごそごそと顔を出すと、高遠が片膝をつくようにして手を差し伸べてくれていた。

「アオ」

何故ここで、という感情のこもった声で名前を呼ばれてしまったが、今のは高遠が悪いと思う。だって高遠だ。高遠に「好き」と、まぁその真意はわからないまでも「好き」と言われて、動揺しないはずがない。碧の感情の計測器の針は一辺に振り切れて、もはやどこかに飛んでいってしまった。

碧は自分の服からすぽっと抜け出して、高遠を見上げる。高遠は碧の脇に手を差し込んで持ち上げると、優しく腕に抱いた。

「とりあえず、リビングに行こう」

話したいことは色々あるし聞きたいこともあるし、元々話そうと思っていたことは……ちゃんと話せるかどうか微妙になったが、その話をするのにさすがに玄関は向かないかもしれない。碧は「わん」と鳴いて同意を示した。


高遠の家のリビングは、三年前とほとんど変化はなかった。しかし、言葉にはしづらいがなんとなく違和感を覚える。

（あれ。こんな、感じだっけ？）

何にどう違和感を覚えるのか言葉にできず、きょろ、と部屋全体を見渡している……と、高遠が碧をソファに優しく下ろしてくれた。そして、自身も隣に腰かける。高遠が腰かけた反動で、ぽいん、と跳ねた碧の頭を、高遠が優しく撫でる。

「俺は、アオが好きだ」

久しぶりに高遠に撫でられて、ほあ～と気を抜く暇もなく、いきなりド直球の告白が飛んできた。碧はそれを受け止め損ねて「ぐっ？」と言葉に詰まる。スマートフォンを使って自分の意思を伝えたいが、それも手元にない。

取りに行こうかどうしようかとソファの上でぐるぐる回っていると、高遠が「ふ」と軽く吹き出した。それは決して馬鹿にするような雰囲気ではなく、思わず漏れてしまったような、そんな柔らかさを感じる。

「そういう、気持ちが素直に態度に出てしまうところとか」

なんの話だろう、と高遠を見上げると、彼は三年前と同じように、優しい顔をして碧を見下ろしていた。

「自分の『好き』を真っ直ぐに伝えられるところとか、色々、色々好きなところはあるんだ。本当に」

俺自身が、素直に感情を表せないから、と続ける高遠は嘘をついているようには見えない。そもそも、高遠はいつだって正直者だ。しかし、碧は今の今まで高遠は片岡のことが好きだと思っていたのだ。だから諦めなければならないと、そう思っていたのに……。

困ってしまって、きゅう、と鼻を鳴らすと、高遠がどこか寂しそうに微笑んだ。

「だから三年前、突然連絡がつかなくなって、驚いたし、正直、悲しかった」

碧は、は、と俯けていた顔を上げた。

「何か嫌われることをしただろうかと、色々、考えたけどわからなくて」

好き、戸惑い、寂しさ、悲しみ。話の中の高遠の感情の動きに合わせるように、彼の表情が動く。高遠は、驚くほどに感情を露《あらわ》にしていた。

いつもの無表情はどこにいったんですか、なんて言えもしない。寂しそうに眉尻を下げて、それでも無理をするように口端を上げて微笑みの形を作って。

なんだかその顔を見ているのが辛くて、碧は「くぅ」と鼻を鳴らしてその指先に額を擦りつけた。

「三年間、ずっと探していたんだ」

まるで、独り言のような小さな声で、高遠がぽつりと漏らす。泣き笑いのような顔でそんなことを言うものだから、碧はなんだか無性に切なくなって、額から頬、そして口元へと高遠の指を滑らせる。まるで頬擦りをするように。高遠はくすぐったそうに眉を上げて、やはり三年前と変わらぬ優しい手つきで額を撫でてくれた。

「教えて欲しい。何かしたなら謝らせて欲しい、嫌なところがあるなら……直すから」

だから、と懸命に言葉を紡ぐ高遠は、やはり嘘をついているようになんて見えない。自分の言葉で、素直に気持ちを伝えてくれている。

違うんです、と言いたくて碧は鼻を鳴らす。違う、高遠は悪くない、悪いところなんてない。一方的に駄目になって離れていったのは碧なのだ。

碧はどうしようかと迷って、迷った末に、高遠の膝の上に、てし、と脚をのせた。

「アオ？」

それから首を傾げる高遠に、むぎゅ、と体を押しつける。

デリポメの頃、碧はいつも「どうしたら客に可愛いと思ってもらえるか」を研究していた。客から愛情を受けるにはどうしたらいいかと。だから反対に、自分が愛情を示す時にどうすればいいかわからない。犬の姿で「好きです」と好意を伝える方法がわからないのだ。

（高遠さん……。高遠さん、高遠さん）

だから碧は、ぎゅうう、と半ば体当たりのように体を押しつけた。好きです、と。あなたが好きなんですと体全体で伝えるように。

……と、戸惑ったように彷徨《さまよ》っていた高遠の手が、碧に触れた。そしてそのまま、ぎゅ、と抱きしめられる。

「アオ」

ぐりぐりと胸元に押しつけていた頭を上げると、至近距離に美しい顔があった。長い睫毛、憂いを帯びた黒い目、形の整った鼻梁に薄い唇。相変わらず芸術品のような美しさだが、彼が血の通った人間であることを、碧はもう十分に理解していた。手のひらの熱が、伝わってくる心音が、それを照明している。

「好きだ、三年前から、ずっと」

もう一度囁くように耳元で言われて、胸がいっぱいになる。

身代わりかもしれないとか、あの時の言葉はなんだったのかとか、言いたいことも聞きたいこともたくさんある。しかし今はただ、高遠の真っ直ぐな「好き」が嬉しい。嬉しくて、胸がいっぱいになって、そして……。

「アオは、俺のこと……」

包み込むように優しく碧を抱きしめていた高遠が突然、ふっ、と吹き出すように笑った。

「わん？」

途切れてしまった言葉に首を傾げていると、高遠が「言われなくても、わかった」と笑い混じりに続ける。

「尻尾が……ふっ、すごい勢いで揺れてるから」

そう言われて、ハッと自分の尻の方を振り向けば、たしかにそこにはぷんぷんぷんと勢いよく揺れる尻尾があった。まさに、ちぎれんばかりに、という表現が相応しい見事な揺れっぷりだ。

ぐるんぐるんと回っているんじゃないかと見間違うほどの揺れに、耐えきれなくなったのか、高遠が「はははっ」と大きく声に出して笑い出した。

その笑い声を聞いて、碧の胸もむずむずしてくる。そして遂にはつられるように、わふ、わふ、と笑ってしまった。

（わからないことも、聞きたいことも、たくさんあるけど。それでも）

それでも、高遠とこうやって向かい合って笑っていることが嬉しい。嬉しいのだ。

そう思った瞬間、笑い声がこぼれた。わふ、ではなく、本当の笑い声だ。

「ははは っ、……っ、あれ？」

気付いたら碧は裸のまま、高遠の胸にもたれるようにして笑っていた。驚いて高遠を見上げると、高遠もまた驚いた顔をして碧を見下ろしている。

「あれ、えっ、裸ですみませ……ん？」

なんだか初めて出会った時のことを思い出して、あの時と同じように土下座で謝ろうかと思って……やめた。そんなことをしなくても、高遠は許してくれている。そんなことはどうでもいいと、口を開けて笑っている。

「ははっ、アオ……、ふっ、ふ」

その笑顔を見ていると碧もなんだか楽しくなってきてしまって、いつしか碧も声を出して笑っていた。

「ふふ、すみませ……っ、んふふっ」

なんだか無性に笑えて仕方なかったのだ。高遠の方も真面目な表情を作ろうとして失敗したような、微妙な笑みを浮かべている。片頬がひくっと引き攣って、やがて空気を漏らすように吹き出した。

「ふっくく、ふっ、なんか……止まらなっ」

「いや、ははっ、俺の方も、ふっ」

結局耐えきれず、碧と高遠は向かい合ったまま「わはは」と思い切り笑った。碧なんて裸なのに、それすらおかしくて笑いが止まらない。

笑いすぎて、涙まで出てきて、頬が疲れて腹が痛くなるまで、二人して抱き合って、ずっとずっと笑っていた。

十四

「えっ？　俺って片岡さんの代わりじゃなかったんですか？」

「違う。それは本当に違う。……あぁ、だから何度も片岡の話をしてたのか」

散々笑い合った後、碧は今更ながら自分が素っ裸だったことを思い出し、顔を真っ赤にして「すみません」「ごめんなさい」「恥ずかしい」とうろたえる羽目になった。すると何故か高遠の方もうろたえだし、妙にぎくしゃくした空気の中で服を着ることになって……。今ようやく、話ができる状況に落ち着いた。

高遠が紅茶を淹れてくれたので「これ、俺も今飲んでます。高遠さんに淹れてもらったのが美味しかったから」と言うと、何故か彼は照れたように黙り込んでしまって。思わず「もしかして俺が美味しいって言ったの覚えててくれたんですか？」と聞いたら、これまた照れたように頷いてくれた。

三年も前に一度言った「美味しい」を覚えていて、そしてそれを今日出してくれたのか、と思うと碧もまた妙に照れてしまって、二人してもだもだして変な空気になってしまった。

そんな調子なので気を抜くと犬化してしまいそうで、碧はことあるごとに緩みそうになる頬を押さえたり高鳴る胸をどんどんと叩いたり忙しかった。

紅茶を飲みながらゆっくりと話をして、ようやく今話の核心に近づいてきた次第である。つまりそう「三年前」の話である。

「でも、俺が『代わりですか』って聞いたら、高遠さん『代わりだけど』みたいなこと言われてましたよね」

あの時のことはショックだったのでよく覚えている。高遠はたしかに「誰か」の存在を認めていた。その後に片岡たちの話を聞いて、碧は高遠の気持ちを確信したのだ。まぁ、それは間違いだったらしいが。

「代わりっていうのは……マチルダのことを言っているんだと思ったんだ」

「マ、……マチルダ、さん？」

突然の横文字キャラクターの登場に碧は「え？　え？」と首を傾げる。

「えっと……どなた、ですか？」

　そう問いかけると、高遠は尻ポケットからスマートフォンを取り出して、す、と画面を見せてくれた。

「マチルダ。俺が子どもの頃、実家で飼っていた犬だ」

「……へ？」

　画面には茶色の毛をしたポメラニアンが映っていた。少し画面が荒いのは、かなり前に撮られた写真だからだろうか。

　ポメラニアンは、行儀良く前脚を揃えてちょこんと座っている。傾げた小首としまい忘れた舌が可愛くてたまらない。その茶色と白の毛の体毛に見覚えがあって、碧は「あれ？」と画面を指差す。

「もしかして……」

「そう。アオに似てるんだ」

　碧の言葉を高遠が引き継いだ。そう、高遠の愛犬マチルダは「アオ」にとてもよく似ていた。色合いも、タレ目なところも、舌をしまい忘れてしまうところもそっくりだ。

「え、じゃあ、代わりっていうのは……」

「あぁ、マチルダのことだ。マチルダのことを話した覚えはなかった気がしたけど……。そうか、勘違いだったんだな」

　高遠が頷きながらスマートフォンをしまう。

「たしかに最初は似てると思っていた。でも、代わりにしてるつもりはなかった。マチルダはマチルダ、アオはアオだ」
高遠はそう言って、何かを思い出すように遠い目をする。

「あの頃……、アオと出会う少し前。自分に自信がなくなっていたんだ。演技をしても顔でしか評価されないことで」

穏やかに語る高遠に、苦しそうな雰囲気はない。そんな過去の自分の苦しさすら包み込むように、ゆったりと微笑んでいる。

「……高遠さん」

名前を呼ぶと、ちら、と視線をくれる。そして高遠は碧の髪をくしゃりとかきまぜるように撫でた。

「なんでもいいから、何か癒されたいと思って。それで、マチルダのことを思い出した。マチルダは小さい頃の、唯一の友達だったから」

「唯一？」

どういうことだろうと、単語をひとつ拾うと、高遠は「そう」とあっさり肯定して話を続ける。

「子役をして、学校で浮いてたからな。休みがちだったたし、友達と遊ぶことなんてほとんどなかった」

肩をすくめる高遠はなんてことないように話すが、当時は彼なりに思い悩んだのではないだろうか。

だからこそ、その時支えてくれたその愛犬を、今もスマートフォンの壁紙に設定して大切にして……。

「そうやってよくマチルダに励まされてたから、落ち込んでる時になんとなくポメラニアンの写真を画像検索して。そこで、マチルダに似た子を見つけたんだ」

「それが、俺？」

そこに繋がるのか、と目を瞬かせて自分を指差す。と、高遠は嬉しそうに「そう」と頷いた。

「あんまりにもそっくりだったから、なんだか本当に可愛くて。デリポメのキャストだって知って、すぐさま予約した」

「だから、俺が人間に戻ったり変なことしても指名してくれたんですね」

そうか、と今更ながらあの時の謎が解けて、碧も微笑む。愛犬にそっくりだったから、多少の（まぁ多少というにはひどすぎる失態ではあったが）ミスにも目を瞑《つむ》ってくれたのだ。なるほどなるほど、と顎に手を当て頷いていると、高遠がそんな碧の髪を指先でいじりながら笑う。

「まぁ。マチルダもよく粗相したり脱走したり、手のかかるやつで……なんだかそれを思い出して、余計可愛く見えた」

「えっ？」

まさかの事実に頬が引きつる。まさか粗相と同列にされているとは。碧は抗議するように片手を持ち上げる。

「そ、それはどうなんですかね」

「手のかかる子ほど可愛い、的な？」

「いや、それって、……うーん？」

うーん、うーん、と腕を組んで首を捻っていると、高遠が「まぁそれはいいんだけど」とあっさり話を打ち切った。どうやら彼にとっては大きな問題ではないらしい。そして「でもな」とまるで大事な秘密を打ち明けるように、丁寧に言葉を紡ぐ。

「そのうち、マチルダに似てるからじゃなくて、アオ自身に惹かれるようになってたんだ」

高遠の言葉に、トッ、と胸が鳴る。一度意識するとやたら心臓の音が気になって仕方ない。碧は右手を持ち上げ左手を持ち上げ「あの、俺に、へぇ」となんとも微妙な反応をしてしまった。

高遠はぎくしゃくと変なポーズを取る碧を見て小さく笑ってから「そう」と続けた。

「だから、三年間ずっと探してた。もう諦めろって、嫌われたんだってわかってても。それでもあちこちのドッグランとか、海とか、水族館にも通い続けた」

「水族館にも？」

「年間パスも買った」

「ねん、ぱす」

サングラスを掛けたままイルカショーを眺めたり、大きな水槽の前でジンベエザメを眺めたり、ふれあいコーナーでヒトデをつついたりする高遠を想像して、碧はぶるぶるぶるっと首を振る。

「しかし、まさか片岡とのことで勘違いされていたとは」

碧が妙な想像をしている横で、高遠が深刻な表情を浮かべて腕を組んでいる。碧は「だって」と少しだけ口を尖らせる。

「仲良い……じゃないですか。だからてっきり片岡さんの代わりなのかと……」

三年前、マンションの入り口で片岡たちが話していたこと、それからメディアでよく取り沙汰される二人の仲睦まじいエピソードを思い出し、気まずい気持ちで目を逸らす。別にここまできて高遠の気持ちを疑っているわけではないが、この三年間信じ込んでいた疑惑はそう簡単に払拭されない。

が、高遠はそんな碧の不安をわかっているのかいないのか、あっけらかんと口を開いた。

「それ、よく言われるけど別に普通。俺はどの後輩も興味な……同じように接してる」

興味ない、って言いかけました？　とは問わず、碧は「はぁ」と頷くにとどめておく。

つまりあのテレビでよく高遠が片岡との関係について聞かれた時に答えていた「普通」だの「特別仲が良いわけではない」というのは、いわゆるツンデレ的なものではなく、本気の本気でそう思っていたということだろうか。

「でもあの、片岡さんも似てるんじゃないですか？　マチルダちゃんに」

何故か食い下がるように言い募ってしまった後に、碧は内心申し訳なさを抱く。こういうことを聞くのは結局、自分の不安を消したいからだ。

そんなことに高遠を付き合わせて申し訳ない……と自己嫌悪していると、高遠は「は？」と不審そうに眉間に皺を作った。

「片岡が？　マチルダに？」

「え？　片岡さんのポメ姿、見たことないんですか？」

まさかあれだけ色合いが似ているのにと、ぎょっとして。もしや一度も見たことがないのかもしれないと思い当たる。

「何回もある。けど、似てると思ったことは一度もない。全然似てない」

しかし、高遠はやはり不思議そうに顎を撫でるばかりだ。きょとんとする表情は珍しく、それはそれで美しい高遠の顔を引き立てているが……そんなことを考えている場合ではない。碧は犬の姿の時にするように、てしてしと高遠の太腿を叩く。

「似てますよ！　色とか、見た目とか、……まぁ片岡さんの方が可愛いですけど」

「似てない。毛色も顔も似てないし、毛質も全然違う。碧とマチルダはふわふわごわごわ。片岡はさらさら」

「ふわ……ごわ？」

「すぐ舌をしまい忘れるところとか、ご飯の時に必ず口の端からこぼすところとか」

「そ、それ本当に可愛いと思ってます？」

果たしてそれは可愛いエピソードになるのか、と首を傾げると、高遠は力強く頷いた。

「アオは可愛い。この世で一番可愛い」

「は、はい？」

そう断言されて「そんなことありません」と言い返すこともできない。

「絶対だ」

満面の笑みで再度言い切られて、ぶわ、と頬が熱くなる。と同時に心がふわふわっと軽くなって、碧は慌てて頭を押さえた。

「……アオ？」

「や、……どきどきが強くなりすぎて犬化しそうで」

何をしているのか、という顔で首を捻る高遠に、言い訳のように笑ってみせる。頭を押さえたところでどうしようもないのだが……まぁ、気分の問題だ。

「ありがとうございます……っていうか、すみません、勝手に勘違いして」

頭を押さえたまま謝る。と、高遠もまた「いや、俺が悪かったから」と頭を下げる。二人して「俺が」「いや俺が」と言い合って、最後には顔を見合わせてまた笑ってしまった。

「アオは片岡の方が可愛いと言うが、俺はアオが世界一可愛いと思っている」

ひとしきり笑った後に、高遠が何故か胸を張って主張してきた。まだ言うか、と苦笑いしつつも碧は「まぁ、はい」と頷いておく。

「ありがとうございます……?」

ちょっと語尾が上がってしまった。

「信じてないな」

案の定見透かされたらしく、高遠が目を眇める。そして何故かそのますっくと立ち上がった。

お、お、と思って床に座り込んだまま彼を見上げていると、高遠は美しい顔をきりりと引きしめて
「付いてきてくれ」と碧を促した。

「一応片付けておいたんだが、俺がアオを世界一可愛いと思ってる証拠になるなら……」

「え、なに、なんですか?」

手を引かれて立ち上がる。と、高遠はそのままウォークインクローゼットの前に碧を引っ張ってきた。そしてその扉を躊躇いなく開く。

「いつもはこれを部屋に置いてる」

「……わ、……えっ?」

ダウンライトがついたクローゼットの中には、ずらりと小物や何やらが並んでいた。クッションに写真立てに額入りのポスター、大判のキャンバス絵まである。それらには全て、同じ「犬」がいた。

「これ俺……ですね？　……。えっ、俺ぇ？」

たしかにデリポメをしていた時、高遠に写真を撮っていいかと聞かれて「個人で楽しむ分には」と許可していたが、まさかグッズまで作っていたとは。

（なんか、高遠さんって……）

先ほどの「世界一可愛いアオのエピソード」もそうだが、なんとなく高遠から「オタク気質」を感じる。以前碧も高遠のグッズを買い集めては部屋に飾っていたが、それと似通っているというか、なんというか……。

「約束していた通り、個人で楽しむ範疇には抑えているが、アオが驚くかもしれないと思って片付けておいた」

「いや……、いや、驚きましたけど」

どことなく「どうだ」と誇らしげな高遠に驚くというかなんというか、もはや心臓が変な風に脈打っている。さすがに「ア、アオオタクですね」とは言えなかった。

それにしても、犬の姿とはいえ自分が至る所にいてこちらを見ているのは、なんというか、率直な感想を述べさせてもらうのであれば……。

（お、落ち着かない、ような）

「普段はちゃんと部屋に置いてる」

「あ、そう……、ですか」

露に濡れた薔薇が朝日を受けて煌《きら》めくような、まぁ、そんな華やかな笑顔を浮かべている高遠を横目に、碧はやや引き気味に頷く。

（な、なるほどなぁ）

このグッズの山を見てようやく部屋の中を見た時に感じた違和感の正体に気がついた。これらのグッズが飾られていた場所が空白になっていたので妙に殺風景に感じたのだ。

写真を撮られたりすることは、高遠含め『ワンラブ』のバイト時代によくあったがグッズ化までされたことはないと思う。

「も、もしかしてマグカップとかもあります？」

「ある」

半ば冗談のつもりで人差し指を立てながら聞いてみる。と、高遠はしっかりと深く頷いた。

「ぬいぐるみは？」

「寝室に」

「まさかスリッパなんて」

「足で踏むのがかわいそうでまだ履いていないけど、ある」

なんでもかんでも出てきて、碧はもはや驚きを通り越して笑ってしまった。と、笑う碧を眩しそうに見つめた高遠が「できたら」とどこか熱のこもった声で囁いた。

「できたら人間のアオ……碧のグッズも作りたい」

「……そ、それはちょっと」

自分が笑っている顔が貼り付けられたマグカップを想像して、碧は笑いながら腕をクロスさせて「ノー」の意思表示をする。冗談だとはわかっていても、それはあまりにもいたたまれなさすぎる。

「そうか、残念だ」

本当に残念そうな顔をする高遠に「まさか本気で言ったわけじゃないですよね」と聞こうとしてやめた。高遠は嘘はつかない。ということはつまり、碧グッズを作るというのも冗談の類ではない。

要は、この話はここで終わらせておいた方がいいということだ。

「いやでも、俺も高遠さんのグッズ持ってるから、同じようなものですかね、はは、ははは……」

高遠のファンとしては一時期離れてしまったが、これまで集めてきたグッズは捨てるに捨てられず、目につかない収納の中に隠してある。まぁ碧の場合は公式グッズ、高遠の場合は完全なる個人作製グッズなのだが……まぁ、似たようなものだろう。

「……っあぁ！」

と、そこで、碧は重大な事実に気がついて、頭の後ろに手を回したまま固まってしまう。

「あ、あ……」

わなわなと震え出した碧を見て、高遠が「どうした？」と眉根を寄せる。碧はそんな高遠に縋るような視線を送ってから、震える手を伸ばした。高遠はもちろん、碧を安心させるようにその手を優しく包み込む。

「高遠さん……」

「なんだ?」

優しく包まれた手を、その上からさらにわしっと鷲掴む。高遠はかたかたと震える手を見て、碧を見て、そしてもう一度手を見下ろした。

「アオ?」

「お、俺……高遠さんの顔を見ると辛くて、犬化しちゃうから、この三年間スパメテの活動を目にするのを極力控えてたんですよ、控えちゃってたんですよ」

どっ、と、感情のままに喋り出した碧を前に、高遠は微笑みを浮かべたまま首を傾げる。碧が正常な状態であれば「あっ、すみません、意味わからないですよね」とフォローのひとつでも入れたかもしれないが、生憎今の碧は正常じゃない。

「えっ、でも勘違いだったんですよね、俺の勘違いっ! えっ、両想い? いやそれより、だから、見逃しまくりなんですよ!」

「それより?」

高遠が、左に傾けていた首を右に傾ける。が、碧はそんな些細な動きなどどうでもいいとばかりに高遠の手を離し、自身の頭を左右から挟み込んだ。

「それよりって言ったか? なぁ、アオ」

「あぁ〜っ! 結成五周年の記念コンサートも行きたかったし、ツアーグッズも欲しかった! 高遠さん舞台の主演務められてましたよね? あの長田《おさだ》監督のっ、演出が中森《なかもり》さんで……」

「『時渡りの人々』?」

「そう！　『時渡りの人々』！　配信とかあるんですかね？　あぁでも生で観たかった……、生。そしてあの佐竹有世監督のホラーサスペンス映画！　初主演すんごい好評でしたよね。映画館の前で何度涙を呑んだことか……。ドラマ出演作も観てないし、配信ライブとか、あっ、あぁ～……アーカイブでどこまで観られるかが勝負だな」

ぶつぶつと一人話し続ける碧を見て、高遠が腕を組む。そして「ふむ」とひとつ納得したように頷いてから「アオ」と碧を呼んだ。

「アオ、アオ」

「え、はい？」

「とりあえず、こっち」

そして、あれがこれがと繰り返すアオの頬を両側からムニッと挟んで、自身の顔の方へと向けさせる。

「はんれすか？」

「一作、観たい映画があるんだが、良かったら一緒に観ないか？」

「映画？」

顔を押さえられているので、首を傾げることができない。代わりに、はて、と目を瞬かせると、高遠が楽し気に微笑んだ。

「『アイラブユーまでの距離』」

「……それ」

高遠が口にしたタイトルは、三年前のあの日、最後まで観ることのできなかったラブコメディだ。まさかその映画の話をされるとは思ってもいなかったので、碧は言葉を失くしてしまう。観よう、と誘われたが、観たいのは碧の方で、高遠はもう忘れてしまったものだと思っていた。

「三年前、最後に会った日に観てた映画なんだけど、忘れ……」

「覚えてます」

碧は高遠の話を遮るように言葉を重ねて、「覚えて、ます」ともう一度繰り返した。すると、高遠は嬉しそうに「そうか」と微笑んだ。

「俺、あの映画のエンドロールが好きで。ずっと、アオと一緒に観たかったたって後悔してたんだ」

高遠の言葉に、碧は息を呑む。一瞬で、ぐ、っと目頭が熱くなって、目元を隠したいのに、高遠に頬を包まれているからそれも叶わない。

「エンドロールまで観て、アオと感想を言い合うのが……、アオ？」

急に黙り込んでしまったからだろう。高遠が不思議そうに首を傾ける。

碧は「いや」「なんでもありません」と言おうとした。

「……俺もぉ……」

代わりに出てきたのは、情けないほどに掠れた声で。碧は結局我慢できずに涙ぐみながら「俺も……っ」と繰り返した。

「エンドロールまで高遠さんと、観たいです。最後まで、……エンドロールの、最後まで」

きっと高遠は、碧がなんでこんなにも感極まっているのかわからないだろう。でも、わからなくていい。それでいい、と碧は心の内で呟いた。

（エンドロールなら……）

もう、高遠の人生のエンドロールに名前を連ねたいなんてことは考えない。最後に名前を載せるのではなく、今がいい。今観たい。

色んな映画のエンドロールを観て、一緒に笑って、泣いて、たまに怖がったりしながら、感想を言い合いたい。それはきっと、エンドロールに名前が出るよりも、きっと、もっと楽しいはずだ。

碧の気持ちなんてわからないだろうに、高遠は優しく親指で碧の目元を拭ってくれた。優しく、何度も、繰り返し。その柔らかな仕草がくすぐったくて、碧は涙も忘れて「ふ」と笑う。

高遠は眩しそうに目を細めると、「アオ」と名前を呼んでくれた。それは、今まで聞いた中で一番優しい「アオ」で、碧は思わず湿った目を瞬かせた。

「アオが好きだ。付き合って欲しい」

「は……」

思いがけない直球の申し込みに、いまだ滲んでいた涙が、ひゅっと引っ込む。白黒する碧の目を見つめてそれを確認した高遠が、に、とその美しさを惜しむことなく、満面の笑みを浮かべた。

「できたら末長く、ずっと」

「すえ、す……す」

途端、碧の丸い目が涙の膜に覆われる。じわりと滲んだ視界、涙の膜一枚隔てた向こう側でも尚美しく輝く人が笑っていた。碧は息を吸って、吐いて、そしてもう一度息を吸って、笑った。頰の上をころりとひと粒涙が転がっていく。

「お、俺も、俺も好きです。高遠さんが大好きで……」

ぽひっ！

碧が言い終わるか終わらないか、同時だったか。あまりの多幸感に包まれた碧は、気持ちが高まって、あっという間に犬化してしまった。

現れた舌を出したポメラニアンを見て、高遠が「ふっ」と吹き出す。碧はもう謝ることも諦めて、高遠の笑い声に合わせるように「わふ、わふ」と吠える。

「これからよろしく、アオ……碧」

アオでも、碧でもいい。彼にとって自分が世界で一番可愛いというのは、きっと嘘じゃないのだ。だからそれでいい、どちらでもいい。犬でも、人間でも。

「わんっ」

碧は元気よくひと声吠えて、濡れた鼻先を高遠の滑らかなその頰に柔らかく押しつけた。高遠はいつものように碧の額に鼻を押し当てた後、ちゅ、とそこに小さなキスを落としてくれる。

碧はくすぐったいそのキスを顔中に浴びながら、幸せの香りを胸いっぱいに吸い込んだ。

わんと鳴いたらキスして撫でて

第 2 話

一

「悩みごと？　……。恋人が可愛すぎることかな」

少し思案してから正直に答える。と、運転席に座るマネージャーの小峰《おみね》は一瞬時が止まったかのように言葉を失い、その後「いやぁ～」となんとも情けない声を漏らした。

「高遠《たかとお》さんに恋人がいるってわかってるはずなんですけど、なんかそういう話を聞くたびに心臓が止まりそうになります」

わっはっは、と明るく笑って小峰がハンドルを切る。「高遠さん最近めちゃくちゃ溜め息吐いてますよね。何か悩みごとですか？」と話を振られたので正直に「悩みごと」を答えたのだ。が、どうやら要らぬ心労（と言っていいのか微妙なところだが）をかけてしまったらしい。

「ところでえっと、可愛い？　可愛すぎて悩んでるって言いました？」

「言った」

頷《うなず》くと、小峰はぽかんと口を開いたまま「はぁ～、相変わらず熱々で」と感心したように笑った。

「いまだに高遠さんの口から『可愛い』とか聞くと変な感じがします。なんか妙に人間っぽいっていうか」

「どういう意味だ」

「あ、いや、恋人ができてからの高遠さんは人間味があっていいなぁ、と」

「……」

小峰はフォローするように付け加えてきたが、となると恋人ができるまでの高遠には人間味がなかったということだが……。そこについては深く問うことなく、高遠は無言のまま窓の外へ視線を向けた。正直すぎるという難点はあるものの、小峰は良きマネージャーである。

高遠は現在、次の仕事の現場に車で移動中だ。某撮影スタジオで女性向けファッション誌の表紙撮影とインタビューが待っている。車の中では次の仕事内容のチェックであったり、台本を覚えることに時間を使っているので基本的には無言だ。が、今日は無意識のうちに何度も溜め息を吐いてしまっていたらしい。バックミラー越しに何度か視線を送ってきた小峰が、ついに溜め息の理由について問うてきて……今に至る。

恋人……碧《あおい》の件については、交際を始めてすぐに小峰に報告を入れた。真剣に付き合っていくつもりなので、黙っておくよりきちんと許可を得ておくべきだろうと思ったからだ。

無論、自分がアイドルという仕事をしていること、そしてアイドルに恋愛スキャンダルが御法度《ごはっと》なことは理解している。絶対にそういったことをファンや週刊誌等に悟らせない、軽率な行動はしない、と事務所に、そして自分自身にも誓っている。

高遠に恋人がいるのを知っているのは、マネージャーの小峰、事務所の上役数名、そして所属しているアイドルグループSuperMeteorのメンバーだけだ。とはいえ碧の名前等個人情報はほとんど明かしていない。ただほんの少し、惚気《のろけ》る程度だ。

「付き合いはじめてどのくらいでしたっけ」

「五ヶ月と十日だ」

「……えっ？　高遠さん、付き合った日数とか数えてるんですか？」

「あぁ」

「嘘でしょってくらいラブラブですね……。……って、あれ？　ラブラブって古いです？　今時って仲良しカップルのことなんて言うんですかね」

「さぁ」

まったくわからないので高遠も首を傾げるしかない。そもそも自分たちが「ラブラブ」であるかどうかもわからない。まぁ、自分の碧に対する気持ちはたしかにラブとしか言いようがないが。紛うかたなきビッグラブだ。

「なんて言うかはわからないが、ずっと仲良くありたいとは思うな」

シートに背中を預けながら、素直な気持ちを吐露する。と、ハンドルを握った小峰が「ぶっ」と吹き出した。

「高遠さんって、意外と、こう……溺愛系《できあい》ですよね」

「溺愛系？」

まぁ言われてみれば溺愛かもしれない。言い得て妙だ。高遠は顎《あご》に手を当ててから「そうだな、溺愛してる」と頷いた。

「ひ～、やめてください。脳がバグります」

と、小峰が肩をすくめて震わせる。何故そんな反応をされるのかわからず「脳……？」と首を傾げると、小峰は「だってほら」と続けた。

「高遠さんって普段『他人には興味ねぇ』って顔して生きてるじゃないですか」

「他人には興味ねぇ」のところだけやたら渋い、すかした表情を浮かべたのは高遠の真似をしているということだろうか。

「それは、さすがに失礼じゃないか？　俺に対して」

先ほどの「人間味」の話もそうだが、一体小峰の目に高遠はどんな人間として映っているのだろうか。さすがの高遠も突っ込みを入れてしまう。が、小峰は「いや〜」としたり顔をしている。

「実際他人に興味ないでしょ……じゃなくて。そんな高遠さんが誰か他人に夢中だっていうのが凄いって話ですよ。まぁ最近表情も明るくなったし、いいんじゃないですかね」

小峰は元々スパメテ全員を担当するマネージャーだったのだが、個々人が忙しくなったので今は高遠のみのマネージャーとなっている、いわゆる専属マネージャーだ。

初期からのスタッフということもあり、彼は高遠はじめスパメテメンバーの性格や趣味嗜好に明るい。メンバーそれぞれの担当マネージャーを統括するチーフマネージャーになってもよかったのだろうが、彼が「高遠さんを新しい人に任せるのは超絶不安……、んんっ、ちょっと気にかかるというかなんというか、はい」と言ってくれたので、現在は高遠専属になっている。

まぁ、その小峰が断言するくらいなので、多分「そう」なのだろう。

ちょうど車がトンネルに入ったこともあり、高遠は車窓に映った自分の顔を見つめてみる。黒い窓には見慣れた無表情の顔が浮かんでいた。

よく「自分の顔に興味なさそう」と言われる高遠だが、ファンからあれだけ「とにかく顔が良い」

「やたらめったら美しい」「ヴィジュアル最強」と言われれば、さすがに「良い方なんだろうな」というのはわかる。だが高遠からしてみれば、二十数年来の付き合いですっかり飽きてしまった顔だ。表情がころころ変わるでもないし、見つめがいがない。

（アオのことなら、どれだけ眺めてても飽きないだろうけど）

そこでまた恋人……碧のことを考えて、高遠の胸がふんわりと温かくなる。

「うわ、今恋人さんのこと考えてました？」

「なんで？」

小峰がバックミラーで高遠の顔を見て、うわ～うわ～と何度も声を漏らす。

「顔が全然違いますよ。顔面溶けてますって。いや～……すごいですね。今外歩いたら多分無条件で何人も釣れると思いますよ。や、歩いちゃ駄目ですけどね」

フェロモンがヤバいです、いつも以上に。と言われ、高遠はなんと答えようもないので黙っておく。自分のフェロモンなど見たことも匂ったことも感じたこともない。

「で？　恋人が可愛すぎて悩んでる、と」

と、ここでようやく話が本題に戻ってきた。高遠は「あぁ」と軽く頷いてから、ちらりと自身の膝の上を見下ろした。そこには、自身のスマートフォンが置いてある。

画面は伏せてあるので背面のケースしか見えないが、それでも十分癒される。何故ならそのケースは特注で、碧の肉球が刻印されているからだ。付き合いはじめて一ヶ月記念に、頼み込んで肉球の拓《たく》を取らせてもらい、そこから諸々グッズを作った……うちのひとつである。

肉球部分はきらきらと黄金に輝いており、お気に入りの一品だ。本当は肉球部分は柔らかなゴム素材にして本物の感触を再現したかった……のだが、碧のそれに似た質感のものを見つけ出すことができず、渋々諦めた。それでわかったことは、碧の肉球は唯一無二のぷにぷにである、ということだ。

とにかく、肉球ひとつにしても碧は可愛い。本当は人間の方の碧の手形も欲しかったのだが、すげなく断られてしまった。

(可愛いんだ。可愛くて、可愛すぎて困る)

先ほど小峰に告げた悩みを心の中で繰り返す。自然と「はぁ」と悩ましい溜め息が出てしまう……と、小峰に「また溜め息出てますよ」と笑われた。

「えーっと、つまり、可愛いから見せびらかしたいみたいな？」

「それはない」

碧と恋人になれて浮かれてはいるが、高遠にだってアイドルとしての自負がある。自分を応援してくれるファンにプライベートは見せない。

元々個人的なSNSはやっていないし、人目のあるところで人間の碧と恋人らしいことをする気もなかった。

それに、そういった件についてはどちらかというと碧の方が敏感で「絶対にバレるようなことは……！　絶対に、絶対に全力で避けますから！」と交際してすぐに血走った目で誓ってくれた。

『や、俺は高遠颯《はやて》さん個人と交際関係にあるだけで、アイドル高遠ハヤテの恋人だなんて決して思ってないんです。いや、高遠さんのことは大好きですよ！　でもファンとして高遠ハヤテに恋人がいるなんて絶対にイヤだといいますか……、あぁっ！』

といったことを、碧は時折発作のようにぶつぶつと呟《つぶや》いている。どうやら碧なりに「元々ファンであったアイドルと付き合う」ということに葛藤を抱いているらしい。

「えっ、じゃあ、可愛すぎて誰かに取られちゃうかもって心配……ってことですか？」

「それは……、なくはないけど、そんなに心配じゃない」

ピンときた、という表情で指を立てた小峰に首を振ってみせる。

碧は可愛い。間違いなく可愛いので、たしかに誰かに好かれることも多いだろう。が、碧が一途《いちず》に高遠を思ってくれているのが伝わってくるので、そこまで不安に思ったりはしない。……まぁ、嫉妬《しっと》しないかと言われたらそんなことはなく。たとえば以前碧の髪に触れようとしていた、彼の会社の後輩を見た時は正直自分でも驚くほどに苛々《いらいら》としてしまったし、反射的に手が出て（もちろん、暴力的な意味ではないが）しまったが。

「じゃあなんで悩んでるんですか」

「可愛すぎて、ア……恋人のことばかり考えてしまう。離れている時間が寂しい」

そう。悩みといえばそれなのだ。寝ても覚めても碧のことが頭に浮かんでしまう。

メイクで使うブラシを見ればふわふわぽわぽわの碧の尻尾を思い出し、衣装についた黒いボタンを見ては碧のきゅるんと円《つぶら》な目を思い出し、ケーキにのった白い生クリームを見ては蕩《とろ》けるように真っ白でやわこい碧の腹を思い出し……。日常の中で何度も碧を思い出しては「会いたい」と無性に寂しく思ってしまう。

そう、碧は可愛い。とても可愛い。こんなにも可愛いと思ってしまうのは三年ぶりに会ったからかと思ったが、どれだけ一緒にいても情熱は尽きない。それどころかますます燃え上がるばかりだ。

撫でようと手を差し出すと「耳はどこにいったんだ？」と尋《たず》ねたくなるくらいぺったりと耳を伏せて頭を差し出してきたり、キッチンで料理を作る高遠の足元でぐるぐると永遠に回り続けたり、ピンクの舌を覗《のぞ》かせたまま「へけ～」と寝こけたり。そういう姿を見るにつけ、どうにも堪《たま》らない気持ちになる。自分のキャラではないと思うのだが、碧に飛びついて抱きしめて「かわいい、かわいい」と言いながらごろごろと床を転がりたくなる。無論、犬の姿だけでなく、人間の碧にも同じことを思っている。どちらの碧にも、毎日会いたい、眺めたい、触りたい、抱きしめたい。

とはいえ高遠は多忙の身であり、なかなか会うことができないのが現状だ。三年前は碧が時間を合わせてくれていたから会えていたが、そんな彼も今は社会人。平日はほぼ会うことは難しく、土日しかチャンスがない。しかしそのチャンスも、高遠の仕事次第ではドタキャンになってしまう。付き合いはじめてから、何度涙を呑んだかしれない。

今はパソコンやスマートフォンといった文明の利器があるので、ビデオ通話等々はできるのだが、それで顔を見ると余計に会いたくなる。

寂しさが募って、最近は等身大のアオぬいぐるみをオーダーメイドで作ってしまった。もちもちもちとそれを揉みながらビデオ通話をして寂しさを紛らわせてはいるが、あくまで紛らわせているだけで根本的な解決には至らない。高遠を癒してくれるのは、この世に「谷敷《やしき》碧」ただ一人なのだ。

「高遠さん、寂しいって言いました？　高遠さんにもそういう人間らしい感情あったんですね」

小峰がまた微妙に失礼な言い回しをしたが、高遠は気にせず「普通にある」と続けた。

「事情があって、ア……恋人とは離れていた期間が三年くらいあって。そのせいかどうかわからないけど、一度付き合いはじめたら……こう、離れているのが辛い」

「へぇ～」

もはや感心したような表情で小峰が曖昧《あいまい》な返事を返してくる。

「小峰さんは離れている間寂しくないのか？」

小峰にも長く付き合っている恋人がいると以前聞いたことがある。小峰は高遠のマネージャーなので、必然、高遠とほぼ一緒の仕事のサイクルになっている。いや、事務仕事や送迎のことも考えると、高遠より彼の方がさらに拘束時間は長いはずだ。

「いやまぁ、うちは一緒に暮らしてますから。彼女の仕事も結構激務で、お互い理解の上というかなんというか……」

しばし放心していた小峰が頬をかきながら答えをくれた。

「なるほど」

高遠は目を閉じて、眼裏に「一緒に暮らしている碧」を思い浮かべてみる。

朝起きたら隣で寝ている碧、一緒に朝ご飯を食べる碧、「いってきます」とキスをしてくれる碧、「ただいま」「おかえりなさい」を言ってくれる碧、高遠の作ったご飯を「美味しい」と笑顔で食べてくれる碧、たまに犬になって腹を撫でさせてくれる碧。

「……いい」

ぼそ、と呟くと小峰が焦《あせ》った様子で「ちょっと高遠さん？」と声をかけてきた。

「まさかと思いますけど同棲なんて考えてないですよね？」

「……」

「無言やめてくださいよ。あの、交際については承知しましたけど、同棲はまた別問題ですからね。さすがにね？　わかってますよね？」

どっ、と勢いよく問われて、高遠は腕を組む。

「同じマンションに部屋を……」

「高遠さんってタワマン住まいですよね？　失礼ですが、その方暮らしていけるんですか？」

高遠自身は住まいにこだわりがなく、デビュー当時は普通のアパートに暮らしていたのだが、あっという間にファンに住所を特定され……事務所の強い希望もあってセキュリティのしっかりした今のマンションに引っ越した。

高遠自身は不便なく住めているが、たしかに碧にとっては少々家賃が高いかもしれない。

「俺が……」

「お金を出すって？　そういうの受け入れるタイプの人です？」

「……いや」

碧は真面目で堅実な性格だ。高遠と対等に付き合いたい、という意志も言葉の端々から感じる。もし高遠が「同じマンションに引っ越してきて欲しい」と言っても絶対に「む、無理です」と言うだろう。か細く首を振りながらも、絶対に頷かないはずだ。こう言っては失礼だが、碧は気弱そうに見えてその実結構な頑固者である。

高遠が金を出すから同じマンションに引っ越してきてくれ、なんて言おうものなら「そんなことさせるくらいなら……」と付き合うこと自体を考え直しかねない。

そう言う碧の姿がありありと想像できて、高遠はゾッとしながら頭を振る。

「無理だな」

まぁ現実問題、同棲なんてしようものならさすがに交際が世間に知られる可能性も高くなる。高遠も、そしてもちろん碧もそれは望んでいない。自分の職業、そして碧のことを考えるのであれば、同棲も同じマンション住まいも、諦めざるを得ないだろう。少なくとも、今の状況では。

高遠は「はぁ」と重い溜め息を吐いて、スマートフォンに目をやる。きらきらと輝く足型は高遠を慰めてくれるが、同時に切ない気持ちにもさせる。

今日は雑誌の撮影の後、テレビの収録が一件、さらに夜からは事務所でライブ配信の予定だ。自宅に帰れるのが何時になるかわからないが、おそらく碧とのビデオ通話は無理だろう。

「可愛すぎて困るっていうか、好きすぎて困ってるんですね」

「それだ」

小峰の言葉に、高遠はカッと目を開いて頷く。そう、好きすぎるのだ。恋を自覚してすぐに三年も離ればなれになって、ようやく再会できて誤解も解けて恋人になれて……。そうやって想いが通じ合った最愛の人物が、碧が、好きで好きで堪らないのだ。

（アオからも愛情は感じるけど、それでも、絶対に俺の方が……、……ん？）

ふと、何かが引っかかって、高遠は顎に手を当てる。そう、碧からはたしかに愛情を感じる。それは高遠の前で気を抜いて寛いだり、犬の姿で尻尾を振ったり、忙しくても電話をしたり会いに来てくれたり。そう、言葉ではなく、その行動で伝わってくるといえば伝わってくる。

だが、碧からそういった言葉があるかというと……。

「高遠さん？」

一瞬ぼんやりと考え込んでしまったからか、小峰が不思議そうな顔でバックミラー越しに首を傾げている。

「いや……」

「まぁ、ここ最近本当に忙しいですもんね。もうちょっと恋人との時間が増えるといいんでしょうけど……、って仕事を取ってくる僕が言えたことじゃないんですが」

「そうだな。これ以上離ればなれの時間が増えたらさすがに……おかしくなるかもしれない」

「わはは。またまた〜……、え？　冗談ですよね？」

小峰は何度も「嘘ですよね」と問うてきたが、高遠は最後まで頷くことはなかった。

「……って、話してたら到着しちゃいましたね。台本読みの時間奪っちゃってすみません」

「いや、話を聞いてもらったのはこっちだから」

顔を上げると、ちょうど撮影スタジオに到着したところだった。小峰はスムーズな運転で駐車場に車を駐める。

——ヴヴッ

と、そのタイミングで小峰のスマートフォンが鳴った。どうやら着信らしい。

「あらら、タイミングがいいのか悪いのか……ちょっとすみません」

断りを入れてくる小峰に、高遠は仕草で「どうぞ」と電話に出るよう促す。スタジオ入りまでまだ時間に余裕があった。

「はい、小峰です。はい、はい……、あっ。え、はい。ありがとうございます！　はい、はい……ではまた改めて。はい、よろしくお願いします」

どうやら良い知らせのようだ……が、小峰は微妙な顔をしてちらちらと高遠を窺《うかが》っている。そしてその表情のまま、通話終了ボタンを押し「あのー……」と気まずそうに高遠を振り返った。

「高遠さん、良いお知らせ……です」

「良い？」

どう見ても「良い」からはほど遠い顔をしているが、一体どういうことだろうか。

高遠の不審を読み取ったのだろう、小峰は慌てたように手と首を振って「いやいや」と繰り返す。

「いやあの、本当に良いんです、良いんですけど、ちょっと、さっきまでの話の流れ上……あの……」

「つまり？」

「新しいお仕事が、一本決まりました」

歯切れ悪く言って笑顔を浮かべる小峰に、高遠は「新しい仕事？」と首を傾げた。

二

「えっ！　ドラマ主演っ？」

「……そう」

土曜日。久しぶりに高遠に会えるということで、碧は気合いを入れて彼の部屋に向かった。

少し前に合鍵（高遠のマンションはカードキーなので、合鍵というより合カードキーだが）を貰ったので、それを使って高遠より先に彼の部屋に入り、夕飯を準備して待つことになったのだ。

事前にキッチンを使う許可は得たものの、迷惑がられたり鬱陶《うっとう》しがられたりするのではないか……と思ったが、高遠は思いのほか喜んでくれて、帰宅早々「嬉しい」「ありがとう」「大好きだ」と熱い抱擁《ほうよう》をくらってしまった。

そのまま二人で手作りの夕飯（とはいっても、ただのカレーとサラダだ。碧は高遠ほど料理ができない）を食べている最中、妙に深刻な顔をした高遠にドラマ主演の報告を受けた次第である。

「す、すごいじゃないですか！　ドラマ主演！」

高遠はドラマに関して、ダブル主演や助演はいくつか実績があるものの、単独での主演はまだなかったはずだ。最近ますます演技に力を入れている高遠は、それはそれは嬉しいに違いない……と、笑顔を浮かべて彼を見てみると、何故か高遠は浮かない顔をしていた。

「え……、何かあったんですか？」

まさか何か問題でも起きたのだろうかと、おそるおそる問いかける。

高遠はスプーンを握ったまま「実は」と重い口を開いた。

「俺は、離島の教師っていう役柄なんだが……」

「た、高遠さんが、教師……？」

教師ものなのか。なるほど教壇に立つ高遠というのもとても新鮮でいいかもしれない。と、碧はほわほわと想像の中で教師高遠を生み出す。

教師ということはある程度きっちりとした服を着るのだろうか。いや、体育教師ならジャージという可能性もある。ジャージの高遠、そんなレアな姿を画面越しに拝めるなんて……それはとんでもないご褒美ではないだろうか。

なんてことを一瞬にして頭の中に巡らせながら、碧はできるだけその興奮を表に出さないようにして「なる、ほどぉ」と重々しく頷いた。

「基本的にはスタジオ撮影なんだけど、話題作りも兼ねて、本物の離島でも撮影するってことになってて……」

「えっ！　離島で？」

「いや。離島というのは作品の設定で、撮影自体は沖縄本島の……もう廃校になった学校を使うらしいんだけど」

「沖縄？」

高遠の話を聞いて、碧はしぱしぱと目を瞬かせる。そして「おぉ～」と思わず笑顔を浮かべてしまった。

そんな碧の様子を見て、高遠もまたどことなく嬉しそうに頬を緩める。

「そういえば、碧は沖縄に住んでいたんだったな」

どうやら三年前に話したことを、高遠はしっかりと覚えていてくれたらしい。碧はむず痒いような嬉しい気持ちで、大きく頷く。

「はい。へへ、そうです」

小さい頃に引っ越してしまったので、繋がりといえば祖父母や親戚が住んでいるくらいだが……。それでも、高遠の主演ドラマの舞台が出身地というのは嬉しい。なんだか縁が繋がったような気分だ。

「父方の実家が沖縄なので、一時期暮らしてたんです。祖父母は今もあっちに暮らしてます」

「そうか」

話しながら、沖縄の祖父母に思いを馳《は》せる。しばらく連絡を取っていないが、元気にしているだろうか。たまにビデオ通話で話をしたりするが、社会人になってからはめっきりその回数も減ってしまった。

「沖縄での撮影はいつの予定なんですか？」

「順調にいけば、六月頃だな」

「あぁ～じゃあもうかなり暑いですね」

今は三月なのでおよそ三ヶ月後だ。

六月の沖縄といえばもうかなり暑いだろう。碧は沖縄の日差しの下に立つ教師の高遠を想像してみた。

「はー、つまり青い空青い海をバックに、白いシャツを着た……日差しにも負けない眩《まばゆ》さを放つ教師姿の高遠さんが拝めるって……そういうことですよね」

「白いシャツかどうかはわからないけど、多分」

思わず「くぅ」と拳《こぶし》を握りしめてから、碧は高い天井に顔を向けて「ありがとう、ございます」と万感の思いを込めて礼を言った。

「アオ？　どこに向かって言ってる？」

高遠の冷静な問いに、誤魔化《ごまか》すように「あ、いや」と答えてから、碧はへらりと笑った。

「楽しみすぎて犬化しちゃうかと思いました。……あれ、でも高遠さん、なんでそんなに微妙な顔してるんですか？」

沖縄での撮影もあるなんて、かなり力の入ったドラマなのだろう。その作品の主演に決まったなんて、明らかに良いことに違いない。高遠の暗い表情の理由に思い当たらず、碧は首を傾げる。

「いや、撮影自体は楽しみだ。ストーリーも面白いし、主演の機会を貰えて本当にありがたい。ただ……」

「ただ？」

「撮影で忙しくなるし、沖縄にはスケジュールを押さえて長めに行くことになると思うから」

「から？」

高遠の言葉尻を引き継いで話を促すと、彼は美しい顔をわずかに俯《うつむ》けて「はぁ」と溜め息を吐いた。

「アオに会う時間が、ますます少なくなると思って」

「……、……あっ、俺？　俺ですか？」

予想外の言葉に、一瞬理解が追いつかず。ぽかんと間抜《まぬ》けな表情を浮かべた後、碧は慌てて自身を指さした。

「そうだ。アオだ。アオに会えない。……サビシイ、ツライ」

高遠は何故かカタコトでそう繰り返してから、碧の作ったカレーをぱくりとひと口食べた。背後に「しょんぼり」という文字が見えそうなほど肩を落としている。無表情だったからいまいちわかりにくいが、どうやらかなり悲しんでいるらしい。

「そんな……、えっと、今はほらビデオ通話もできますし、アオ二号もいるじゃないですか」

そう。高遠の仕事柄どうしても会えないことが多いため、最近はもっぱらビデオ通話に頼っている。碧の方は高遠が生きて動いている姿を見るだけで「幸せだ……これで明日も生きていける」という気分にさせてもらえるのだが、高遠の方は冴えない碧の顔なんて見たところで「幸せ」とはならないだろう。碧は申し訳ない気持ちで、むむ、と唇を引き結んだ。

ちなみに「アオ二号」とは犬の碧をモデルに製作されたぬいぐるみのことである。見た目はまさしく碧そのもので、くるんと丸まった尻尾から眠たそうなタレ目から、ちょっと開いた口から覗く舌まで、かなり正確に再現されている。

最初にそれを見た時はちょっとだけ（実はかなり）驚いたが、高遠が「アオに会えない寂しさを紛らわしたくて」と言うので笑ってしまった。

というわけで、ビデオ通話もあるしアオ二号もいるしで、高遠の言う「寂しさ」というのはある程度解消できると思うのだが……。それでも高遠は悲しそうに眉尻を下げている。芝居の仕事以外では表情の変化すら乏しい高遠にしては、珍しい事態だ。

「まぁ、それはそうだけど」

明らかに渋々といった顔でぼそぼそ言って頷く高遠を見ていると、どうも胸のあたりがもぞもぞしてしまう。なんというか、こう、「好かれている」というのがじわじわと伝わってくるからだ。ダイレクトに「好きだ」「可愛い」と言われるそれとは違う、ちょっとした行動や表情の変化から伝わってくるもの。

碧は「俺だって寂しいですよ」と言いかけて、ぐっ、とそれを飲み込む。

「でも主演なんてすごいじゃないですか。しかも沖縄で撮影って……楽しみだなぁ」

高遠は「高遠ハヤテ」だ。稀代《きたい》のアイドル、スーパースター、みんなの「高遠ハヤテ」。その仕事の足を引っ張るような真似は絶対にできないし、したくない。

そんな気持ちを込めてにこりと微笑む。と、高遠が妙に静かになっていることに気がついた。

「高遠さん、どうかしました?」

何か考え込んでいる風の高遠の名を呼ぶ。と、ハッとしたらしい高遠が「いや……」と首を振った。

どうしたのか、と思いつつも碧はあえておちゃらけたように笑ってみせる。

「俺も高遠さん二号欲しいなぁ、等身大の」

そう言うと、高遠が「ふ」と軽く吹き出した。

「俺の等身大?　デカくて場所を取るんじゃないか」

「だからいいんじゃないですか。部屋のどこにいても高遠さんが見えるんですよ？」

「それは、どう考えても邪魔だろう。やっぱり本物がいいんじゃないか？」

話すうちに、高遠に笑顔が戻ってくる。碧はどこかホッとしながら等身大高遠の必要性について語った。すると今度は、高遠の方が「俺ももっとアオのグッズが欲しい」と言い出した。そんなことを言われれば、高遠ハヤテファンとして「俺だって高遠さんのこんなグッズが欲しいんですよ」と語りたくなるわけで。気がつけば二人して、ひたすらグッズ談義に花を咲かせていた。

そのうち、碧は先ほどの高遠の考え込むような表情を忘れてしまった。高遠にしては珍しい、どこか思い悩んだような表情を……。


「アオ、おいで」

風呂から上がると、先にベッドに入っていた高遠がぽんぽんと自分の横を叩いた。

「あ、はい。おー……じゃまします」

もにゃもにゃと口ごもりながら大きなベッドに乗り上げる。高遠のベッドはクイーンサイズで、二人で寝てもまったく問題がない。高遠曰《いわ》く「脚がはみ出るのが嫌だから大きいのを置いているだけ」とのことだが、それにしても本当に質の良い……いわゆる高級ベッドだと思う。マットレスも柔らかくも弾力があり、ほどよく体を包み込んでくれる。

拳ひとつぶん距離を取って隣に腰掛けると、高遠がグッと腰を摑んできた。

「んわっ？」

「ほかほかだ」

あっという間に腕の中に抱き込まれて、熱を包むようにぎゅうと力を込められて。碧は照れ隠しに「あ、へへ?」と曖昧な笑顔を浮かべてしまった。

「それに、いい匂いもする」

抱きしめられたまま、すん、すん、と髪の匂いを嗅《か》がれて、「いやいや」と首を振る。

「高遠さんと同じやつ使わせてもらってますよ」

「それでも、何か違う」

すん、すん、とそれこそまるで犬のようにこめかみを、耳たぶを、首筋を嗅がれ、高い鼻先で肌を辿《たど》られて。碧は「うわ、うわ」と内心慌てる。

高遠と「お付き合い」が始まってはや数ヶ月経った。季節は冬を越えて、もう春だ。最初の頃は、たとえば満面の笑みを向けられたり、抱きしめられたり、「好きだ」と甘く囁かれるだけで、何をすることもできず犬化していた。それはもう、ぽんぽん、ぽひゅぽひゅ。あまりにも犬化してしまうので「俺はこのまま犬になってしまうのでは」と思ったほどだ。

それでもまぁ人間とは慣れる生き物で。一ヶ月、二ヶ月、三ヶ月と徐々に徐々に距離を詰めていき、今では抱きしめられても変身しない程度に落ち着いた。

「アオ」

三年前、デリポメのバイトをしていた時だって、撫でられたり抱き上げられたりしていた。だがやはり「恋人」として触れられるのとは事情も心持ちも違いすぎた。もう、どうしたって意識してしまうのだ。軽い触れ合いの「その先」を……。

「アオ」

薄暗闇に溶けそうな囁き声で再度名前を呼ばれて、ちら、と高遠を見上げる。間接照明の光だけではない何かが、高遠の瞳をゆらゆらと鈍く滑るように光らせていた。

(あ、キスされる)

そう思ったのとほぼ同じくらいのタイミングで、そ、と高遠の顔が近付いてきた。ミケランジェロの作品もかくや、と言いたくなるような、彫りの深い美しい相貌が目の前に迫る。

「ん……」

高遠も、碧が簡単に犬化してしまうことは重々承知だ。なのでゆっくりと、それはもう子供の戯《たわむ》れのように柔《やわ》く、触れるだけのキスを落としてくる。ふに、と唇同士が触れ合って、碧は思わず「んむ」と情けない声をあげた。

碧が犬化しないことを確認したからか、高遠は一度唇を離し、その後二度、ふに、ふに、と柔く幼い口付けを落としてきた。

「ふぁ、は」

キスの間ずっと息を止めていたので、ついに苦しくなって口を開いてしまう。と、その隙をつくように、高遠が舌先で碧の唇をちろりと舐めた。

「うひ」

情けない声を漏らしてしまったが、高遠に気にした様子はない。むしろ嬉しそうに頭の後ろに手を回されて、く、と顔を持ち上げられる。

「ん、アオ」

ちゅ、ちゅ、とキスの合間に名前を呼ばれて、むずむずと胸が熱くなる。どうにも落ち着かなくてもぞもぞと脚を動かしていると、高遠の長い脚が絡んできた。

「アオ、可愛い、ずっと一緒にいたい」

潤んだ瞳で見つめられながらそんなことを言われて、どうして冷静でいられようか。

碧は「う、うぅ」と呻《うめ》きながら、それでも高遠から目を逸《そ》らすこともできず「う、はい」と喘ぐように返した。

ばくばくとうるさい心臓の上に手をのせられて、高遠の長い指が、彼から与えられた肌触りのいい寝巻きの……その隙間にするりと忍び込む。

「高遠、さん」

緊張からか、胸がやたらと上下して恥ずかしい。

高遠とこういうことをし出してから「男同士」のやり方を何度か調べた。もちろん男女の性行為くらいは知っているが、男同士の場合どうすればいいのかわからなかったからだ。そうやって調べた結果……まぁ、色々カルチャーショックを受けたし、「あっ、そこに？　そこに挿《い》れるの？」と衝撃がすごかった。が、とりあえず男二人でも挿入行為に至れるということを知った。

どちらがどうという役割を話し合ったことはないが、なんとなく、自分が受け入れる側になるのではないか……と碧は思っていた。なにしろ何の経験もない自分が、高遠をリードしてあまつさえ抱く

なんて、できる気がしなかったからだ。受け身な態度で大変申し訳ないが、経験豊富であろう高遠に身を任せる方が安心な気がした。

「碧」

いつもの「アオ」ではなく、ちゃんと名前を呼ばれるのは、大体こうやってしっとりとした雰囲気になってからだ。碧は、がちがちに固まった顔を右にも左にも向けることができないまま、高遠の一挙手一投足を見つめる。

心臓が震えているのが、自分でもよくわかる。もしかしたら顔も赤くなっているかもしれない。息が上がって、胸の高鳴りがどんどん大きくなって、碧は「ふ、ぅ」とか細い息を吐き出した。

(う、犬化……するな、するなよ)

どきどきが強くなりすぎると犬化してしまう自分の体質をわかっていたので、碧はぎゅっと目を閉じて心の中でそう繰り返す。

……と、高遠の指先はするりと碧の素肌を撫で、そして、やがて離れていった。

(あれ……?)

思わずパッと目を開く。既《すで》に高遠の指は碧から離れきっていた。まるで、犬化の気配を察知したかのように。

「あ……」

高遠の指先を名残惜しく見ながら、碧は声にならない声を漏らして、口を閉じる。そのままぽんぽんとお腹のあたりを撫でられて、頬の側でチークキスのように「ちゅ」と唇だけ鳴らされて。

「アオ」

「……あ、はいっ」

ぼんやりとしていると、碧の横に身を横たえた高遠に話しかけられた。

先ほどまでの淫靡《いんび》な雰囲気はどこへやら。いつも通り、美術品のごとき清廉さを身に纏《まと》わせた高遠が、じ、と碧を見ていた。碧は寝巻きの裾をなんとなくいじいじと触りながら、そんな彼にちらりと視線を返す。

「今度、ドッグランに行ってみないか?」

「ドッグランですか?」

「そう。知り合いが経営しているドッグランが、完全招待制の会員制で。貸し切りできるプライベートドッグランもあるから人目を気にせず遊べる、と思う」

「へぇ……!」

そういえばかなり前、それこそまだ『ワンラブ』で働いていた頃にそんな話を高遠から聞いた気がしないでもない。

たしかに、碧だけならまだしも高遠が行くのならば、そういった場所の方がいいのかもしれない。トップアイドルである高遠が勧めてくるくらいなので、きっと有名人が愛用しているドッグランなのだろう。おそらく、彼がいても騒がれないくらいの。

「そこなら、アオとデートできるかな……と思って」

「デ、デェト……!」

すわ、と身構えながら、碧は「デェト、デェト」と心の中で繰り返す。

付き合いはじめてからというもの、会うといえば高遠の家がほとんど……というか全てだったので、二人で計画して外に出るのは初めてだ。

「そのうちどこか出かけたりとかもしたいけど。とりあえず一回目の外デートとして、どうだ？」

「あ……嬉しいです。とっても、嬉しい。楽しみ」

碧は何度も「嬉しい」と「楽しみ」を繰り返し、素直に自分の気持ちを伝えた。

もちろん、高遠の家で過ごすことだって嫌ではない。嫌どころか、二人でご飯を食べたり、映画を観たり、犬の姿で一緒に遊んだり……楽しいことばかりだ。なんの不満もない。だが忙しい高遠が、碧のことを思い外でのデートを考えてくれたことが嬉しい。それに、単純にそのドッグランにも興味があった。

「決まりだな。俺も休みが取れるように調整するから、碧も都合のいい日を教えてくれ」

「わかりました」

素直に頷くと、高遠は嬉しそうに目を細め、そして碧の頬にキスをした。不意打ちのようなそれは「デート」で喜び膨れ上がった碧のハートを刺激して、そして……。

「あっ……」

ぽひっ。

耐える暇もなく、犬化してしまった。おそらく、先ほどの触れ合いで溜まっていた幸福度が今の色々でマックスまで跳ね上がったのだ。

「うー……、あう、あう」

柔らかなマットレスの上に軽く立ち上がり、てひてひと前脚を踏み鳴らす。が、衝撃はすべて柔らかな足元に吸収されて、碧はころりと転がってしまった。

(結局、また犬化してしまった)

犬になってしまったので、今夜はこれ以上「恋人」としての触れ合いは望めない。二人の性的な進展がいまだキスどまりなのは、間違いなく碧のせいだ。

(俺は、俺はぁ……)

もちろん、碧は高遠と一緒にいられるだけで嬉しい。「好きだ」と言ってもらえて、合鍵なんて貰えて、ご飯を作ってもらって作ってみて、美味しいなんて言い合いながらそれを食べて、同じベッドで寝て。それだけで十分嬉しいし、幸せだし、満たされている。だが、だが……だ。

「くぅー……ん」

(キス以上のこともしたいような、したくないような……、いや、やっぱりしたい)

小さな遠吠えのような声を漏らして、碧は高遠の腕と脇の間にすぽっと入り込む。犬の姿でなら、こんなこともできるし、平気だ。

脇の下に収まって、そこで体勢を整えるためにくるくる回っていると、高遠が「アオ、こら、くすぐったい」と笑った。どうやらくるくる回る時に尻尾がふさふさと高遠の頬を叩いていたらしい。

「わん」

碧は「すみません」と謝るようにひと声鳴いて、そして高遠の胸の上に顎をのせた。高遠は満足気に息を吸って吐いてから「おやすみ」と頭を撫でてくれる。

（だってこれじゃあ、ペットと飼い主みたいだもんな）

仲はいいと思う。愛情も感じる。だがそれがペットと飼い主では困る。もっとロマンチックに、恋人しかしないこともしてみたい……と思ったりもするのだ。

こんな状況に陥っているのは、多分碧が恋愛初心者だということも大いに影響している。

（キスするたびにびくびく身構えられたら、高遠さんだって慎重になるよなぁ）

なんというか、こんな調子ではさすがの高遠だって恋人として不満を感じたりするのではないか。

碧は、高遠に飽きられたくないし、捨てられたくない。恋人として愛したいし、愛されたい。今だけでなく、この先もずっと。だからこそ恋人として進展したい。

規則正しく動きはじめた胸の上に顎をのせたまま、碧は、くぁ、と小さくあくびをする。

（なーんて、贅沢な悩みだけど）

今この時、恋人として大事にしてもらえている。本来であれば、永遠に交わることのない世界にいた高遠に、だ。

これ以上を望んだら、欲張りすぎだと罰があたるかもしれない。

「くぁ、……ふ」

なんてことを考えていると、もう一度あくびが出てきた。本格的な碧の眠気を感じ取ったのだろう、高遠が碧の腰のあたりをとんとんと優しく叩き出した。一定のリズムでそこを叩かれると、自然と瞼が重くなってしまう。碧は鼻を鳴らして、うとうとと目を閉じた。

「大好きだよ、アオ」

優しい声が聞こえたような気がしたが、碧は返事もできないまま、ふさふさと尻尾を振って答える。

「アオは、俺のこと……」

夢うつつの中、囁くような声で何かを問われた気がする。問うというより、確認するようなその響きに耳がひくひくと震える。が、眠くて眠くて、内容まで理解できない。

そして何も聞こえなくなった微睡《まどろみ》の中、碧はゆったりと眠りの世界に旅立った。

三

「う、うお～……」

碧はデュアルモニターの一面で資料を確認しながら、もう一面でカタカタと数字を打ち込んでいた。新規プロジェクトの企画書を作成しているのだが、これがまぁ終わらない。

ちらりと時計を確認すると、二十二時を過ぎていた。まぁまだ終電には間に合うだろうが、帰って風呂に入ったらすぐ寝ないと明日がきつい時間帯だ。机の上に置いてある栄養ドリンクの残りを飲み干し、首を傾けて「はあぁ～」と溜め息を吐く。首からパキッポキッと軽快な音がして、自分が長時間同じ姿勢のままで仕事をしていたことに気がついた。パソコンとだけ向き合っているとついつい時間を忘れてしまう。

「はぁ……」

――ぐぅ。

溜め息ついでに情けなく腹が鳴ってしまって、碧は一人で笑ってしまった。時間だけでなく、空腹も忘れていたらしい。

（なんか食べられる物あったかなぁ）

腹の虫が知らせてくれたとおり、さすがに腹が減ってきた。軽くつまめるものを求めて机の引き出しを開ける……が、カップラーメンや栄養補助食品のようなものはもとより、飴玉ひとつ見当たらない。碧はがっくりと肩を落としてまた溜め息を吐く。

「はいはーい、差し入れです」

それでも諦め悪く引き出しの中を覗き込むように体を折り曲げている、と……突然、机の上に紙袋が置かれた。

「え？」

フロアには誰も残っていなかったはずだが……と顔を上げると、そこには爽やかな笑顔を浮かべる柳《やなぎ》がいた。最近髪型を変えてすっきりとした短髪になった彼は、「男っぷりが増した」と各方面（特に女子社員）から支持を増やしていた。まぁつまり、相変わらずモテている。

紙袋には、会社近くにある弁当屋の店名が印字してあった。

「え？　なんで？　柳、帰ったんじゃなかったのか？」

柳は三十分ほど前に既に退勤したはずだった。紙袋と柳とを交互に見やると、彼はへらりと相好《そうごう》を崩す。

「だって、谷敷さんが『腹減ったな〜』って顔でパソコンに向かってたから」

さすがに見捨てられませんよ、と笑う柳の後ろに後光が差して見える。深夜だというのに眩いほどだ。

一瞬「わーい」と手を伸ばしかけたが、碧はぴたりとそれを空中で止める。

「いや、いや……退勤したのにわざわざ戻ってきたなんて、そんなの悪すぎるって……」

ぐ、ぐぅー……。

と、そのタイミングで、それはもう高らかに碧の腹が音を立てた。先ほどのものよりさらに大きい、「ぐぅー」の手本のようなその音は、柳の耳にももちろん届いただろう。

柳に向けていた神妙な顔はそのままに、碧は腕を組んで顔を俯けた。恥ずかしさで、顔から火が出そうだったからだ。

「ふ、ふふっ、腹……、くっ、減ってるんですよね？」

笑いを含んだ震え声でそう言われて、碧は「いや、うん、……はい、その通りでございます」と今にも消え入りそうな声で肯定する。これ以上意地を張っても恥の上塗りだ。

「食べやすいようにおにぎりにしたんで。たらこと昆布、好きでしたよね？」

「好き、大好き。んあぁ〜柳、ありがとう！　遠慮なくいただきます」

碧は両手を合わせ、拝むようにしながら柳に礼を言う。

今、碧が犬の姿だったら、ちぎれんばかりに尻尾を振りまくっていただろう。たらこも昆布も、碧の大好物だ。

他人のちょっとした趣味嗜好を忘れない、いわゆる「しごでき（仕事ができる）」な柳のことなので、以前どこかで話したそれをしっかりと覚えていてくれたのだろう。できる後輩のできる差し入れに感動しながら、碧は遠慮なく紙袋に手を突っ込む。

「あ～、まだあったかい。嬉しいなぁ、俺ほんとここのおにぎり大好きなんだよ」

「インスタントのみそ汁も買ってきましたよ」

その言葉のとおり紙袋の中にはインスタントのカップみそ汁も入っていた。おにぎりとみそ汁の組み合わせは、あまりにも魅力的すぎる。碧はわなわなと震える手でそれを取り出しながら柳を見上げた。

「はぁ～？　柳ぃ……ほんとありがとう。ほんと、好き」

「え？　あー……、いえいえ」

柳は照れたように首の後ろに手をやってから、「それにしても」と碧のデスクを眺めた。

「最近忙しそうですね。仕事、そんなに詰まってましたっけ？」

「ん、あ、いやいや」

早速おにぎりの包装フィルムを剝《は》がしながら、碧は笑って首を振る。

「そんなに切羽《せっぱ》詰《つ》まってるわけじゃないよ。来週有休入れたから、前倒しで色々やってるだけ」

来週の金曜日、碧は有休を取得した。土日と合わせたら三連休だ。

まぁ一日くらい有休を取ることは何も問題はないし、そんなに仕事が切羽詰まることもないはずなのだ……、が、そんな時に限って思いがけない仕事が舞い込んできたりするものなのである。

ちょうど数日前、碧は新規案件のプロジェクトリーダーにならないかと打診された。会社もかなり力を入れている新商品……最近魚離れが進んでいる若者向けの水産加工食品の開発と、それに先駆けての市場調査だ。普段であればありがたいことだと思うのだが、よりによって「じゃあ再来週までに企画書の作成、よろしくな」なんて言われてしまって。たった一日の有休、されど一日の有休。その一日の皺寄せと新規プロジェクトの件で、ここ最近の碧は残業続きだった。

しかしそれでも、碧にはどうしても有休を取得しなければならない理由があった。

「あ、じゃあ三連休じゃないですか。いいですね〜。何か予定あるんですか？」

「いや、うん……ちょっと旅行に、な」

旅行というのは、高遠が紹介してくれたあのドッグランだ。

なんとその施設は、一日一組限定で宿泊も受け入れているのだという。なかなか予約も取れないらしいのだが、高遠が都合をつけてくれて来週末に宿泊と相なった。ちなみに高遠は連休を取ることは難しかったらしく、金曜日から宿泊するものの、土曜日の午後からはまた仕事だ。忙しい仕事の合間を縫って泊まりでデートを計画してくれて、ありがたい限りだ。

施設には宿泊者専用プライベートドッグランも完備されているらしく、他の利用者を気にすることなく思い切り走り回れる。

もちろん犬の姿で向かうつもりだが、宿泊施設に入ってしまえば人間の姿に戻っても大丈夫だろう。

（高遠さんと、二人で……二人っきりで）

想像しただけでなんとなく気恥ずかしくて、なんだか頬が緩んでしまう。

碧の話を聞いた柳は「へ、ぇ～」と一瞬言葉に詰まってから間延びした声をあげた。

「その旅行って……、もしかして恋人さんと、だったりします？」

おにぎりにかぶりついたタイミングでそんなことを問われて、碧は思わず「うぐ」と変な声を出してしまう。

「んんっ。あ、いや、違うよ、うん。一人旅！　たまには一人でのんびりしようかな～って」

碧はどうにかおにぎりを飲み下してから、「ははは～」と誤魔化し笑いを返した。

「あ、へぇ、そうなんすね」

どこかホッとしたように笑う柳を見ながら、碧は心の中で「ごめん、嘘ついてごめん」と謝る。気のいい後輩に嘘をつくのは心苦しいが、そうせざるを得ない理由があるのだ。

（柳にはなぁ、一回高遠さん見られてるし……）

数ヶ月前。ちょうど会社の前で柳に高遠を見られた（正確には高遠の方からずんずんやってきたので柳は勝手に『見せられた』側だが）日から数日経った、ある日。碧は何か言いたげな柳に「あのぅ」と声をかけられた。

『この間の人って、谷敷さんの恋人……だったりします？』

そう言われて、碧は咄嗟《とっさ》に「ちっ違う違う違う！」と答えてしまった。反応から見るに、自分の腕を摑んだのが「高遠ハヤテ」だったということには気付いていないようだが、ふとした瞬間「あれ、誰かに似てたな……っていうか高遠ハヤテじゃね？」と真相に辿り着かれても困るからだ。

『あ、違うんですね。谷敷さんに触ろうとしたこと怒ってるっぽかったんで、なんか……そういう関係かなぁって。変なこと言ってすみませんでした』

柳はむしろ申し訳なさそうに謝ってくれた。が、謝らなければならないのは碧の方だ。しかし、それを言うということはつまり嘘をついたことを話すということで。碧はずきずきと良心が痛むのを感じながらも「あ、いや、こっちこそ『知り合い』が変なことしちゃってごめん」と無難に話を終わらせた。

以降、柳はちょこちょこと碧に「恋人」の有無やら何やらを問うてくるようになった。いつかは「恋人ができた」と正直に言いたいが、今このタイミングで言うのはどうにもわざとらしい気がして、いまだ伝えられていない。

嘘をつくのは心苦しいが、何が何でも「碧の恋人はスパメテの高遠ハヤテ」という事実に気付かれるわけにはいかないのだ。

(悪い、悪いな柳。こんなにいい後輩に嘘をつく俺は、俺はぁ)

はぐ、はぐ、とおにぎりにかぶりつきながら、碧は心の中だけで何度も謝罪した。おにぎりはとても美味しく、柳の優しさがことさら身に染みる。そしてことさら申し訳なさが増す。

「うっ、仕事が落ち着いたら差し入れのお礼にご飯奢《おご》るから、一緒行ってくれ～」

罪悪感を噛みしめながらそう言うと、柳はパァとわかりやすく表情を明るくした。そして嬉しそうに「はい」と頷く。

「俺の家にもまたご飯食べに来てくださいね。最近は東南アジアの料理にハマってて」

嬉しそうに笑う柳はやはりどこか大型犬を思わせる。わふわふと鼻を鳴らしておもちゃで遊ぶ犬のようなその笑顔を眺めながら、碧は「うん、ぜひ」と大きく頷いた。

その後、みそ汁まで美味しくいただいて、碧はどうにかその日の仕事を片付けることができたのであった。

四

五月某日。

天気は快晴。遠く山の向こうには白い雲がもくもくと綿菓子のように（高遠曰く『アオのお腹みたいだ』とのことだったが）湧き上がって、春の終わりを教えてくれていた。

今日は、念願であった高遠との旅行の日だ。碧は前日夜から高遠の家に泊まり込み、二人で旅行の準備をして、今朝はまだ日が昇り切る前に出発した。

天気にも恵まれ、今日という日をそれはそれは楽しみにしていた碧は、現在……。

「へけ～……」

柔らかなクッションの上でひっくり返って寝こけたまま、後ろ脚で耳の後ろをかいていた。

――そして、自分の動きでハッと目を覚ます。

「……あう……、あうっ？」

一瞬、自分がどこにいるのかわからず、バッと身を起こしてから……胸につけたハーネスに引っ張られて「!?」となる。ハーネスはシートベルトに繋がっており、いきなり引っ張ったせいで途中で止まってしまったらしい。ぐぇ、となりながらきょろきょろと見渡していると、「ふ」と軽い笑い声が聞こえてきた。

「起きたか?」

声のした方に顔を向けると、ハンドルを操作する高遠が目に入った。どうやら、碧が眠っていたこと、そして今ようやく目覚めたことに気付いていたらしい。バックミラーを見ると、サングラスの下でゆったりと微笑みの形を取る目がうっすらと見えた。

「く?」

まだ若干寝ぼけたまま首を傾げると、高遠は「今、ちょうど半分まで来たあたりだ」と現在地を教えてくれた。目的地であるドッグランは避暑で有名な観光地にあり、東京からは車で三時間程度らしい。碧はその県に行くこと自体初めてだった。

「くぅーん……」

それにしても、楽しい旅行だというのに眠ってしまっては意味がない。

申し訳ない気持ちでか細く吠える、と、高遠が「大丈夫だ」と笑った。耳を伏せて鳴く碧が、何を伝えたいかしっかり汲《く》み取ってくれたらしい。

窓の外を見れば、景色は明らかに都会とは違う……緑の木々に囲まれた道に変わっており、色々なものを見逃してしまったであろうことを知る。碧が覚えているのは、見慣れたビルの群れだけだ。

「疲れてたんだろ。まだ、寝てていい」

じ、と窓の外を眺めて尻尾を振っていると、高遠が優しく声をかけてくれた。

碧は「くぅ～ん」と細く鳴いてから、その場でうろうろと足踏みする。

（こ、こんなはずじゃなかったんですけど……すみません）

新規案件の企画書は一昨日完成し、おかげさまで上司の戻しもなく一発で通った。むしろ「やるじゃないかプロジェクトリーダー」とお褒めの言葉までいただけて、頑張ったかいがあったとのびのび晴れやかな気持ちだったのだが……。どうやら気が抜けすぎてしまったらしい。

「アオ、座席の座り心地は？」

碧がしょんぼりと背中を丸めていたからだろう。高遠が気遣うように話題を変えてくれた。碧は「きゅん」と高く鼻を鳴らして返事をする。

日頃、高遠の車に乗る時は手提げケージに入ることが多いのだが、今日は遠出ということもあり、事前に高遠が大きめのペット用カーシートを用意してくれていたのだ。

シートは後ろの座席に取り付けられるようになっていて、かなり広々としている。それこそ、ころんと寝転がれるくらいには。さらには安全のためにと、シートベルトに繋ぐタイプのハーネスまで用意してくれて……。

（ほんと、全部準備してもらっちゃって……）

碧も連日の仕事で疲れてはいたが、それは高遠も同様だ。最近ドラマの撮影も始まり、忙しい日々を過ごしているらしい。らしい……というのは、碧も高遠と顔を合わせるのが久しぶりだからだ。メッセージのやり取りはしていたが、最近はビデオ通話もなかなかできていなかった。

（高遠さんだってめちゃくちゃ、めちゃくちゃ忙しかっただろうに）

会えない間も、テレビ番組や動画コンテンツ、ライブ配信に出演している高遠を見た。彼を特集した雑誌だって発売され、即日完売異例の重版出来というニュースも見た（し、もちろん碧もその雑誌を手に入れた）。それに加えてドラマ撮影もなんて、心身ともに休まる暇もないのではないだろうか。だというのに、今日も車を出してくれて、さらには碧が居心地いいようにと気遣ってくれて……。

「くぅん」

やはりどうにも申し訳なくて肩を落としてしまう。と、高遠が「アオ」と声をかけてきた。

「着いたらすぐドッグランで走るか？」

高遠の問いに、碧は顔を上げて軽く尻尾を振る。

今日泊まる施設については、碧もあまりよくわかっていない。高遠から話を聞いた程度の知識だ。なにしろ完全紹介制で、インターネット上にも情報が上がっていないのだ。

「部屋はコテージタイプで温泉もある」

温泉。その単語に、碧はさらに数度尻尾を振った。

付き合う前、一度高遠と一緒に風呂に入ったことがある（入ったというより、洗ってもらったという方が正しいが）。碧が人間の姿に戻れなくなって、高遠の家に初めて泊まった日のことだ。

高遠がしてくれるシャンプーはそれはもう気持ちがいい。しっかりとお湯で洗った後に、毛を使ってもこもこに泡を立てて、ブラッシングして、風呂上がりのブローまで完璧だ。泡を頭の上にのせたりして、とても楽しかったのを覚えている。

犬と宿泊できる施設ということは、その温泉にも一緒に入れるのであろう。高遠の口ぶりからいっても、おそらく。

「犬用の温水プールもある」

続けられた高遠の言葉に、碧はさらに顔を輝かせた。いつの間にか尻尾はぺぺぺぺっとちぎれんばかりに左右に揺れている。もはや振りすぎてぐるぐると回るプロペラのようだ。

「映画や動画を観る用のプロジェクターもある」

「あぉーう！」

そこまでくるともう完璧すぎて、碧は思わず遠吠えのような声を出して、その場でまた足踏みしてしまった。

ドッグランで思い切り走り回った後はプールに入って涼んで、それから美味しいご飯なんて食べて、夜はまったり寛ぎながら温泉に入って、映画を観て……しかも隣にはずっと高遠がいるのだ。一日一組限定なので人目を気にする必要もない。考えうる限り碧と高遠にとって最高の宿泊施設に思えた。

「あと、ペット用スパとかエステもあるらしいけど。犬に優しいハーブと泥のパックの」

「わっ…………ぅん？」

元気に返事をしかけて、いや、それは必要ないかもしれないな……と中途半端に口を噤《つぐ》む。エステなど、人間の姿の時ですら利用したことはない。泥パックされる自分の姿を想像して、碧は「くぅん？」と首を傾げた。

「それは、必要ないか」

「わんっ」

ぺぺぺぺっと元気よく尻尾を振って素直に鳴くと、高遠が楽しそうに笑った。どうやら彼もかなり上機嫌らしい。

……と、楽しそうに微笑んでいた高遠が、ふ、と真顔になった。

「迷惑じゃなかったか？」

「？」

どことなく神妙な口振りでそう問われて、碧は首を傾げる。こんなに至れり尽せりの旅行の何が迷惑だというのだろうか。

言葉の意図を摑めないまま、ほけ、とした顔をしていると、高遠が苦笑しながら続けた。

「ドッグランに行くって話だったのに、勝手に泊まりに変更したから。迷惑じゃなかったか、と」

碧は丸い目をさらに丸くしてから「あんっあんっ」と高遠の言葉を否定するように鋭く鳴いた。

（何言っているんですか）

そう。たしかに今回の旅行は高遠の立案によるものだった。元々ドッグランだけに行こうと言っていたのだが「宿泊施設もあるから、せっかくなら一泊していかないか？」と。そして「俺が誘ったから」と費用もすべて彼持ちだ。何度も支払うと伝えたのだが、珍しく頑として譲ってくれず、結局「じゃあ次のお出かけの時は俺が出しますからね」という条件をつけて了承した。

（俺はちゃんと楽しみでしたからね！　この旅行があったから仕事も頑張れましたし）

後ろ脚に力を込めて立ち上がり、低い柵に前脚をかける。

「わんっわんわんっ」

わんきゃんと吠えながら精一杯気持ちを伝える。こんな時、犬の姿の不便さを感じる……が、犬化症候群でなければ一緒に旅行になんて行けないわけで。

伝われ～伝われ～と祈りながら、わんわん、きゃんきゃん、くぅ～ん、はふっはふっ、と色んな鳴き声を高遠に届ける。と、最初は「アオ……」と戸惑ったような顔をしていた高遠が、だんだん、だんだんと小刻みに肩を揺らしはじめた。

「いや、アオ……、ふっ、わかった。わかったから」

ふんふんふんっと全力で鼻を鳴らしている途中、ついに高遠が「ふ、ははっ」と声に出して笑った。

「わかった。楽しみだって言ってるな。うん、わかった」

「ぐるる～っ、ぐわっ、ぐわんっ」

ようやく伝わったか、と碧は念押しのようにさらに唸って、唸りついでに吠えておく。と、ハンドルに体を預けるようにして、高遠が体を震わせていた。

「わかった、本当にわかった。ははっ、どこから出してるんだ、その声」

日頃感情を表に出さない高遠にしては珍しく、大きく口を開けて笑っている。それは、窓の外で光り輝く太陽よりも眩しく、きらきらと光の残滓《ざんし》を撒き散らすような笑顔だった。冗談抜きで、彼自身が、そしてその周りが輝いて見える。碧は眩しさに目を細めながらもう一度「くぅん」と甲高く鼻を鳴らした。

そこからは、二人で今日は何の映画を観るかで盛り上がった。とはいっても碧は作品のタイトルを出せないのでもっぱら高遠が上げる候補に「わんっ」と答える程度だったが。

やはり旅にちなんだ映画がいいか。小さな旅行から始まるサスペンスがいいか、宇宙を旅するSFがいいか、はたまた異世界にまで旅するファンタジーはどうか。旅ではなく今の季節とリンクするような初夏の映画もいいし、あえての画面から寒さが伝わってきそうな冬の物語でもいい。

高遠の落ち着いた低い声で「この映画は？」と尋ねられると、思わず「あんっ！」と観たいの意味を込めて鳴いてしまう。けど、どの作品を上げられても「あんっ！」しか答えないので、高遠に「さっきも同じ返事だったぞ？」なんて呆《あき》れたように言われたりして。

（違うんです。高遠さんの声で『どう？』って聞かれるとついつい『いいですね』『おっそれもいいですね～』『いやぁやっぱりそれがいいですね』って言いたくなるんです）

といった趣旨のことを「わんわん、きゅ～ん」と色々な鳴き声で説明したり。

どうやら高遠は碧の色々な鳴き声のオンパレードがツボに入ってしまったらしく、それをするたびに声に出して笑ってくれた。しまいには道路沿いのコンビニの駐車場に車を停めて「ちょっと、く、笑いが収まるまで」と体を丸めるようにして笑いを堪《こら》えていた。

楽しそうな高遠を見ていると碧もどんどん楽しくなってきて。もともと楽しみで仕方なかった旅行に対する期待値がぐんぐん上がって、もはや限界値を突破しそうな勢いだった。

高遠は車を停めたからには、とコンビニでコーヒーを買いに出て行った。

一応変装用のサングラスと帽子、マスクをしていったが、コンビニの店員にそれが通用するかはわからない。なにしろ今日の高遠は頭の先から爪の先までばっちり決まっている。上から見ても下から見ても、前から後ろから三百六十度全方位美術品のごとき格好良さだ。初夏ということでシンプルなシャツにこれまたシンプルなパンツを穿《は》いているだけだし、装飾品も腕時計だけなのだが……それがもう恐ろしく似合っている。

たとえ「高遠ハヤテ」だとわからなかったとしても、とても背が高くて、顔が小さくて、手足が長くて、煌《きら》めくオーラたっぷりの客が来たら、まぁ驚くだろうし、記憶に深く刻まれるだろう。

幸いここは都心からは離れているし、目的地である宿泊地までもう少し距離がある。万一高遠ハヤテの目撃情報が上がったとしても、宿泊先まではわからないだろう。

碧はそわそわとコンビニの方を見やるが……、自身の背の高さでは店内が覗けないことを知ってその場に伏せる。今このコンビニにいるのが高遠ハヤテで、これから恋人とお泊まりデートをするなんてことがバレた日にはそれこそ大ニュースだが、一緒にいるのが犬の碧であれば安心だ。

（……そういえば、初めての外でのお泊まりデートだよなぁ）

改めてそう思い至り、心の奥底がそわつく。それは焦りや嫌悪ではなく、どちらかというとときめきに近い。

高遠の家には何度か泊まったことはあったが、外でのお泊まりデートは初めてだ。それはもちろん、高遠がアイドルであるため、二人の関係が絶対にバレてはいけないからという理由はあったが……。

（初めて……）
もちろん今は犬の姿でいるしかないが、存分に遊び回れば多分夜には人間になっているだろう。
恋人という関係になってはや数ヶ月。いよいよ、その時が来たのかもしれない。その時というのは
つまり、恋人らしい行為に及ぶという意味で……。
想像するだけで肉球に汗をかいてしまって、碧は足下のクッションにこしこしとそれを擦りつけた。
（初めての泊まり旅行で初めての……って、何を童貞みたいな期待をしちゃってるんだ俺は）
と、そこまで考えて、自分が正真正銘童貞だったことを思い出す。碧はさらにこしこしこしこしと
前脚をクッションで擦る。
「ただいま」
と、高遠がコーヒーを片手に戻ってきた。ひらりと車に乗り込むその姿さえ様になっていて、碧は
先ほどまで考えていたことも忘れて、ほけ、と世界一格好いい恋人を見ていた。
「何かあった？」
コーヒーをひと口飲んでから、高遠がちらりと後ろを振り返ってきた。碧は思わずビクッと体を跳
ねさせてから、こて、と首を傾げる。デリポメ時代に身につけた、聞かれたくないことを聞かれた時
に全てをうやむやにする可愛い仕草だ。
「ふっ、……やられた」
高遠はまるで碧の笑顔に胸を撃ち抜かれたかのように、わざとらしく自身の胸元を押さえた。半分
は冗談だろうが、多分半分は本気のようだ。サングラスの奥に見える目がそれはもう蕩けるように細

められている。付き合ってどれだけ経とうとも、高遠にアオの可愛い仕草は有効らしい。

ふひふひと笑っていると、高遠もまた頬を柔らかく緩めた。やがて車内は静かになって、そろそろ出発するのかな……と思った時。「アオ」と高遠が静かに碧を呼んだ。

「大好きだ」

突然の直球すぎる言葉に、碧は喜ぶよりもまず驚いてしまった。ぽかんと口を開けて真剣な面持ちの高遠を見つめる。

「今日の旅行も、とても楽しみにしていた」

とても、の部分にぐっと力を込めてそう言って、高遠が緩く首を傾ける。さらりと流れた黒髪が、白い肌を滑るのが見えた。

「なぁ、アオは……」

高遠が碧に何かを言いかけた、その時。停車していた車の横に、別の車が停まった。どうやら若者が乗り合わせていたらしく、大学生くらいの男女が「休憩〜」「私飲み物とお菓子買ってくる」「俺コーヒー」などと言いながら降りてくる。

と、そのうちの一人がちらりとこちら側に視線を送ってきた。そして高遠の横顔を見てあんぐりと口を開けると、ばしばしと隣の女性の肩を叩いている。

(あ、まずい)

女性は多分、隣に車を停めているのが誰かわかったのだろう。もしかしたら高遠やスパメテのファンかもしれない。

ちらりと見られたりすれ違う程度ならいいが、騒がれたり写真を求められると困る。

「きゃんっ、きゃんっ！」

碧は慌てて数度鳴き声をあげる。と、高遠もちらりと隣を見てすぐに察したらしい。体の向きを前に戻してシートベルトを締めると、あっという間にエンジンをかけて出発した。

ちらりと振り返ると、男女が数人固まってこちらを見ているのが見えた。多分、写真は撮っていなかったように思う。

ほ、と息を吐いていると、高遠が「あと三十分くらいで着く」と教えてくれた。碧は「わふ」と短く返事をする。そして、はた、と先ほど高遠が何かを言いかけていたことを思い出す。

（アオは……、って、俺のこと、何か言いかけたよな）

高遠の真剣な表情を思い出して内心首を傾げる。はたして高遠はなんと言いたかったのだろうか。

（俺は……？）

運転する高遠の横顔を見るに、何かを言いたそうな様子はない。おそらくあの話はあれで終わりなのだろう。

まぁ、後で聞けばいいか。碧はそう結論付けて、高遠の「そういえばおやつを作ってきた。食べるか？」の問いに「わんっ」と元気よく答えたのであった。

＊

コンビニから車を飛ばすこと一時間近く。瑞々《みずみず》しい葉を広げる自然林が並ぶ山の中、狭いが綺麗に整えられた道を進んだところに、その施設はあった。

林に囲まれているので、車道からはまったく見えない。目印となるような店名の入った看板もなく、一目ではそれがドッグランであると判別しづらかった。

車に乗ったまま進んでいくと、太い柵のついた門に辿り着いた。柵は目隠しのように並んでいて、奥がどうなっているのかは見えない。多分、この門を越えた向こうにドッグランなりコテージなりがあるのだろう。

(はぁー、こんな立派な門の向こうに、ドッグラン?)

さすが完全会員制というかなんというか……おそらく、高遠のような有名人であったり、プライベートを隠したい人物がお忍びで利用するのだろう。一般人が通りかかってもまさかここがドッグランだとは思わないだろうし、そういう人々にはうってつけなのだろう。

いつも通っているドッグランを思い浮かべて、その違いに内心苦笑いをこぼす。高遠と一緒だからこそ利用できるが……なんというか、個人的には一生縁がなさそうな場所だ。

と、門の脇にある小さな扉から、スーツ姿の男が出てくるのが見えた。高遠がウィンドウを下ろす。

「予約している高遠だ」

そう言って、高遠がバーコードが画面に表示されたスマートフォンを男に差し出す。どうやらそれが会員証になっているらしい。男もまた手にしたスマートフォンでそれを読み込んでから、にこりと微笑んだ。

「高遠様、お待ちしておりました。お車はいかがいたしますか？」

「自分で駐める。荷物だけお願いしたい」

「畏《かしこ》まりました」

男は施設の人間なのだろう。高遠の指示に従いテキパキと荷物をキャリーに載せていく。そして彼が門の脇にある機械を操作すると、閉まっていたそれが両開きに開いた。電動で動く大きな門を、碧は「ほわ～……」と口を開けたまま見守った。

「駐車場は向かって右手側になります。受付は正面エントランスのフロントへ向かわれてください」

高遠は「わかった」と簡潔に返すと車を発進させる。どうやら男はドアマン的な役割を担っていたらしい。にこやかに頭を下げて「いってらっしゃいませ」と見送ってくれた。

（は～、なるほど。予約してない人はそもそもこの門の向こうに行けないってことなんだ）

会員制というだけあって、当たり前だが入れるのは会員だけ。たとえば碧がふらっといきなり立ち寄ったとしても、門の向こう側には決して入れないということだ。

ほ～、ほ～、としきりに感心しながら、どうにもはやる気持ちを抑えきれない。

（ドッグラン、温水プール、温泉、映画）

るんるんと歌うように頭の中で楽しい単語を繰り返しながら、碧は機嫌よく尻尾を振った。

駐車場に着いて、ハーネスを首輪に付け替えてもらう。駐車場内には数台の車が駐められている。宿泊施設の方は一日一組限定のようだが、ドッグランはその限りではないのだろう。

とりあえずまずは受付に……と高遠と並び喜び勇んで踏み出そうした、その時。

「え～！　やだ、もしかして高遠さんですかっ？」

と、甲高い声が上がった。驚いてパッと振り返ると、少し離れた場所に駐めてあった真っ赤なスポーツカーから、女性が一人降りてきた。

女性はサングラスを掛けて目深に帽子を被《かぶ》っていたが、高遠が顔を上げると、あっという間にそのサングラスを取り払う。

「槇野《まきの》です～、槇野杏奈《あんな》！　先日番組でご一緒させていただいた」

（あ！　槇野杏奈っ……、さん！）

ぽってりとした唇に目元の涙ぼくろが特徴的な甘い顔立ち。グラビアアイドルから女優まで幅広く活躍している女性タレントだ。最近は動画配信者としても人気で、碧も何度か彼女のチャンネルの動画を観たことがある。

（うわ……、テレビとか動画で見るより綺麗だな、顔小さい）

碧はしぱしぱと目を瞬かせながら彼女を見上げる。が、槇野は高遠しか見ておらず、碧の視線には気がついていない様子だった。

「私この近くに別荘持ってて、昨日から泊まりで来てたんです。朝からドッグランで走って疲れちゃったから車の中で休憩しててぇ。偶然だけどお会いできて嬉しい～。高遠さんも、このドッグランよく利用されるんですか？」

感激した様子で話す槇野の笑顔は、とても可愛らしい。さりげなく巻き髪をかき上げる仕草も、様になっていた。

「プライベートなことは答えたくない」

高遠は、車内での楽しそうな笑顔はどこへやら、いつも通りのスンとした無表情で槙野をちらりと見ている。声をかけられて嬉しそう、どころか、どことなく苛立っているようにも見える。

（あ、そっか）

高遠はせっかく人と会わないようにとこのドッグランを選んだのだ。見て見ぬふりもできるところを、わざわざ高遠を見つけたからといって声をかけてきた彼女に腹を立てて……まではいなくとも、いい印象は抱いていないのだろう。

「この子、高遠さんのわんちゃんですか？　ポメラニアン？」

しかし槙野はそんな高遠の態度にめげた様子もなく、今度は足元にいる碧に顔を向けてきた。自然と距離が縮まることになる。

（お、おぉ）

どう反応したらいいかわからず、碧は高遠を見て、槙野を見て、そしてもう一度高遠に視線を戻す。犬化症候群の人間であるとバレるわけにはいかないので派手な反応はできないが、それでも躊躇《ためら》いが態度に出てしまう。

「ん？　どうした」

高遠はそんな碧の動きをどう思ったのか、指でくすぐるように顎の下を撫でてきた。蕩けるようなその口調と態度は、先ほどまで槙野に向けていたものとは明らかに違う。

（いや、あの、あの……）

さすがに気まずくて、ちらりと槙野の方を見るが、彼女はポッと頬を染めて、微笑む高遠の顔に見入っていた。どうやら高遠のひんやりとした言動はあまり気にしていないらしい。番組で共演したことがあるとのことなので、既に高遠の他人に対するクールな態度を知っていた可能性もある。

「可愛い～……って、あら？　もしかしてポメちる？」

「違う」

槙野の明るい問いを、高遠は一刀両断するように切り捨てる。ポメちる、とは言わずもがな「片岡《かたおか》みちる」のことだ。たしかに業界人御用達《ごようたし》のドッグランで茶色のポメラニアンを見たら片岡のことを思い出しても仕方ないだろう。しかも、連れているのが彼と仲が良いと言われている高遠なら尚更だ。

「そうなんですね～。前に番組で見たポメち……あ、片岡くんのポメ姿にそっくりだったからてっきり～」

槙野は悪気なく、楽しそうにそう言って「ごめんねぇ」と首を傾げながら碧に顔を向けてくる。

高遠は片岡と碧が「似ている」と言われることが好きではない（曰く『どこも似ていない』とのこと）。槙野の言葉にさらに眉間の皺が深くなったのが見えた。

「うちの子も可愛いんですよ。バニーちゃん、カモン！」

と、槙野が車の後部ドアを開けて犬を呼ぶ。

（へぇバニーちゃん、可愛い名前だな……って、えぇ？）

まぁドッグランなので犬を連れているのは当たり前だ。槙野のことなのでさぞ可愛らしい犬を飼っているのだろう……と思いながら顔を上げる。と、後部座席から「バニー」という名前から想像するにはいささか大きすぎる犬が、のっそりと降りてきた。

「バーニーズ・マウンテン・ドッグのバニーちゃんです。すごぉく良い子なんですよ」

槙野が大きな犬……バニーの頭を撫でながら高遠と碧に彼を紹介する。と、バニーが「あぉんっ」と鳴いた。多分わざと大きい声を出した、ということはないのだろうが、体に見合った重低音の鳴き声に、碧は思わず尻餅をつきそうになる。

「……っきゅ」

碧は思わず高遠の足の後ろに隠れる。

(え、え？　バ、バーニーズ・マウンテン・ドッグ？)

元々大型犬であるが、犬の姿で見るとなんと大きく見えるのだろうか。怯える碧に気付いているのかいないのか、バニーは「はっはっ」と息を吐きながら、のそのそと碧に近付いてきた。

(こ、これはどうするのが本当の犬っぽいんだ？　やっぱ怯えすぎちゃだめ？　いやでも普通の犬でも自分より大きい犬は怖かったりするよな？　いやでも、でも……っ)

「きゅ」

ふんふんと匂いを嗅がれて、碧は喉が詰まったような鳴き声を漏らすことしかできない。尻のあたりに鼻先を感じて「ひぇ」と思っていると、バーニーズが「うぉうっ」と鳴いた。思わず飛び上がると、鼻先でのしっと背中を小突かれる。

「うぁんっ」

ころんと転がると、バーニーズが今度は腹の白い毛の部分に鼻を突っ込んできた。

（あっ、こらっ、……あっ、ははっ）

思いがけないくすぐったさに脚をぱたぱたと動かす。が、バーニーズは気にした様子もなくふんふんと鼻を鳴らしている。碧の何を気に入ったのか、バーニーズは長い尾をふさふさと振って「ばう、わう」と吠えながら碧の匂いを繰り返し嗅いでいる。

「やだ～すごい仲良しじゃないですか？　バニーちゃん、高遠さんちのわんちゃん好きになっちゃったの？　え～よかったねぇ」

（いやっ、よくないっ、こらっ）

槙野は能天気に笑っているし、なんなら「犬同士の相性がいいのって、飼い主の相性にも通ずるところがあるらしいですよ」なんて言って高遠を上目遣いで見ている。

（なにをっ、わっ）

そのまま覆い被さるように、べろん、べろん、と鼻や口を舐められそうになって、慌てて目を閉じる。

……と、その瞬間。ふわりと体が持ち上がる気配がした。

「碧」

気配というか、実際に体は浮かび上がっていた。高遠が、碧を抱き上げたのだ。

碧が目を開くとそこは高遠の腕の中で、ホッとして彼の胸に頰を擦りつける。

「ばうっ」

バーニーズは高遠の足元でうろうろと碧を窺っている。どうやら本気で碧のことを気に入ったらしい。

が、そんなバーニーズに高遠は「舐めるな、嗅ぐな、勝手に好きになるな」と真顔で伝える。そしてくるりと踵《きびす》を返すと、挨拶《あいさつ》もなく正面エントランスへ歩き出した。

「あん、もう行っちゃうんですか?」

と、後ろから引き止めるような声がかかる。もちろん声の主は槙野だ。両手を胸元に当てて、寂しそうな顔を高遠に向けている。並の人間だったら「行かないよぉ」とコロッと言ってしまいそうな可愛さだ。

「ここはごくプライベートな場所のはずだ」

が、高遠はちらりと一瞥するとはっきりとそう言って再び彼女に背を向ける。

(いいのかな。っていうか高遠さん、さっき『碧』って……)

先ほどは咄嗟のことですぐに反応できなかったが、思い返してみれば高遠はたしかに「碧」と呼んだ。アオではなく、碧と。

再度「どうしたのか」という気持ちを込めて鳴こうかと思って高遠を見上げる。が、高遠がその長い脚でぐんぐんと前に進んでいくのでぐらぐらと揺れて視線が定まらない。

高遠の腕からちょこっとだけ顔を出して駐車場を振り返る……と、高遠に抱え直されて何も見えなくなってしまった。

「なに」

遮られた視界に驚いていると、ひんやりとした言葉が上から降ってくる。

「まさか気になるのか？　さっきの犬が」

（犬？）

思いがけない言葉に驚いて、今度こそ高遠を見上げる。

高遠は真っ直ぐ前を向いていて、碧の方を見ていない。ただその腕は強く碧の体に回っていて、絶対に離さない、というように摑まれている。

（高遠さん？）

高遠の気持ちがわからず、碧の心が若干の不安に覆われる。そんなに、碧がよその犬に絡まれていたのが気に食わなかったのだろうか。だが高遠は碧を助け出すことを「手間」と考えるような人ではない。

高遠の気持ちがわからないまま、碧は彼に抱えられてフロントへ向かった。

＊

受付を済ませてから訪れたコテージは、とても素晴らしい場所だった。なんというか……たとえるなら豪華な別荘のような風情《ふぜい》の一軒家で、裏にはウッドデッキから続くプライベートドッグランの他、浅めの温水プールもあった。温泉は内湯と露天風呂、さらには小さいながらサウナまであって、風呂を楽しむだけでも何時間も過ごせそうだった。

ゆったりとしたソファや重厚なテーブルの置かれたダイニングルームは広々としており、大きな窓からは燦々《さんさん》と太陽の光が降り注いでいる。吹き抜けになっている高い天井にはシーリングファンが取りつけられており、ゆったりと回っている。そのおかげか、室内全体は快適な温度に保たれていた。

立派なアイランドキッチン、大きなベッドが置いてある主寝室に客室、様々な種類の本が壁一面に並んだ書庫まである。どの部屋にも過不足なく洒落《しゃれ》た家具や家電が配置されており、まったく不便がない。

そして犬のための細やかなサービスも感じられた。

犬の喜ぶおもちゃや犬用の食事も用意されているし、肉球が火傷しないようにという配慮か、庭にはアスファルトや金属は見当たらず、木材や芝生が使われている。犬が誤飲しそうなものは置いていないし、コード等も綺麗に隠してある。これだけ綺麗なのに花が飾られていないのも配慮のうちだろう。

そう、素晴らしい。素晴らしいのだが……。

(なんか、なんか、気まずいのはなんでだ～?)

「高遠さん、お風呂いただきました。温泉気持ちよかったです、よ～」

おずおずと話しかけると、ソファに腰掛けていた高遠が「あぁ」と頷いた。だがその返事があるまで少し間があり、彼が何かしら考え込んでいたことにいやでも気がつく。

(高遠さん、やっぱりなんか変……っていうか)

ドッグランでも走ったし、プールにも入った。温泉は……残念ながらそこまでの流れで満足してしまった碧が人間に戻ってしまったので、別々に入ることになった。犬の姿なら平気なのに、人間になるとなんだか妙に気恥ずかしくなってしまうから不思議だ。

まぁそれはいいのだが、なんというか高遠の雰囲気が……。

（どうにも重～い気がするんだけど）

そう、やたらとずーんとしているのだ。ここが漫画の世界なら、どんよりと暗いカケアミが背景一面に描かれているだろう。

いや、楽しそうではあるのだ。碧がドッグランで走り回ってる時も、プールでぱしゃぱしゃ犬泳ぎをしている時も、高遠は嬉しそうにしていたし、写真も撮りまくっていた。そんなに撮ってどうするんですか、と聞きたくなるくらいには、大量に。

だから完全に不機嫌というわけではないのだ、おそらく。しかし、ふと高遠を見やると真剣な面持ちで腕を組んでいたり、真顔で遠くを見ていたりする。何か、考え込むように。

碧が風呂に入る前から、高遠はソファに浅く腰かけて太腿に腕をのせ、じ、と何かを考えている様子だったが、風呂から上がってからも寸分違《たが》わぬポーズのままでいた。

「高遠さん、どうかしたんですか？」

妙な空気のままでいるのは嫌で、碧は意を決して高遠の側に寄ってみる。

おずおずと隣に腰かけると、高遠は「いや」と首を振りかけて、止めた。

「さっきの……」

何かを言いかけたものの、高遠は言葉を止めてしまった。しばらく続きを待ってみるも、どうやら続きを話す気はないらしい。

「あの……」

思わず、碧の方が待ちきれずに口を開いてしまった。「さっきの」といえば、やはり槙野のことだろう。なにしろ、高遠の雰囲気が変わったのは、彼女とのやり取りの後だ。

「も、もしかしてちゃんと犬っぽくできてなかった、ですかね？」

先ほどからなんとなく気になっていたことを問うてみる。と、真っ直ぐ前に顔を向けていた高遠が、碧の方に顔を向けた。その顔には「？」と疑問符が浮かんでいて、碧は「あ、これは違うな」と察した。

「……と、思ったけど、違うみたい、で……ははは」

「どういうことだ？」

誤魔化し笑いで話を切り上げようとしたものの、時既に遅く。高遠に鋭く問い返された。その顔はとても真剣で、そう簡単に誤魔化されてくれそうにない。

「え、あー……」

碧は気まずい気持ちでぽりぽりと頬をかく。しかし、高遠の方に引く気はないらしい。おそらく続きを待っているだろうその真っ直ぐな視線に負けて、碧は「いや、その、さっき」としぶしぶ話を切り出した。

「槙野さんの前で、犬らしく振る舞えなかったから」

「犬らしく？　何故？　いや、なんの話だ」

「だってもし俺が人間だってバレたら大変じゃないですか」

碧は顔を俯けて、両手の人差し指をつんつんと合わせる。なんとなく、高遠の目を見るのが怖くて顔を上げることができない。

「こんなところに二人でお泊まりなんて、明らかに恋人関係にあるってわかるでしょうし……絶対絶対絶対犬化症候群って知られるわけにはいかないな、って」

犬と人間ならまだしも、犬化症候群の人間と人間の組み合わせとなると、恋人関係を疑われかねない。先ほどの槙野とのやり取りで一番ひやひやしたのは、その点だ。てっきり高遠もそのことを心配しているのだと思ったのだが……。

「でも俺、バニーちゃんがちょっと怖くて、固まっちゃったから。犬らしく匂い嗅ぎ返したり舐め返したりすればよかったんでしょうけど……」

「は？」

高遠が、彼にしては珍しい、まさに唖然《あぜん》といった表情を浮かべる。が、当の碧はそれに気付かないまま「あっ」と手のひらで口を押さえた。

「駐車場で結構話しちゃいましたけど槙野さんとスキャンダルになったりしないですかね。お互いの愛犬を連れてダブルデートとか……いや、さすがにここに記者はいないか。槙野さんもそれをわかってて話しかけてきたのかな」

「碧」

自分と高遠の関係を隠すことばかり気にしてしまったが、先ほどの場面だけを見ると、高遠と槙野の方が恋人のように見えたかもしれない。

新たなスキャンダルの火種に思い至り思わず頭を抱えると、高遠が碧の名前を呼んだ。「アオ」ではなく「碧」という呼び方に、碧は「えっ？」と思わず顔を上げる。

「アオが、俺が高遠ハヤテでいるために気を遣ってくれていることはわかる。よくわかるし、ありがたい」

ありがたいけど、と続ける高遠は、何故だか苦しげで。碧は「え、……え？」と戸惑いの声をあげてしまう。何が高遠を苦しめたのか、わからなかったからだ。

「けど……、だからといって他の犬に」

「犬に？」

「舐められたり、ましてや碧が舐めたりするのは、見てて気分が良くない。……というより、嫌だ、無理だ」

「……へ？」

「腹が立つ」

予想外の言葉に、碧は目を見開き、そしてもう一度「へ？」と首を傾げた後、ぽんと手を打った。

「えっと、あー……すみません。衛生的な？」

「違うっ」

高遠が少し大きな声を出した。思わずビクッと肩を揺すってしまって、気まずさに「あ」と意味もない声を出してしまう。

「口を、舐められたりするのが、嫌だった。恋人として」

高遠のどこか切羽詰まったような物言いに、碧はどんな顔をしていいかわからず。しかし、素直に言葉を紡いだ。

「え？　犬です、よ」

「犬でも、嫌だ」

小さな疑問の声はしかし、高遠の言葉に遮られる。

「嫌だ。すごく。口を舐められてる碧を見て、おかしくなりそうだった」

高遠はそう言って、短く息を吐いた。

「俺にとっては人間の碧も、犬のアオも、碧だから。どっちも本当に好きだから」

え、と思うのと、高遠が覆い被さってくるのは同時だった。腕を引かれて、碧は簡単にソファの上に仰向けになる。

高遠が、何かとても大事なことを言ってくれた気がするが、それに返事をすることができない。碧を見下ろしてくる真っ黒な目に、体も、口も、全て縫い留められてしまったからだ。

「俺は、多分碧の思っている以上に碧のことが好きで」

高遠の長くて、意外と無骨な指が頬を撫でる。そのまま親指が下唇に触れ、くに、と押された。自然と口が開き、戸惑うように上下した舌が……きっと高遠の目に映っているだろう。

身を起こそうとしたのだが、脚の間に高遠の膝が割り込んできて、それも叶わなくなる。

「本当に好きで堪らないけど、それは多分、碧には重すぎるかもしれない」

何を言っているんですか、と笑いたいのだが、唇を押さえられていて口端が上げられない。何を、という声は「ふぁにほ」という間抜けな吐息に変わった。そんな碧の言葉を聞いて、高遠が笑う。しかしそれはいつもの柔らかなものとは明らかに違う、どこか無理をしているような笑顔だった。

「俺ばっかり、好きって言ってるな」

くしゃりと顔を歪めた高遠に手を伸ばそうとして、逆にその手を搦《から》め捕《と》られる。

「……俺ばっかりだ」

「え？」

指と指を擦るように撫でられて、握られて。高遠の表情と反するような熱い体温が伝わってくる。唇に触れた方の指はさらに、ぐ、と押し込まれて更に口が開く。

「んあとう、さん？」

情けない声が漏れたところで、まるでそれを吸い込むように高遠の唇が覆い被さってきた。開いた口にそのまま唇が重なってきたので、ぴたりとフィットするように合わさってしまう。ほとんど隙間なく高遠と密着すると、高い鼻梁《びりょう》が鼻筋に触れる。

息ができなくて「ん、ふ、ん」と高遠の胸元を押す、と、意外とあっさりと離れてくれる。

「碧は、いつもアイドルの高遠ハヤテの心配ばかりしてくれるけど……」

そこで言葉を切って、もう一度、二度、高遠は碧にキスを落としてきた。

「アイドルの高遠ハヤテと、ただの高遠颯……どっちが大事なんだ？」

口付けの合間にそう問われて、反射的に「どっちも」と答えようとするも、その前にまた口を塞がれる。

ぐ、と舌を差し込まれて「っん」と声が漏れてしまった。連動するように顎が持ち上がり、腰が反る。まるで逃げを打つように蠢《うごめ》く体を、高遠はその体格でもって、ぐ、と押さえつけてきた。

「ふ……、っん」

キスといえば、触れる程度のそれしか知らない。鳥が木の実を啄《ついば》むような優しさがあったそれは、今や粘膜同士が触れ合って、ちゅ、ぷちゅ、と濡れた音を奏でている。

「たぁと、さん……っあ？」

ぐり、と高遠の膝が碧の股間を刺激する。ゆるゆると柔く揺れるその動きに、陰茎がじわじわと勃ち上がっていく。あまりの恥ずかしさに膝を閉じようとするも、高遠の逞《たくま》しい脚に阻まれてしまった。

唇は思うさま貪られて。時折離れても、つぅ、と光る唾液の糸が途切れる前にまた深く口付けられて。

「あ、あっ、ん」

ぐ、ぐ、とさらに股間を刺激されて、陰茎は完全に勃ち上がっていた。

こんな風に、明らかに性的な意思を持って体に触れられるのは初めてだ。いや、もちろんキスはしたことはあったが、こうも性急に、セックスに直結するような濃厚なものは受けたことがなかった。

(これが恋人ってことなのか、こうやってキスして、体に触って)

碧とてこういう行為を望んでいなかったわけではない。むしろ求めていたはずだ。ペットと飼い主のような関係ではなく、恋人として関係を深めたいと。だからこれは喜ばしいことだ。

何度も何度も角度を変えて、それこそ先ほどバーニーズに顔中を舐めまわされた時のように口腔内《こうこう》を余す所なく蹂躙《じゅうりん》されて、舐《ねぶ》られて。

「はっ、う……んぐ」

膝が、柔く股間を刺激してくる。どうにかそれを止めようと高遠の太腿に手を押しつけていたが、気がついたらすっかり力も抜けて。むしろ自分から押しつけるように腰を、ぐ、ぐ、と何度も持ち上げては下ろしてを繰り返していた。

(恥ずかしい、気持ちいい、恥ずかし……)

はっ、はぁ、と荒い息を吐きながら、碧は顎を仰け反らせて目を閉じる。

このまま、このままいっそ。と体から力を抜きかけたところで、ふ、と薄く瞼を開く。

「んっ、あ、高遠……さん」

高遠はギラつく眼差《まなざ》しで碧を見ていた。無口な彼の目には雄弁に欲が映っていた。それからおそらく嫉妬、怒り。それらが溶け合うように混じり合って、高遠の目を鈍く光らせている。

(あ……)

意識した途端、ひく、と足先が震える。

高遠のことは好きだ。彼とするハグも、キスも好きだ。セックスのことだって何度も考えたし、毎度犬になってしまうのが悩みだった。恋人らしくきちんと最後まで行為に及びたいと思っていた。優しく身を引く高遠に「いっそ最後まで押し切って欲しい」なんて浅ましいことを考えた日もあった。

だが、だがしかし……。

「たか……」

高遠が好きだ。好きだ、大好きだ。しかし、今こうやって怒りや嫉妬のままに体を重ねるのは、なんだか無性に嫌だった。

(ロマンティックになんて、柄《がら》じゃないし、そんな夢みがちなこと、思わないけど……でも)

別に「初めては完璧な思い出を」なんて思ってはいない。今までだって紆余曲折あって、何かあったらすぐ犬になって、キスのひとつだってなかなか上手くいかない。

けど、これは違う。これは嫌だと碧の中で声がした。

「嫌だ……っ」

それは明確な声になり、気がついたら口から出ていた。と同時に、碧の体から力が抜ける。

ぽひ、と間抜けな音を立てて、碧は先ほどまで着ていたシャツの中に埋もれていた。犬化だ。

もしゃもしゃと服から頭を出そうとする……と、頭の上から「は」と切なく細い溜め息が聞こえた。

「悪い、……悪かった」

高遠の、どこか消え入りそうなその声を聞いて、碧は慌てて服の隙間から顔を出す。どうにか鼻先を突き出した時には、高遠は既にソファから下りたところだった。

「アオが……嫌じゃなかったらここにいて欲しいけど、帰りたいか?」

碧は「帰りたくない」と伝えるように首を振る。動きに合わせるように服の中から遅れて、ぴんっと耳が飛び出してきた。いつもならそんな碧の行動は高遠を笑顔にしているはずなのだが、彼は切なそうに目を細めただけだった。

（た、高遠さん）

自分の行動が、何か、彼を傷つけた気がして焦る。が、犬の姿だと咄嗟に言葉も出てこないし、そもそも自分が何に対して「嫌だ」と思ったのか明確に説明できる気もしなくて、もご、と口ごもってしまう。

「風呂、入ってくるな」

風呂場に向かう高遠のその背に、碧は追い縋《すが》るように「きゃん」と鳴く。

（高遠さん）

が、自分の脚に絡まってソファの上から転げ落ちてしまった。そのままころころ転がって、碧はラグの上でうつ伏せになる。

「きゅう」

そんなことをしている間に、高遠は風呂場に行ってしまって。一人リビングのラグの上に取り残されて、碧は鼻を鳴らして蹲《うずくま》った。

五

「はぁー……」

自宅のソファの上でだらりと寝そべりながら、碧はスマートフォンを適当に操作してＳＮＳを眺めていた。口からは数分に一回溜め息が漏れてしまうが、止めてくれる人もいないので、永遠に出続けるだけだ。

金曜日の夜だというのに予定のひとつもなく、夕飯と風呂を済ませたのであとは寝るだけ。なんとも寂しい週末である。

（高遠さんに連絡しようかな……、いや、でも、なぁー……）

旅行から帰ってきて二週間経った。

つまり、高遠とも二週間会っていないことになる。会うどころか、最近はビデオ通話もしていないので、メッセージのやり取りだけだ。それも前よりぐんと頻度が落ちた。どうやら高遠のドラマ撮影も佳境に入ったようで、忙しいらしい。ドラマ自体ももうすぐ放送開始で、最近何かとよく広告を見かける。

そしてドラマとタイアップする形で、主題歌がスパメテの新曲になるということで……。そちらの方もまたMV撮影や宣伝等々忙しいらしい。

高遠からのメッセージが届く時間はまちまちだが、最近は大抵深夜だ。おそらくその時間しかゆっくりできないのだろう。

高遠の情報収集用に作成したSNSのアカウントのタイムラインは、最近高遠のドラマの話題で持ちきりだ。

「ドラマの教師姿ハヤテくんかっこよすぎじゃない？　こんな教師いたら一生学校に住むんですけど」

「全教科ハヤテくんに担当してもらいたい。ハヤテくんなら五教科七科目くらいいけそう」

「新曲楽しみすぎ～！　ドラマも楽しみだし、主題歌がスパメテとか幸せすぎじゃない？」

と、だいたい好意的な意見が飛び交っている。

「わかる。それもわかる。わかる」

そのどれもに頷きながら、画面をスワイプする。

「俳優としてのハヤテくんも応援してるけど、やっぱりスパメテの高遠ハヤテありきって気持ちはある。まぁどっちも応援するけど」

その意見を見て、碧は「わかる」を言えないままスマートフォンを胸の上に置く。「どっちも」という単語が、喉の奥に刺さった小骨のようにちくちくと体の中をつついていた。飲み込みたいのに飲み込めない、忘れたいのに忘れられない、ずっと、そこにあるということがわかる問題。

どうにかしなければならないのに、自分ではどうしようもない、そんな悩みがこの二週間ずっと碧を塞ぎ込ませていた。


あの日、風呂から上がった高遠は「いつも通り」だった。いつも通り優しいし、いつも通り犬の碧を可愛がってくれる。ただ、寝る前の恒例行事となっているキスはなかった。キスどころか、身体的な接触がまったくなくなってしまった。

どうやら高遠は、自分が碧のことを半ば無理矢理襲って、それで碧を傷つけたと思っている……らしい。高遠から直接気持ちを聞いたわけではないので憶測でしかないが、多分、正解だ。何度か「ひどいことして悪かった」と謝られたので。

もちろん碧はそれで傷ついたりしていない。いや、驚きはしたが……、そう、驚きの方が大きかった。

（どっち、か……）

『アオは、いつもアイドルの高遠ハヤテの心配ばかりしてくれるけど……。アイドルの高遠ハヤテと、ただの高遠颯……どっちが大事なんだ？』

不意に頭の中に高遠の言葉が蘇《よみがえ》り、碧は瞬きをしてそれを散らそうとするが、上手くいかない。あの時高遠がぽろりとこぼした言葉は、碧の胸の中にしっかりと引っかかっている。

碧にとって「高遠ハヤテ」は特別な存在だ。高校生の時、彼の演技に出会って碧の人生は変わった。深夜に放送されていた古い映画……その中で静かに涙する彼の演技に胸を打たれた。大袈裟な言い方かもしれないが、救われたのだ。

その後、その子役の彼が「高遠ハヤテ」というアイドルとして活躍していると気付き、ますます好きになった。もはや、彼を応援することが生活の一部となった。そして、デリポメとして彼に直接出会うことができて、恋をして……。

だが、碧は「高遠ハヤテ」というアイドルに恋をしたのではない。もちろんきっかけは彼だが、碧は「高遠颯」という人そのものに惹かれて、好きになって、恋に落ちてしまった。

恋人になったとて、高遠ハヤテは高遠ハヤテだ。絶対にその仕事を邪魔するつもりはなかったし、してはいけないと思っていた。今後も絶対にそうするだろう。

かといって恋人としての高遠颯を蔑《ないがし》ろにするつもりはなかった。なかった……つもりだ。

（でも、あの高遠さんの言い方は……）

高遠の言葉には言いしれぬ寂しさのようなものを感じた。直前の会話から察するに碧が「高遠ハヤテ」のことばかり気にしているのが嫌だったのだろうか。けれど……。

「それは高遠さんも承知の上って思ってたけど、どうなんだろ」

高遠の気持ちがわからず、碧はソファの上で足をジタバタさせる。そして顔を手で覆った。

本当なら今すぐにでも連絡して「あれってどういう意味ですか」と聞きたいけれど、忙しそうな高遠のことを考えるとそんなくだらないことで連絡するのもなんだか憚《はばか》られる。

「どっちも大事なんだけどな」

高遠の仕事を応援している、邪魔をするつもりはない。けれど、高遠その人のことも好きなのだ。

犬の碧のことを異常なくらい可愛がっていて、放っておいたら永遠にもちもちと撫で続けてくるところや、意外と貢ぎ癖があるところ。たまに「ストレス発散になるから」と夜中にクッキーを作っているところ。そのクッキーを碧に惜しみなく食べさせてくれるところ。

ビデオ通話をしていると毎回「切りたくない」と大人気なくごねるところ、直接会える日をこの上なく楽しみにしてくれているところ、情熱的なタイプには見えないのに「好き」の気持ちを惜しまずに伝えてくれるところ……。

（そういえば『俺ばっかり、好きって言ってるな』とも言ってたな）

ふと高遠の言葉をもうひとつ思い出し、碧はソファから身を起こす。

（俺は、何かあると犬になるし、愛情なんて十分伝わってると思ってたけど……）

犬に変身することこそが愛情の証明だと思っていた。そんなに「好き、好き」と伝えなくても、十分届いているはずだと、そう思っていた。

（いや、待てよ）

不意に、ふ、と自分の言動を振り返って、碧は「ん？」と首を傾げた。

（俺、あんまり言葉にしてなかった……んじゃないかな）

ふとそんなことに気がついて、碧は「あれ」と首を傾げる。そういえばビデオ通話をしようと言い出すのはいつも高遠で、いつ会いたいと日付を伝えてくるのも、その後計画するのも、全部高遠だった。それはもう高遠の方が仕事が不規則だからしょうがない……と、思っていたが、そういえば碧から「会いたい」と言ったことは、記憶の限り……一度もない。

（いや、でも高遠さんの迷惑にならないようにって。だって、高遠さんは『高遠ハヤテ』だし。俺が何言っても『高遠ハヤテ』に迷惑かけそうで……）

そこで、碧はこんな時にも「高遠ハヤテ」のことばかり考えていることに気付く。は、と口を覆ってから、視線を泳がせる。

ドッグランでのことも、碧は「高遠ハヤテ」の心配ばかりをしていた。彼は、碧自身を心配して、焼きもちを焼いてくれていたのに。

「高遠さん……」

ドッグランでのお泊まりデートを、本当に楽しみにしていたであろう高遠の嬉しそうな顔を思い出し、胸が痛む。そういえば高遠は、ドッグランに向かうコンビニの駐車場でも碧に「好き」と伝えてくれていた。それに対して、碧は……。

（俺、ほんと……いつも『高遠ハヤテ』ばっかりじゃん）

思わず頭を抱えて、そのまま頬に手を滑らせる。むぎ、と頬を両側から押しつぶしながら、碧は忙しなく目を動かす。

（俺は、高遠颯さんの恋人として、彼を大事にできていたかな）

高遠を不安にさせていたのは、「俺ばっかり好き」と言わせたのは、碧自身ではないのか。

とんでもない事実に気がついて、碧はソファから立ち上がる。

（高遠さんを、高遠さんの気持ちを、大事に……）

高遠の気持ちを考えて、ぎゅうっ、と胸が痛くなる。

「そりゃあ、どっちが大事って、聞きたくもなるだろ」

ぽつ、と呟いて。碧は両手に顔を埋める。高遠の悲しそうな顔が脳裏にちらついて仕方ない。

（高遠さん……）

……と、その時。思考を遮るように、ソファに置いたスマートフォンがヴヴ、ヴーヴヴッと震え出した。どうやら誰からか電話がかかってきたらしい。

もしかして高遠かもしれない、と一瞬胸がざわつく。が、画面に表示されていたのは「母」の文字だった。

ホッとしたような残念なような気持ちで、碧は通話ボタンを押す。

「はい。母さん？　どうしたの？」

金曜日のこの時間にかかってきた電話に戸惑いつつ、碧は電話口の向こうの母に問いかける。

「うん、元気だけど……、え？　じいちゃんが……」

母の思いがけない言葉に、碧は目を見開いて、そして思わずソファから立ち上がった。

「じいちゃんが、倒れたっ？」

六

「おーいハヤテくーん」

「これ、寝てる……んだよね。気を失ってるとかじゃないよね？」

「……知らん」

「気を失うように寝ててもこんだけ顔が良いってすごいですよね～。彫刻みたい」

五人組メンズアイドル SuperMeteor のメンバーである宍原《ししはら》レンヤ、御子柴《みこしば》タカ、織嶋《おりしま》カケル、そして東雲《しののめ》アイラはそれぞれ顔を見合わせてから肩をすくめた。

皆の視線の先には、もう一人のメンバーである高遠ハヤテがいる。……が、彼は腕に犬のぬいぐるみを抱えたまま用意されたパイプ椅子に座り込み、ひたすら眠っている。……いや、おそらく眠っている。メイクで隠されてはいるがその目の下には隈《くま》があることは皆承知だ。一見すると眠っているのか気を失っているのか判別がしづらい。

「まぁ……忙しいんだよ、きっと」

グループのムードメーカーである宍原が「かわいそうに」と肩をすくめる。が、そんな宍原にリーダーで最年長の織嶋が眉を顰《ひそ》めてみせた。

「忙しかろうとなんだろうとまだ撮影中だ。そろそろ起きてシャキッとしてもらわないと困る」

「もー、リーダーはちょっと厳しすぎだってぇ」

スパメテの中で一番責任感が強く、厳しいのは織嶋だ。まぁだからこそ皆のまとめ役としてリーダーに選出されたのだが。

スパメテの愛称で広く知られる五人組メンズアイドルユニットであるSuperMeteorのメンバー一行は、新曲のミュージックビデオの撮影のため、沖縄を訪れていた。曲が主題歌として使われるドラマの舞台が沖縄であるため、MVもシチュエーションを合わせる形になったのだ。

先に現地でドラマ撮影を行っていた高遠ハヤテと合流したのが今朝早く。今日、そして予備日である明日の二日間で撮影を終えなければならない、なかなかのハードスケジュールだ。

沖縄らしいダイナーのようなカフェで、メンバーでオープンカーに乗って、そして日差しの眩しい浜辺で。色々なロケーションで撮影を行った。そして最後の撮影場所が、ドラマでも使われている廃校だ。校庭を使って撮影をする予定で、現在はそのセットの準備完了待ちだ。

控え室になっている教室のひとつで待機しているところだが……、三十分ほど前から高遠ハヤテがぴくりともしなくなった。腕の中に、犬のぬいぐるみを抱いたまま。

「やっぱりドラマもアイドル活動もってなると忙しいよなぁ」

「でも～、ハヤテさんって前からアイドル業と俳優業、両立してましたよね」

御子柴がうんうんと頷いていると、横から東雲が口を挟んだ。唇に指を当てて、可愛らしく小首を傾げている。

「なんかぁ、最近恋人と喧嘩したって聞きましたよ。この不調ってどっちかっていったらソレが原因なんじゃないですかぁ？」

「えっ」

東雲の発言に、他のメンバーは一瞬で彼に目を向け、そしてそれを高遠に向けて……最後に腕組みしている織嶋を見る。

「アイドルなのに恋愛ごとにうつつを抜かしてるからこんなことに……！　もういい、叩き起こす！」

「わ～っ待って待って！　ギリギリまで寝かせてあげようよ、ね？」

「恋人とのことが原因かどうかもわからないしっ。アイラも適当なこと言うなよ」

いきり立つ織嶋を、宍原と御子柴が両側から止めに入る。東雲は「あれ、僕なんか余計なこと言っちゃいました？」と悪びれずに笑っている。東雲は最年少だからというかなんというか……微妙にトラブルメーカーなところがある。

高遠ハヤテに「恋人」ができたことは、彼が交際を始めてすぐに発覚した。なにしろ自分からマネージャー及びグループメンバーに申告してきたのだ。「恋人ができた」と。

スパメテを何より大切に思っているリーダーの織嶋は怒髪天《どはつてん》をつく勢いで怒り狂ったが、高遠が何を言っても「絶対別れない」と言い張るので、数ヶ月後には折れた。他のメンバーは「ハヤテくんがそこまで言うなら」と静観していた。高遠が自ら報告してくるぐらいなのでよっぽどなのだろう、と、妙に納得していたのだ。

高遠が「誓ってアイドルとしてファンの人たちを悲しませるようなことや、グループや事務所に迷惑をかけることはしない」と宣言したのも大きい。

「最近はハヤテくんもファンサ頑張ってるし、動画とかでも……見切れてないし」

以前までライブ配信の時など、よく見切れていたりブレていたり、なんならあくびまでしていた高遠だったが、最近はしっかり顔を出したり、画面に向かって手を振ったりしている。いやもちろん以前に比べたら、という程度で、まだまだアイドルとしては足りなくもあるが。それでもやはり、ファンは喜んでいる様子だ。

まぁ高遠はファンサービスしないことがファンサービスと捉えられている節もあるが。

「ていうか今日のコレが恋人さん原因じゃないにしても、ハヤテさんの恋人好き度ヤバいですよね～。恋人のグッズ作るとかガチすぎません？」

コレ、と眠る高遠を指す東雲の言葉に、再度控え室の中が、しーん、と静まり返る。

「まぁ、そうだな……」

「ある意味ハヤテくんの方がアイドルのファンみたいな……」

「ハヤテくん、普段無口なくせにグッズについてだけやたら語りますよね」

皆揃って、ちら、と高遠に目を向ける。高遠というより、彼が腕に抱くポメラニアンのぬいぐるみを。

高遠は「恋人ができた」と報告はしたが、具体的にメンバーに紹介したり、顔や名前等を見せてきたりはしなかった。どうやら恋人は一般人らしく、だからこそ絶対に高遠は彼女（いや彼なのか）の情報を明らかにしない。

しかし、ひとつだけ「犬化症候群である」ということを教えてくれた。曰く「持っているアォ……恋人のグッズを片岡と間違われるのは嫌だから」ということらしいが、たしかに宍原たちからしてみれば、高遠が大事に抱えているそのぬいぐるみもポメちる……いわゆる片岡が犬化した姿にしか見えない。しかし高遠曰く「まったく違う」とのことで、この話をしだすと「犬化した恋人がいかに可愛いか」という説明が始まってしまうので、最近は誰も深く聞かないようにしていた。先日うっかり「あれ、そのキーホルダー新しいグッズですか？　可愛いですね」と口を滑らせた宍原のマネージャーが高遠に三十分捕まっていたが、周りは見て見ぬふりをしていた。

とにかく高遠は恋人にベタ惚れらしく、今抱えているぬいぐるみの他、スマートフォンのケースや身の回りの小物等々に至るまでありとあらゆるところで、恋人が犬化した姿のグッズを使っている。一体全体どうやって手に入れたんだと問うと「自分で作った」と返ってくる。御子柴と東雲は「すごーい」と拍手していたが、宍原は苦笑いして、織嶋に至っては「普通じゃない」と額を押さえていた。

「ハヤテ、お前は顔がありえないほど良くて背が高くて歌とダンスと演技が上手いからそういった行動も許されているんだぞ」

織嶋は高遠にそう言い聞かせていたが、宍原はそれを聞きながら「それだけプラス面があれば補って余りあるからいいんじゃないかな」と思ってしまった。

とにかく、高遠というのは恋人に全力で愛を注いでいるのだ。そんな高遠が恋人と喧嘩などしたら、そりゃあたしかに撮影の休憩中に気絶してもおかしくない……のかもしれない。ただ撮影自体には影響を及ぼさないところは「高遠ハヤテ」らしい。

「……ハヤテ。おい、起きてるんだろう」

と、時計を窺っていた織嶋が苛々と腕を組んだまま、眠る高遠に問いかけた。宍原が「え?」と首を傾げると、それまで寝ていると思われた高遠が「……あぁ」と低い声を出した。

「そろそろ準備しろ。撮影が始まるぞ」

織嶋の言葉に、宍原は驚いたように目を瞬かせる。

「カケルさんよくわかりましたね、ハヤテくん起きてるって」

「ふん。こんなだが仕事に穴を空けたことはないからな」

言われて、宍原も「たしかに」と頷く。その態度からぐうたらしがちに見えるが、高遠は一度も遅刻も欠席もしたことがない。どんなに小さな……たとえばライブ配信などであっても意外に時間に余裕を持って行動している。

そういった行動を心がける高遠はもちろんすごいが、それをきちんと把握している織嶋もよくメンバーを見ている。普段は厳しいリーダーだが、裏を返せばそれは誰よりもグループのことを思っている証拠だ。

「あとはその仏頂面をどうにかしろ」

「わかってる」

織嶋の言葉に、高遠が言葉少なに返す。なんとなくピリついた空気が流れたが、それまでむすっとした顔をしていた織嶋が「ふむ」と軽い調子で鼻を鳴らした。

「本当に喧嘩したのか？　あー……恋人と」

織嶋の踏み込んだ発言に、宍原はじめメンバーが「おぉ」とおののく。が、問われた本人である高遠は気にした様子もなく、どこかぼんやりとした調子で「いや」と首を振った。

「喧嘩じゃなく、俺が悪いことしただけ」

そしてそう言って、椅子に腰かけたまま肩を落とした。その手の中では、ポメラニアンのぬいぐるみが可愛らしい笑みを浮かべて首を傾げている。

なんとも言えない微妙な空気が場に漂った……が、織嶋はそんな雰囲気など意に介した様子もなく「なんだそれは」と眉根を寄せた。

「悪いことをしたと思ってるならすぐ謝れ」

「謝りはした。けど……」

「けどもだってもない。そもそもお前は言葉足らずなんだ。いらんことは言うくせに、肝心なことを伝え忘れてる」

すぱっとした物言いに、宍原は「い、言い方言い方」と小声で織嶋を嗜《たしな》める。が、言われた本人である高遠は傷ついた様子もなく……むしろどこか感銘を受けたような目をして、首をもたげた。

「悪いと思うなら、何が悪かったかちゃんと言葉にして伝えろ。お前は犬じゃなく、言葉で伝えられる人間なんだから」

高遠は長い睫毛《まつげ》に縁取られた目をゆっくりと数度瞬かせて、そして腕の中の犬のぬいぐるみを見下ろした。

「アイドルのくせに恋人を作って、かつ、絶対に別れないとまで言ったんだ。言葉に責任は持てよ」

そこまで言うと、織嶋は「ふん」と鼻を鳴らした。そんな織嶋を、御子柴と東雲が囲む。

「リーダー……！」

「リーダーめちゃくちゃいい人～！」

年少組の二人にキャッキャと褒められて、織嶋はうんざりした顔で「やめろ！」と一喝する。

「いい人って言うな。俺はスムーズに仕事をしたいだけだ」

「リーダー、ツンのデレ～。写真撮っておきますね」

「なんでだ！」

織嶋の怒りなど気にした様子もなく、東雲が織嶋の写真をパシャシャシャと連写で撮影する。東雲はSNSの更新頻度が高いので、おそらくそちらの方にアップするのだろう。

「タカさんも一緒に写真撮ろう」

「いいよ～」

今度は御子柴と写真を撮り出した東雲に、織嶋が「投稿するならマネージャーのチェック通せよ」と注意を入れている。

「ちょっとは元気出ました？」

そんな三人を遠巻きに眺めている高遠に、宍原が問いかける。高遠は形の良い眉を上げてから「あぁ」と言葉少なに頷く。

「あんな風に言ってるけどカケルさんは多分ハヤテくんのこと応援してると思いますよ。多分……カケルさんだけじゃなく、みんな」

東雲が高遠の恋人のことを話題にしたのも、みんなで高遠を励ましたかったからだ。そして織嶋はそれを汲み取ったし、御子柴だって場の雰囲気を崩さないようにいつも以上に明るく振る舞っている。宍原もまた、高遠に元気を出して欲しいと思っていた。だからこそ、こうやってさりげなく皆の気持ちを伝えたのだ。

高遠は少しだけ黙り込んだ後、「あぁ」ともう一度短く頷いた。

「知ってる」

宍原は「SuperMeteor」というグループと、そこに属する五人のメンバーが大好きだ。そしてそれは自分だけではなく、皆そう感じているであろうことを知っている。メンバーに元気がないとみれば残りの全員で励ますし、どうにか力になりたいと思う。そういうグループなのだ。

「ありがとう」

高遠の、短いながらも心のこもった礼に、宍原は「いいえ」と首を振る。きっと宍原が元気を失くしていたら、高遠も皆と一緒に励ましてくれたはずだとわかっていたからだ。

「そろそろ撮影始まるかな」

「結構時間かかるね。明日も撮影かなぁ」

御子柴と東雲のやり取りを聞いて、織嶋が「いや、それは無理だろう」と声をあげた。

「え、なんで。明日予備日ですよね」

東雲も、そして他のメンバーも不思議そうに織嶋を見やる。彼は「はぁー……」とわざとらしいほど重たい溜め息をこぼしてから「お前ら、天気予報も見てないのか」とちくちくと棘の生えた言葉を吐く。

「天気予報？」

きょと、とした顔をした東雲が、手に持ったスマートフォンをすいすいと操作して……、そして
「げ」と顔を引き攣《つ》らせた。

「えー、やばーい。絶対今日中に撮影終わらせないとじゃないですか」

東雲の言葉に、御子柴も東雲の手の中を覗き込み「あ、あぁ～」と間の抜けた声を出す。

「なに、明日雨の予報？」

宍原の言葉に、御子柴が肩をすくめて「いや」とスマートフォンを指差して、額を押さえて、うーむと思い悩むような表情を見せる。

宍原と高遠は顔を見合わせて、そして二人で東雲と御子柴の方まで歩き、スマートフォンの画面を覗き込んだ。

七

「わざわざ悪かったねぇ。まさか沖縄まで来てくれるなんて」

祖母はそう言って、碧の前にお茶を出してくれた。

白い髪をひとつにまとめた彼女は、碧が小さい頃から何も変わっていないように見える。矍鑠《かくしゃく》としていて、穏やかで、働き者。そして夫である碧の祖父と、とても仲が良い。

「まさかあんなに元気だとは思わなかったでしょ」

「いや、まぁたしかに」

台所から見える居間では足に包帯を巻いた祖父が、曾孫《ひまご》たち……碧の従姉妹《いとこ》の子らとともにボードゲームに興じていた。

「おぉ、また負けたぁ」

「おじい弱い〜」

「よわぁい！」

六歳と四歳の子に囃《はや》し立てられて頭をかく祖父は、どこからどう見ても好々爺《こうこうや》だ。

（小さい頃は、怖い人ってイメージだったんだけどなぁ）

祖父は漁師だ。昼間は寡黙な海の男で、酒を飲んだ時だけ歯を見せて笑う。常々そういった印象を抱いていた。が、今は酒を飲んでいなくても大口を開けて笑っている。元々そうだったのか、歳をとって丸くなったのかはわからない。なんにしても、その笑顔を見ているとつられて笑いたくなる。

「じいちゃん、楽しそうだね」

「そうねぇ。曾孫に遊んでもらえて嬉しいんさ」

「遊んでやってる、じゃなくて、遊んでもらってるんだ」

「そうよぉ」

窓から風が吹き込んできて、縁側にかけてある風鈴をちりりと揺らす。涼やかなその音と、祖父と子どもたちの笑い声、そして遠く聞こえる波の音。その全てを聞きながら、碧はなんとなく満たされた気持ちで「そうなんだ」と笑った。


碧が今いるのは沖縄の、市内から外れた海辺の町。碧の祖父母の家である。

昨夜、碧は母から「祖父が倒れた」という連絡を貰った。元気でやっているものと思っていた祖父の凶報に碧は飛び上がるほど驚いたし、年甲斐もなく泣きそうになった。

が、しかし。碧よりショックを受けていてもおかしくない母がすぐに「それが、全然大丈夫なのよ」とからから笑いだしたので、涙も引っ込んだ。

なんと倒れたと言っても「電球を交換するために乗った脚立《きゃたつ》ごと倒れた」というあらましで、要は倒れたというより転倒したと言う方が正しいらしい。

とはいえ母から「頭も打ったらしい」「立てなくて救急車を呼んだ」「そのまま病院に運ばれた」と聞けば不安はいや増すもので。ちょうど金曜日の夜だったということもあり、碧は次の日……つまり今日の朝一で飛行機のチケットを取り、文字通り沖縄まで飛んできた次第である。

で、息急《せ》き切って会いに来た祖父はというと……、それはもう元気だった。むしろ孫の碧に久しぶりに会えたことが嬉しいらしく「おー、碧か。大きくなったなぁ」としきりに碧の頭を撫でたがった。

しかも祖父母宅の近所には、碧の従姉妹（碧の父の妹の娘）である舞香《まいか》が住んでおり、事故の日から祖父の世話も兼ねて泊まり込んでいるということだった。彼女の子どもである一香《いちか》と唯香《ゆいか》という幼い姉妹もおり、家の中は想像していた数倍は騒がしいことになっていた。

「そもそも事故現場にも居合わせてたしね。うち、旦那が単身赴任でいないからよくここにお世話になってんだ」

という舞香の言葉に、碧は「あ、そうなんだ」と笑ってしまった。どうやら心配せずとも、祖父と祖母には頼もしい味方が身近にいたらしい。……が、それを言うと「あんたが帰ってきたからおじいもますます元気になったんじゃん。駆けつけてくれてありがとね」と力説されてしまった。どことなく祖母に似た雰囲気を持つ彼女は、カラッと明るく、そしてとても優しい。

舞香とは小さい頃よく遊んだ仲だが、沖縄から引っ越してしまった後は冠婚葬祭で顔を合わせる程度になっていた。とはいえ久しぶりに会っても違和感がないのは、幼い頃に散々遊んだからだろうか。

彼女は現在看護師として近くの総合病院で働いているらしく、今日もこの後子どもたちを預けて夜勤なのだという。

「なんにしても、来てくれてありがとうね。見てよ、おじいとおばあのあの喜びよう」

舞香の言葉に、碧は苦笑する。たしかに碧が久しぶりに来たことに、祖父母は大喜びだ。怪我の見舞いに来たはずなのに、ただ祖父母の家に帰省しただけのような歓待ぶりで、かえって恐縮してしまう。

「私とおばあで張り切ってご飯作ったげるから、たらふく食べて帰んなさいよ。あんたちょっと細すぎよ」

「そうよぉ。碧の好きなラフテーも山盛り作ったげるわ」

「碧、ソーミンタシヤーも好きだったわよね。せっかく沖縄に来たんやし、沖縄らしいもの食べてきな」

舞香と祖母は碧を真ん中に挟んで「あれも作ろう」「これも食べさせなきゃ」と盛り上がっている。美味しいものを食べさせてあげなきゃ、というその圧にも似た思いやりが嬉しくて、しかしどことなくくすぐったくて、どうにも照れ笑いが止まらない。

「じいちゃんとばあちゃんを励ましに来たはずだったのに、俺の方が元気貰ってるかも」

そう言うと、一瞬きょとんとした顔をした舞香と祖母がけたけたと笑った。隣の部屋では、話を聞いていたらしい祖父も笑っている。

「そりゃあなによりじゃないの。私らも碧の顔見て元気貰ってるから、なんていうんだっけこういうの……ウィンウィン？」

舞香はそう言って笑い、それを聞いた一香と唯香も「うぃんうぃん～」「うぃん！」と歌うように繰り返している。言葉の意味を理解しているかどうかは怪しいが、どうやら響きが気に入ったらしい。

明るい雰囲気に、しばらく忘れていた家族の温もりを思い出して、碧も声をあげて笑ってしまう。

「直接会って顔見て、言葉で伝えるって大事よ。碧も、じいちゃんの顔見て安心したでしょ」

諭《さと》すような祖母の言葉に、碧は「うん」と頷いた。電話やビデオ通話だけでも祖父の無事は確認できただろうし、それはそれで安心したかもしれない。が、こうやって直接顔を見ることで得られる安心感は、また別物だ。

「来てよかった」

しみじみとそう呟くと、祖父もまた照れくさそうな顔で「ありがとなぁ、碧」と鼻の下を擦った。

「うし、こんだけ元気出たら、明日っから歩けるなぁ」

そう言って膝を叩く祖父に、すかさず祖母と舞香が「なぁに言ってんの」と眉を吊り上げた。

「一週間は絶対安静でしょ」

「おじいは大人しくしときなさい」

二人に冷たく突っ込まれて、祖父は「あちゃ」とわざとらしく肩をすくめてみせる。しかもそれを見た一香と唯香がまた真似をするように「あちゃ」と言うものだからたまらない。

その様子が妙におかしくて、碧は「ぶっ」と吹き出しかけて口元を押さえる。なんだか、たまらなく微笑ましくて、楽しくて、笑い出したい気分だった。

「ふっ、ははは、ごめ、なんか……」

結局我慢できずに笑いが溢《あふ》れてしまって、碧は「ご、ごめ、なんかツボに……っ、ふははっ」と謝りながら笑い転げて、そして……。

ぽひっ！　と音を立てて犬化してしまった。

「あらまぁ！」

「あ。そういえば碧、犬化症候群って……」

途端、祖父母はもちろん、舞香も目を丸くする。そういえば「犬化症候群」であることは伝えていたが、目の前で変身するのは初めてだ。

これはちゃんと説明せねば、とそれでも込み上げてくる笑いを堪えてみんなに向き直る。

「わん……」

「っきゃ〜〜！」

「かわいい〜っ！」

が、その前に甲高い悲鳴にも似た声に遮られた。声の主は、一香と唯香だ。二人は隣の部屋から飛ぶようにして碧の側にやってくると、きゃあきゃあと興奮した様子で目を輝かせる。

「ほわほわわんちゃんだぁ。ママ、撫でてもいーい？」

「わんちゃんどこから来たの？　お名前なんていうの？」

突然現れたポメラニアンに、二人は興味津々だ。どうやら目の前の犬が碧であることはよくわかっていないらしい。

「いや、碧だよ、碧」

「わんちゃんもアオイって言うの？」

「碧お兄ちゃんと同じだぁ。あれ、碧お兄ちゃんは？」

舞香の言葉の意味もわかっていないらしく、不思議そうに首を傾げている。どうやら碧が大人しいとわかったらしく、だんだんと撫でる手つきに遠慮がなくなってきた。右と左から伸びてきた手に両頬をもちもちと揉まれる。

「ごめん、碧。この子たち身近に犬化症候群の子がいなくて……」

もちもちもちもち、と揉まれながら、碧はこくりと頷く。まぁ子どもたちに撫でられたり揉まれたりするくらいなら、お安いご用だ。ただ、犬化症候群についてはちゃんと話をする必要があると思うが……それはまた、碧が人間の姿に戻ってからでもいいだろう。

「全身ふわっふわだぁ！」

「お腹のところももちもちぃ」

かわいい〜、と喜ぶ子どもたちにもみくちゃにされながら、碧は「わふ」と鼻を鳴らす。

「ごめん。碧」

手を合わせる舞香に、碧は「いいよいいよ」という気持ちを込めてぷるぷると首を振る。と、一香と唯香がさらに「ぷるぷるしてるの、かわいい〜」と碧を奪い合うように抱きしめながら頭やら体やらを撫で回してきた。もはや遠慮もへったくれもない。

碧はそれを受け入れながら、ふと、先ほどの祖母の言葉を思い出す。

(直接会って顔見て、言葉で伝えるって大事よ……か)

もにもにと撫でられながら、碧は心の中に恋人の姿を思い描いた。昨日、祖父のこともあり有耶無《うやむ》耶《や》になってしまったが、やはり一度ちゃんと高遠と……。

そこまで考えた時、スマートフォンを操作していた舞香が「ありゃ」と素《す》っ頓狂《とんきょう》な声をあげた。

そして何故か碧に気の毒そうな視線を投げかけてくる。

「碧、あんた休み明日までって言ってたよね」

そんなことを問われて、碧は戸惑いながらも「わん」とひと声あげる。今日は祖父母宅に泊まらせてもらって、明日の夕方の便で東京に帰る予定だった。

「明日は帰れないかもよ」

「わふ?」

突然の言葉に思わず首を傾げると、舞香が手にしていたスマートフォンの画面を碧に向けてきた。碧は一香たちの手にもにもにと揉まれたまま、画面を見やる。

「台風。直撃コースっぽい」

「……わふ?」

そこには沖縄を示した地図と、それを覆うように進む、数時間ごとの台風の進路がはっきりと示されていた。

八

沖縄本島を逸れて進むはずだった台風は、直前で進路を変え、週末の沖縄を舐めるように横断していくらしい。

台風の発生自体は知っていたものの、それは沖縄を通過しそうにない進路を取っていたので、帰りの飛行機の心配などまったくしていなかった。……のだが、その進路が大きく変わったことによって、もろに影響を食らうことになってしまった。

「ん……」

ガタガタと風で窓が揺れている。ビュウッ、ビュウッと悲鳴のような風の音を聞いて、碧は閉じていた目を開けた。しかしそれもすぐに収まって、部屋の中はすぐに静けさを取り戻す。

襖のすき間から差し込む明かりで、夜が明けていることがわかった。

（あ、そっか。ここ……）

碧は寝床に寝転んだまま、自分がどこにいるのかを思い出す。ここは、祖父母宅の仏間だ。横を見れば、碧を挟むようにして一香と唯香が眠っている。そういえば昨夜「碧兄ちゃんと寝る」と散々ねだられて、結局仏間に布団を敷いて一緒に寝ることになったのだった。

邪気のない寝顔を眺め、その小さな頭をそれぞれ撫でる。そして碧は音を立てないよう静かに体を起こし、こっそりと部屋を出た。

ガラッ、と玄関戸を開けると、強い風に煽られた。とはいえまだ「飛ばされる」というほどではない。空は少し曇ってはいるが明るいし、雨が降り出しそうな雰囲気もない。碧はそのまま庭に足を踏み出した。

家の前の道は緩やかな坂道になっていて、そこをずっと下っていくと海に出る。今は台風の影響で時化《しけ》ているはずなので近付かないが、遠くザァアアッと荒れた波の音が聞こえた。

碧はあえて海とは真逆の方向に足を伸ばす。坂道をてくてくと登って、登って、登った先で振り向く。と、いくつかの建物や畑の向こうに、水平線が見えた。幼い頃、毎日のように眺めていた、海だ。

(あぁ、そうだ、この海だ)

台風の影響か、やはり海は荒れている。荒れているがしかし、その波の音を聞くだけで不思議と心が落ち着く気がする。

碧は道の端に立ったまま、ただじっと海を眺めた。海の向こうでは、雲に覆われた空がそれでも太陽の光を浴びて薄く金色に色付いている。

眩しさに目を細めながら、碧はぼんやりと明るくなりつつある海をじっと見つめ続けた。


「おかえり。おはよう」

家に戻って台所に顔を出すと、祖母が朝飯を作っていた。

「ただいま……、おはよう」

「何か手伝うよ」と話しかけると、「じゃあポーク開けて」と指示される。ポークとはランチョンミートのことだ。そういえば祖母は、よくこれを料理に使っていた。みそ汁に入れたり、卵や野菜と炒めたり……朝食のメニューにも幅広く使える優れものだ。

「舞香ももうすぐ帰ってくるから。みんな揃ったら朝ご飯にしようかね」

ざくざくと野菜を刻みながら、祖母が笑う。碧は「うん」と素直な気持ちで頷いた。

「悪いね。ご飯とかお世話になりっぱなしで」

「いんや、こっちこそ助かったよ。お父さんはあんな足だから雨戸も出せないし……昨日はありがとね」

昨日は台風の上陸に備え、雨戸を出したり、ポリバケツに水を溜める作業を行った。力のいる作業だったので、男手として少しは役に立てたかもしれない。気を遣わせまいとする祖母の物言いに感謝しつつ、碧は「いや」と首を振る。それが手伝えただけでも、沖縄に来たかいがあるというものだ。

「一香と唯香も大喜びだったし。もちろんお父さんもね。碧があんな可愛いポメラニアンになるなんて知らなかったわ」

そう言われて、碧は思わず笑ってしまう。

たしかに昨日は、一香も唯香も大はしゃぎだった。いや彼女たちだけではなく、祖父や祖母まで「あらやだ本当に可愛い」と碧を撫で回してきて、昨夜は大いに盛り上がった。夕飯は祖母が張り切って何品もご馳走を作ってくれて。みんなで食べる夕飯は、それはもう賑《にぎ》やかで、楽しくて……。

「碧、何か悩みごとでもあった?」

昨夜のことを思い出していたら、不意にそんなことを問われて。碧は手にしていたランチョンミートを取り落としそうになる。

「えっ、なんで?」

焦って問うてみると、祖母がくすくすと笑った。まるで「全部わかってるのよ」というように。

「あんた、小さい頃から悩みがあると海に行ってたでしょ」

さっき外に出てたみたいだから、と言われて、碧は「あぁ」と目を見開く。

たしかに、碧は小さい頃から海が好きで、祖父母宅に泊まりに来た時も何かあるとすぐに海に行っていた。特に姉と喧嘩した時や、親に怒られた時など、落ち込んだり悩んだりした時に見に行くことが多かったかもしれない。

「……うん。海に行くと、元気を貰える気がするから、つい、見に行っちゃう」

一瞬誤魔化そうかと思ったが、碧は素直に気持ちを吐露して、そして「ふ、ふ」と笑った。

「すごいね、ばあちゃん。久しぶりに会うのに、俺のことお見通しだ」

そう言うと、祖母は「そりゃあ碧のばあちゃんだからね」と笑って返してくれた。その穏やかな横顔を見つめていると、どうにも胸がざわついて、碧は数度瞬きしてから視線を落とした。

「悩みってほどではないけど……」

指先についたランチョンミートの脂を、碧はどうしようもない気持ちで眺める。洗うなり、キッチンペーパーで拭うなりすればそれは取れるが、悩みごとはそうはいかない。

「人を好きになるって、難しいなぁって」

思って……、と尻すぼみに言葉を小さくしながら溜め息を吐くと、祖母は「んまぁ」とどこか楽しそうに笑った。

「碧もそういうことで悩むようになったのねぇ。こないだまで『ねーねにお菓子取られた』って泣いてたのに」

うふふ、と笑われて、碧は思わず苦笑をこぼす。

「いくつだと思ってるんだよ。俺だってもう大人だよ」

「孫なんて、いくつになっても子どもよ」

祖母はけろりとそう言いながら、鍋にキャベツと人参、それからランチョンミートにしめじをどっさりと入れた。最後に島豆腐《しまどうふ》も加えるらしく、鍋の側に準備している。

「相手の子と、ちゃんと話してる？」

そう問われて、碧は「いや……」と曖昧に言葉を濁す。

「どう、かな。話せてないの、かも」

ちゃんと話していると思っていた……が、結局のところ碧は言葉を飲み込んでばかりで、肝心なことは何ひとつ伝えられていなかった。そのことに思い至り、碧は下唇を軽く嚙みしめる。歯切れの悪い碧の言葉を聞いてどう思ったのか、祖母は「あらまぁ」と肩をすくめた。

「片手《かたて》さーね、音《おと》ぅ出《で》じらん」

「……なに？」

言葉の意味がわからず、思わず祖母に向かって首を傾げる。と、彼女は「片手さーね、音ぅ出じらん」と繰り返した。

「片手じゃ音は出ないよ、ってこと」

そう言って、祖母は右手をひらひらと空中に泳がせる。たしかにどんなに動かしても、彼女の手のひらからは音はしない。

その手はやがて壁際にかかったお玉に辿り着き、す、とそれを取る。そのままくつくつと煮立つ鍋をかき混ぜて、祖母が「でもほら」と碧を振り返った。そして、手のひらを碧に向けてくる。

「ん」

無言で促されて、祖母と同じように右手を持ち上げてみせる。と、祖母が碧の手のひらに、自分のそれを重ねた。ぱち、と軽やかな音が台所に小さく響く。

「相手と手を合わせると、音が出る」

深い皺の刻まれた祖母の手は、かさついていて、それでいて柔らかく、温かい。碧は合わさった手を見て、祖母の顔を見て、そしてもう一度手を……自身の手のひらを見下ろした。

「一人で悩んでても答えが出ないなら、相手とよく話してみることよ」

祖母の明るい声に、碧は目を瞬かせて、そしてつられるように微笑んだ。

「そうだね」

一度頷いて、そしてもう一度、二度、しっかりと頷く。

「本当に、そうだ」

鰹出汁《かつおだし》の良い香りが、鼻をくすぐる。なんともいえないその優しい香りを鼻孔いっぱいに吸い込んで、碧は「ふう」と胸のうちに詰まっていた空気を吐き出した。なんとなく、体の中が優しいもので満たされたような気持ちになる。

外は風の音が強くなってきたが、家の中にいると不思議なほど安心できた。碧は「ちょっとごめん」と祖母に断ってから、尻ポケットに入れていたスマートフォンを取り出す。

ひとつ深呼吸をして、碧はメッセージアプリを起動した。目当ての人の名前を見つけて、親指を躊躇わせながらひと文字ひと文字ゆっくりと打ち込む。

『久しぶりです』

『高遠さんのお時間のある時、一度ゆっくり話したいです』

送信ボタンを押してから、碧は「ふぅ」と詰めていた息を吐く。

「ただいま〜！　雨降り出したよ〜」

と、その時。玄関の方から舞香の声が聞こえてきた。「濡れた濡れたぁ」と言いながら風呂場の方へ向かっている足音がする。つられるように「お母さーん」「おかえりなさい」と可愛い声が聞こえてきて、家の中がにわかに騒がしくなる。

「さてさて、外の台風も大変だけど、家の中の台風も大変よ」

祖母の言葉に、碧は笑いながら頷く。元気があり余っている子どもと遊ぶのは大変なのだと、昨日犬の姿で一香、唯香の相手をした時に多少知ることができた。早速「アオイちゃーんどこ〜？」「わんちゃんになって〜」と声が聞こえてきて、碧は苦笑いをしながら「台所にいるよ」と返事をした。

＊

「本当にホテルに泊まるの？」

という何度目かの舞香の問いに、碧は膝の上の荷物を抱え直しながら「うん」とこれまた何度目になるかわからない肯定を返す。

「明日には飛行機が朝から飛ぶ予定みたいだから、朝イチで空港に向かう」

今日の夕方乗る予定だった飛行機は欠航が決まってしまった。が、明日には台風も通り過ぎるので、通常通り飛ぶ……予定のようだ。少なくとも今のところは。

祖父母の家は市内から外れたところにあるので、朝からの移動には向いていないし、早朝からドタバタするのも忍びない。駅近のホテルの予約が取れたので、今日はそこに宿泊して明日の朝に空港に移動する。

昼食まで食べさせてもらって、今は舞香にホテルの最寄り駅まで送ってもらっているところだ。

ちなみに、会社の方には明日朝一番で出社できない旨は伝えている。家族の怪我で現在沖縄にいること、そしてそこで台風に見舞われたこと。説明すると、上司には「大変だな」と心配されてしまった。

「急ぎの件もないし、ゆっくり帰ってくればいいよ」

と言ってくれたが、先日有休を使って休んだばかりなのでどうにも申し訳ない。とはいえどうすることもできず、碧は「できるだけ、早く帰れたら午後からでも出社します」とだけ約束した。

「おじいとおばあも喜んでたし、また来なよ。一香と唯香も……ふふっ、碧に夢中みたいだし」

笑いを含んだ舞香の言葉に、碧もまた笑いながら「うん」と返した。一香と唯香は、犬の姿の碧のことをすっかり気に入ってくれたらしい。というより人間の姿より犬の方がいいらしく、今日も何度も「わんちゃんの碧兄ちゃんは？」ときらきらした目で問われてしまった。まぁ……碧自身に懐いてくれているのだと思っておきたい。

「なんか、俺が元気づけるために来たはずなのに、元気貰ってばっかりだったな」

祖父母の家を出る時の、一香と唯香の名残惜しそうな顔（と、『わんちゃん』という寂しそうな声）、そして祖母と祖父の「またいつでもおいで」という言葉を思い出して、碧はヘッドレストに頭を預けながらぽつりと漏らす。

「なによ、元気が出たなら良かったじゃない」

舞香はからからと笑って、ハンドルを操る。

「舞香も、ありがとう。台風が来るってのに送ってもらって悪い……」

改めて礼を伝えると、舞香はそれを遮るように「なぁんも悪くないわよ」と笑った。

「あんたが台風呼んだわけでもあるまいし。それにこんなそよ風、台風のうちに入らないわよ」

頼もしくそう言って、舞香は「ほらもうすぐ着くわよ」と駅の方を指してくれた。

「じゃ、絶対また来てね。一香と唯香も待ってるし、今度はうちの旦那にも紹介したいし。絶対よ」

最後にそう言って、舞香は「またね」と手を振ってから去っていった。彼女の車が見えなくなるまで手を振って、碧は「さて」と細く長い息を吐いた。

とりあえずホテルに向かうか、と顔を上げた途端、強めの風がびゅうっと吹きつけてきた。碧は思わず顔の前に腕を翳《かざ》しながら「ぶわっ」と情けない声をあげてしまう。

どうやらこのあと徐々に風が強くなっているらしい。犬の姿なら吹っ飛ばされていたかもしれない。

（これは早めにホテルに入った方がいいな）

ばくばくと鳴る心臓を服の上から押さえながら、碧は溜め息を吐く。

駅前の人通りはかなりまばらで、少ない。みんな台風に備えているのだろう。ホテルの場所を確認するためにスマートフォンを取り出す。

――ヴヴッ。

と、その時。タイミング良くメッセージの通知音が鳴った。

「ん？　……あ」

画面に表示された名前を見て、碧は目を瞬かせた。そして肩に下げた荷物を抱え直してから、足早に屋根のある場所に急ぐ。それからすぐに、もう一度スマートフォンを確認した。

『高遠：返事、遅くなってごめん。今仕事が終わった』

『高遠：俺も話したい。顔見て話したいし、アオに会いたい』

そのメッセージを三度繰り返し確認してから、碧は喉の奥に込み上げてきた熱い塊《かたまり》を、ぐ、と飲み下すように喉を鳴らした。自然と涙が浮かんでしまって、ごしごしと目を擦った。

（会いたい。会いたい、か）

碧は少しだけ迷ってから、メッセージを打ち込む。一度消して、もう一度同じ文面を打って、消して。迷いに迷ってから、碧は「えぇいっ」ともう一度簡潔に打ったメッセージを送信した。

『俺も会いたいです。本当は、今すぐにでも』

アイドルで、忙しい身である高遠にこんな言葉を伝えるべきではないとわかっていた。高遠のことを思うのであれば、そういった我儘は言わないに限る。が、物分かりのいい恋人でばかりいたら、きっと息が詰まってしまう。

（まぁ実際会えるわけじゃないけど、気持ちを伝えるくらいなら）

許されないだろうか、と碧は頬をかく。そして今更自分の打った文面に恥ずかしさを覚えて「いや、うーん、……送信取り消した方がいいかな」と考え出したその時、ヴヴッとスマートフォンが震え出した。着信だ。

「はい、もしもし？」

「アオ？」
ポ、と通話ボタンを押すのと同時に、低く耳に馴染む声で名前を呼ばれた。珍しく、どこか焦ったような声音で、碧は思わず「ふ」と吹き出してしまった。
「高遠さん」

思っていたよりも晴れやかな声が出た。それはきっと、心の迷いがなくなり……はしていないが、薄れたからだろう。

「突然電話して悪い。アオが会いたいって……、珍しいなって、嬉しくなって。いつも、俺の都合を優先してくれるから」

いつもより明らかに高遠の言葉数が多い。碧は数度瞬きを繰り返して、そしてふにゃりと目尻を緩めた。碧の言葉を喜んでくれる高遠が、愛しくてたまらなかった。

「高遠さん、俺……っ、うわ！」

重ねて気持ちを伝えようとした、その時。ビュッと強めの風が吹いて、碧は思わず腕で顔を庇《かば》う。

「アオ？　今、外で電話してるのか？　風の音が……」

電話の向こうの高遠にも風の音が聞こえたのだろう。どこか戸惑ったように言葉を切った高遠に、碧は「あぁ」と苦笑いを浮かべる。

「ちょっと色々事情があって、今沖縄にいるんですけど、まさかの台風が……ぶわっ」

「待て、なに？　アオ……、沖縄にいるのか？　今？」

「え？　あ、はい」

素直に頷くと、電話の向こうからガタッと何かにぶつかる音がした。次いで高遠の「っつ！」と短く息を吸う音。

「え、大丈夫ですか？」

「大丈夫。机に足をぶつけただけ」

「だけって、ちょ、大丈夫ですか足……」

「俺も、沖縄にいるんだ」

いやそれは大丈夫なのか、と問おうと思ったらそれより先に高遠が口を開いた。

「今、沖縄にいる」

「え？」

「ドラマの撮影で。先週から沖縄だ」

「え、あえ、あ、あー……そういえばそうでしたね」

まさかの発言に、碧はその場で飛び上がりかけて、頭を押さえ、一度スマートフォンを体から離して「え?」を連発して、もう一度それを耳に近付ける。

そういえばそうだった。高遠は「沖縄での撮影がある」と言っていたし、それがおそらく六月頃であることも教えてくれていた。

「台風の影響大丈夫ですか? 風が強く……」

「アオ、今どこにいる?」

「なってきましたね、って、え?」

あまりにも焦った様子で高遠が問うてくるので、碧の方も狼狽えながらも正直に答えた。

「どこって、駅です。県庁前の……」

周りを見渡しながら伝えると、高遠がどこかほっとしたような声で「よかった。近い」と呟く。

「今から行く」

「はい?」

「今から、アオのところに行く」

言葉とともに電話の向こうで何やらガッ、ゴソゴソ、と動く気配がする。「今から行く」とはつまり言葉のとおり、高遠が碧のところに来るということだろうか。

碧は「へっ、いや、あのっ?」と混乱のままに言葉にならない音を繰り返す。

「できるだけすぐ行くから、待ってて欲しい」

碧が言葉に詰まっている間にも、高遠は淡々と話を進める。

「じょ、冗談? ……ではなく」

「本気だ」

きっぱりと言い切る高遠に、碧はスマートフォンを握りしめながら「あの」と声をかける。

「いや、あの、たまたま沖縄にいるからって、そんな。会いたいとは言いましたけど……、その」

大丈夫です。と、こうやって電話で話せて、嫌がられなかっただけでも嬉しいです。今日は電話で終わらせて、また明日以降時間が合ったら会いましょうよ。

……なんてことを、言わなければならないとわかっていた。高遠の負担にならないことを言わなければ、と。「高遠ハヤテ」を誰かに見られるわけにはいかないと。

碧は唇を噛んで、そしてゆっくりと息を吸った。

「……会、いたい」

スマートフォンを持っていない方の手を、顔に当てる。ぐ、と目元を隠すように押しつけながら、碧は震える声で「会いたい」ともう一度繰り返した。

「ごめんなさい。俺、会いたいです……高遠さんに」

そこまで言って言葉を途切らせると、耳元のスピーカー越しに、高遠が息を呑む音が聞こえた。

「嬉しい」

蕩けるようなその声は碧の耳をくすぐり、体の中を駆け巡り、そして心臓に届く。

ぱちん、と音が鳴ったような気がした。碧が差し出した手に、高遠が手のひらを合わせてくれた、そんな音。二人の手が重なって音が鳴ったような、そんな。

「嬉しい、アオ、アオ」

心からそう思っているのだと、碧に会えるのが嬉しいのだと、それがはっきりとわかる声音だった。思わず涙が出そうになって、碧は、グッと息を詰める。

「人が少ない方が……、駅裏は？　移動できる？」

「……あっ、はい。台風のせいか、人は少ないです。夕方だし……多分裏の方なら」

碧はそう言いながらきょろきょろと周りを見渡す。そしてその足で駅裏の方へと駆けた。

「わかった」

「でも、本当に大丈夫ですか？」

「大丈夫だ。その駅なら歩いて向かえる」

高遠は迷うことなくそう言い切った。

「碧、すぐに会いに行くから。そこで待っててくれ」

そう言われた途端、ぶわっと全身の毛が逆立つような喜びが駆け巡った。碧は一瞬で「ヤバい」と悟って、建物の陰に隠れる。が、それよりも早く……。

ぽひゅ！

（あっ！　あぁ～っ？）

膨れ上がった幸福感をどうすることもできず、碧は「あっ」という間に犬化していた。荷物も服もスマートフォンも、何もかもがその場に散らばって、碧は「あ、あぁ～！」と内心喚く。ちゃかちゃかと慌てて服の中から飛び出してスマートフォンに顔を向ける……も。

「じゃあ、また後で」

そのひと言を最後に、通話は切れてしまった。

「っきゃん！」

今更ながら鳴いてみるものの、明らかに声は届いていない。

（あ、ど、どうしよう、嬉しすぎて）

慌ててスマートフォンを操作して電話をかけるも、応答はない。

碧はきょろきょろとあたりを見渡す。幸い人っ子一人見当たらず、碧の変身の目撃者はいないことがわかった。碧は口と鼻先を使って、先ほどまで着ていた服を旅行鞄代わりのリュックの中に詰め込む。そのままリュックを引っ張ってみようと試みる……が、重すぎてほんのちょっとずつしか動かない。

（こ、こんな時に犬化して！　あぁもう、ああもう！）

てってて、てってって。しばしあっちへ行きこっちへ行きを繰り返した後、碧は顔を上げた。文句を言ってもどうしようもない。今の、犬の自分でやれることをやらなければ。

（せめてもうちょっと駅裏の方に行きた……のぁ～～っ!?）

——ビュウッ！

強い風が吹いて、体が飛ばされる。ころころころと転がされて、荷物やスマートフォンから引き離されてしまう。

「きゃんっ！　きゃう！」

悪いことに横殴りの雨まで降りだして、碧はあっという間に濡れネズミならぬ濡れポメラニアンになってしまった。ぺそぺそに濡れそぼったまま、それでも風がおさまったタイミングを見計らって荷物のところまで戻ろうと駆ける。が、すぐにまた強い風が吹いて、碧はころころと転がされた。

（なんでこのタイミングで風が強くなるんだよ～！）

先ほどまで時折風が吹く程度だったのに、急に強風が吹き荒れはじめた。

「きゃんっ！」

荷物の側に陣取り、四肢を踏ん張ってどうにか風に耐える。

（ぐぎ～～っ！）

が、しょせんは小型犬ポメラニアン。強風に煽られ、転がる一歩手前だ。

鏡で見ているわけではないのでなんともいえないが、多分……真正面から強風を受けとめている今の碧は、ものすごい形相になっているだろう。正面から吹く風に、顔を含め全身の毛が後ろに流れているのを感じるし、力いっぱい歯を食いしばっているので歯茎までむき出しになっている気がする。

風が弱まった隙を狙って体全体で「ぐぎぎ……っ！」とリュックを押して、また風が強くなったらその場で踏ん張って耐えて。そんなことを繰り返して、ようやく駅裏と呼べる場所までやってきて。

碧は「ぜは、ぜは」と荒い息を吐きながら、感動に打ち震えていた。

（とりあえずここで高遠さんを待てば……、っと）

ようやく目的地に辿り着いた達成感で体の力が抜ける。

碧が、へにょへにょと脱力したその瞬間。まるで狙いすましたかのように強い風が、ビュウウウッとその場に吹き荒れた。

「きゃうんっ！」

その風圧を全身に受け、碧は、踏ん張ることもできないままに濡れた地面を転がっていく。

「きゅ、きゃ、きゃひんっ！」

（いてっ、いっ、いでっ！）

ぽいんっ、ぽいんっ、とバウンドするように跳ねながら、碧の体は虚《むな》しく風に煽られ飛ばされる。

そしてそのまま、ポンッと縁石《えんせき》をジャンプ台代わりに跳ね上がって、車道に飛び出しそうになってしまった。

（うわっ、うわっ、うわ！）

さすがにこのままではまずい！　と、脚で宙をかいた……その時。

「……アオっ！」

どこからか名前を呼ばれると同時に、ガシッと体全体を掴まれる。びしゃびしゃに濡れた体を何かに包み込まれて、碧は丸い目をさらに丸くしながら、その「何か」を見上げた。

「アオ、大丈夫か！」

視線の先にいたのは、水も滴《したた》る良い男……ならぬ水も滴る高遠ハヤテだった。

強い雨風の中でもやっぱり高遠は輝いていて、碧はヒュッと息を吸ってしまう。初めて彼をテレビの中に見つけた瞬間からずっと変わらず、彼は美しいし、碧の心臓を高鳴らせてくれる。

（あぁ、綺麗だなぁ）

碧は美しい絵画を見た時のような、そんな感嘆の声をこぼしてから、きゅう、と目を細めた。

高遠は、はっはっと荒い息を吐きながら、そんな碧を両手で強く抱きしめた。

「アオ、……っ、あぁ、びっくりした」

まるで離したらどこかに行ってしまうとでも思っているかのように、高遠は碧を抱きしめる手に力を込める。碧もまた、何がなんだかわからないながらも、高遠の胸に、むぎゅうっと頬を押しつけた。

頭で考えるよりも体は正直で、気がつけば全身がカタカタと小刻みに震えていた。

「寒いのか？　すぐに暖かいところに連れて行ってやるから」

高遠は碧を片手に抱え直すと、もう片方の手で髪をかき上げた。美しい額がまろび出て、思わず状況も忘れて見入ってしまいそうになり、碧は慌ててふるふると首を振る。

「う……っひゃん、ひゃんひゃん」

（高遠さん、高遠さん）

「アオ？　なんだ、ふふっ」

濡れた尻尾をぺちぺちと高遠の腕に叩きつけるように振りながら、心の中で「高遠さん」と繰り返す。耳を伏せて顔を突き出し、ぐい～っと鼻先を高遠の胸に押しつけて。そして碧は「ひゃん」と鳴いた。

「あぁ。俺も会いたかった」

すると思いがけない返事が返ってきて、碧は濡れた耳をピンっと立てた。それが的外れな言葉だったからではない。心の中で「会いたかった」という気持ちを込めて鳴いた声への返事として的確すぎて驚いたのだ。

まるで言葉がわかるようだ、とありえないことを考えて「ひゃん、ひゃん」と続けて鳴く。高遠はその切れ長の目を細めて「俺も」と頷いてくれた。

「高遠さんが、大好き」という気持ちを込めて鳴いた声に対する返事として、百点満点の回答だ。碧はやっぱり驚きながら、それでも嬉しくて、べしょべしょの体を高遠の体に思い切り擦りつけた。

九

広い浴槽の横に用意してもらった大きな桶《おけ》の中、碧はぱちゃぱちゃと水をかきながら浮かんでいた。もちろん一人の力で浮いているわけではなく、両脇を優しく支えられている。

「もうちょっと温まってから出よう」

高遠はそう言って身を屈めると、碧の鼻先にキスをした。ちゅ、と軽い音を立てるその艶やかな唇を見ながら、碧は「くぅ」と行儀よく鼻を鳴らした。


あの後、高遠は文字通り碧を抱え上げて走ってくれた。高遠の宿泊するホテルは、碧のいた駅から本当に近い場所にあり、徒歩でもどうにかなる距離だったのが幸いだった。

小さなポメラニアンにとっては地面を転がされるような風も雨も、人間の高遠にとってはさほどひどいものではないらしく、あっという間にホテルの……高遠の部屋へと運ばれた。それはもう力強い足取りで。

高遠が連泊しているのはやはり普通のビジネスホテルではなく、いわゆるリゾートホテルの高層階だった。犬化症候群の犬であれば宿泊も可能ということで、碧は申請して部屋に入れてもらった。

見るからに高級そうな部屋にびしょびしょのまま入るのは申し訳ない……と思っていると、高遠はすぐに風呂に湯を張って「ちゃんと温まらないと風邪を引く」と碧を風呂場に引き摺り込んだ。

付き合い出してから犬の姿で何度か風呂に入れてもらったことはあった（なにしろ高遠のシャンプー技術はすごい。すごいのだ）ので、今回もそうかと思ったら、なんと高遠まで服を脱ぎ出したので飛び上がってしまった。

「俺も濡れてるから、一緒に入っていいか？」

たしかにそれはその通りで。高遠もまた「一緒に入りましょう」と言い出せなかったことが申し訳なくなるくらいのずぶ濡れっぷりだった。

そしてそのまま、わしわしと全身を丁寧に洗われて、「転んだところは痛くないか？」と全身を優しくマッサージしてくれて。至れり尽くせりのまま風呂を楽しんだ。

そして部屋に戻って、ドライヤーでふさふさになるまで毛を乾かしてもらって。そうこうするうちに気持ちも楽になって……、気がついたら碧は人間に戻っていた。

「碧のお祖父さんが？」

「まぁ……はい」

頬をかきながらこくりと頷くと、高遠が真剣な顔つきで「それは、大変だったたな」と労《ねぎら》ってくれた。

風呂上がり、二人でだらりとベッド（これまたやたらとデカい。二人で乗っても十分ゆとりがある）に横たわりながら、ぽつぽつと今日のことを話していた。ちなみに、碧が宿泊する予定だったホテルには人間に戻ってすぐにキャンセルの連絡を入れた。こちらが急にキャンセルしたというのに「台風だからですね。気にされないでください」と気遣われてしまって、大変申し訳ない気持ちになってしまった。再度きちんと謝罪してから、近日中にキャンセル料を振り込む旨を伝えた。

碧の服は着ていたものもリュックに詰めていたものもみんなまとめてびしゃびしゃに濡れてしまったので、高遠に借りた服を着ている。日頃それほどサイズの違いを意識したりはしないのだが、やはり彼の服は大きい。

指先にかかったシャツの袖を握りながら、碧は今日こうやってここにいる理由を話した。高遠はもちろん驚いた様子だったたし、祖父のことを話すと心配してくれた。そして祖父の怪我がひどくないことを知ると、まるで我が事のように「よかった」と喜んでくれた。高遠が自分の家族のことを気遣ってくれるのは、嬉しいような、それでいてむず痒いような、変な心地だった。

高遠の方もまた、沖縄でのドラマ撮影のことや、また、スパメテの新曲MVの撮影のことを話してくれた。どうやら昨日今日はスパメテの仕事の方にかかりっきりだったらしい。

「まぁ、うん。新曲の方は無事に撮影も終わった」

そう言う高遠はなんだかとても楽しそうで、彼が俳優としての仕事とは別に、スパメテの活動もやはり大切に考えているのであろうことが伝わってきた。碧は眩しいものを見るような心地でベッドに腰掛ける高遠を見つめて、そして「すみません」と謝った。

「なにが？」

突然の謝罪に驚いたのだろう、高遠が切れ長の目を見開いて、瞬かせている。

「この間の、あの、ドッグランに泊まった時のこと、ずっと謝りたかったんです」

ひと息にそう言い切って、ふ、と息を吐く。と、高遠はますます不思議そうな顔をして「なにが？」と繰り返した。

「どう考えても、悪いのは俺だし」

「いや、違います、俺が……」

「いや」

「いやいや」

お互いもごもごと「俺が悪い」「いや俺が悪いんです」と繰り返して、結果変な沈黙が生まれて……、そして、二人して顔を見合わせて笑ってしまった。

ひとしきり笑った後、碧は「はぁ」と目尻に溜まった涙を拭う。

「高遠さん、俺……」

「ん？」

「俺……」

「どうした」

何度か口の中で言葉を転がしてからようやく話を切り出すと、高遠は優しい笑みを浮かべて、続きを促してくれた。その笑顔に励まされて、碧はぽつぽつと言葉を紡ぐ。

「俺、色んなこと、ちゃんと言葉にしてなかったなって、気付いたんです」

ここ数日考えていたことを、迷いながら、それでもちゃんと言葉にしようと、碧は話を続ける。

「好きとか、会いたいとか、キスしたいとか。そういう、恋人として大事なこと」

シャツの裾から覗いた指先を折り曲げて数える。高遠はそんな碧の指先をじっと見ていた。

「俺って犬化症候群じゃないですか」

わかりきったことを、確認するように口にしてみる。高遠は少し目を見張った後、それをゆるりと細めた。

「そうだな」

高遠の肯定に微笑みを返しながら、碧は自分の手を見下ろす。

「犬化症候群って、気持ちの動きがすぐに伝わるっていうか、嬉しいも悲しいもすぐにわかっちゃうから。わかっちゃうからこそ、怠《おこた》ってしまったっていうか」

言っているうちに恥ずかしくなってきて、碧は照れ笑いをこぼしながら「でも」と続ける。

「ちゃんと言葉にしなくちゃ、伝わらないってようやく気付いて」

ゆらゆらと揺れていた指を、ぐ、と握りしめる。すると、その拳に長い指が触れた。高遠の指だ。

高遠の指は、そっと寄り添うように碧の拳に触れ、そして包み込むように握りしめてくる。碧は口端を上げて拳をゆるゆると開き、高遠の指に指を重ねた。

「高遠さん、好きです」

人差し指の腹と腹をくっつける。同じ人差し指だけど、高遠のそれと碧のそれは違う。けれどたしかに触れ合っているし、やがて同じ温度へと変わっていく。

「高遠さんの『会いたい』って言葉、嬉しかったです。……俺も、会いたかった」

祖母の「片手《かたて》さーね、音《おと》ぅ出《で》じらん」という言葉が、胸の中でくるりと回る。片手では駄目なのだ。ひとりよがりでは駄目なのだ。ちゃんと手を差し出して「ここだよ」と伝えなければ。言葉にして、伝えなければ。

「これからは俺ももっと、好きとか、会いたいとか、ちゃんと言葉で伝えるようにしますから」

重なった手のひらを一度離して、ぱちん、と打ち合わせる。思ったよりも良い音が響いて、碧は思わず笑ってしまった。

「高遠さんばっかりじゃなくて、俺も、高遠さんのこと好きですからね。アイドルの高遠さんも、そのままの高遠さんも、全部」

以前高遠が「俺ばっかり好き」と言ってきたことを思い出した、ふん、と鼻を鳴らす。恋人のことを好きすぎるのは、高遠だけの特権ではない。碧だって一緒だ。

その瞬間。高遠に繋がった手を思い切り引っ張られた。「わっ」と漏らした声は、抱きしめられた高遠の胸の中に吸い込まれていく。

「アオも俺が好きなのか?」

「ええ？　だから、好きですって」

くぐもった声で問われて、碧は躊躇いながらも頷く。

「好きすぎて困ったりする？」

「へ？」

なんですかその質問、と思ったが、そういえばそうだな、と思い返して「ありますよ」と頷いた。

「今も。こんな風に抱きしめられて、嬉しすぎて困ってます」

こんなに嬉しいといつ犬化してしまうかわからない。

正直にそう伝えて、高遠の背中に腕を回して抱き返す。と、高遠が「うう」と低く唸った。

「嬉しい。……けど、困る」

「へ？」

つむじのあたりに高遠の吐息を感じて、くすぐったさに身を捩《よじ》る。が、高遠はそんな碧の体を、自分の体でもって包み込む。

「これ以上好きになったらどうすればいい？」

「ふはは、高遠さん何言って……」

彼にしては珍しい冗談だ。碧は首を振って高遠の拘束から抜け出すと、顔を上げた。

「高遠さん？」

と、至極《しごく》真面目な……というかどこか思い詰めたような目をした高遠の顔があった。筋張った首筋からシャープな顎、白い肌に嘘のように整った顔が乗っかっている。そんな、美の結集のような顔をした男が、目を泳がせて動揺している。

「アオが可愛すぎて困る。これから先もっと困ることになりそうで困る」

困る、困る、と言いながら、高遠がその長い脚を碧の体に巻きつける。

「わっ」

「アオ、碧、あぁもう……。俺を好きになってくれて、ありがとう」

「なっ、なんですか、急に」

「俺も、もっと正直になる」

「今以上にですかっ?」

高遠からの言葉はもう充分に貰っていると思っていたが……、だが、高遠は力強く「あぁ」と頷く。

「織嶋に、俺は言葉が足りないと言われた」

「え、え、織嶋って、スパメテの……」

「そう」

なにがなんだかわからないが、高遠自身は宣言できて満足そうだ。

脚も、腕も、碧より長いそれが体に巻きつく。背中を撫でて、頬を摑んで鼻先にキスをして、ごろりと転がって、上になって下になって。最初は目をぐるぐると回すしかなかった碧も、そのうち笑ってしまう。

「まぁじゃあ、お互い素直に気持ちを伝えるってことで?」

「そうだな」

「……あっ! でも、もちろん『高遠ハヤテ』の仕事の邪魔をするようなことはしませんし、言いませんから。そこのところは今後も絶対によろしくお願……」

「わかったわかった」

高遠もまた笑いながら、碧に触れる。互いの頬に触れて、手に触れて、足先を擦らせて。くすぐったくて笑って、幸せで笑って。そして、どちらからともなく抱きしめ合った。

何度も頬を唇が掠《かす》めて、嬉しくなる。と、高遠が少し顔を離して、首を傾げた。

「嫌じゃないか？」

碧は眉を上げて、いたずらに笑ってみせる。素直になると言ったそばから、嘘をつくわけにはいかない。

「嫌じゃない。嫌じゃないし、怖くもないし、嫌いじゃないですよ」

高遠の頬に手を添えて、自分の方からキスをする。ちゅ、ちゅ、と短く二回。そしてゆっくりと三回目を。

「ん……、む」

少しだけ開いた高遠の唇の隙間に、舌を差し込む。そのまま、奥の方にある高遠の舌先をツンとつついた。

「嫌じゃ、ない？」

「やじゃないですよ。……この間は、あの状況でするのが嫌だったってだけで、高遠さんとこういうことをするのは全然、嫌じゃないです」

この間、というのがいつの話のことかわかったのだろう。高遠は一瞬悲しげに眉を下げたが、碧の言葉を最後まで聞いて……そして長い睫毛を何度か瞬かせた。

「そうか」

嬉しそうに微笑んだ後、はっ、と何かに気付いたように碧の頬を指で撫でた。

「じゃあ、いつもキスをすると犬化しそうになってるのは……拒否してるわけじゃないのか？」

高遠にしては珍しく、言い淀むように告げられた言葉。碧はその質問を頭の中で繰り返した後「拒否……拒否っ？」と素っ頓狂な声をあげて問い返した。

「えっ！　しっ、してませんよ！　あれは、うっ……」

「う？」

今度は碧の方が言い淀んで、そして熱くなった頬を手の甲で押さえながらなんとか言葉を絞り出す。

「うー……れしくて、変身してるだけ、……んむっ」

言い終わるか終わらないかのうちに、キスをされる。唇を舐められ、こじ開けられ、出したままだった舌を、ぢゅっと吸われる。そのまま舌と舌を絡めるように撫でられ、吸われ、上顎をこしこしと擦られて。

「は、へぇ……？」

口を離される頃には、頭も舌もしびしびと痺れていた。碧は、はへ、と情けない顔でしまい忘れた舌を出したまま首を傾げる。

「それって、してもいい、ってことか？」

「いい……？」

一緒にいる時はあまり見たことのない、どちらかというとたとえばライブ中などに時折見せる雄くさい目で睨むように射すくめられて。碧は「え？」とほんの少しだけ高遠から距離を取るように退がる。

……が、その体はあっという間に捕らえられて、気付いたら今までで一番深い口付けを食らっていた。

十

「んっ……あっ、あ」

体の中を探られて、意思と関係なく足先が上がる。と、顔の前で交差していた腕を持ち上げられて、明るくなった視界に眉を顰めていると、ぼんやりと人影が見えてきた。

「アオ、顔が見えないと気持ちいいかわからない」

「う、あぅ……たかと、さん」

脚の間に陣取った高遠は、碧の片脚を小脇に抱えながら、ぐっと腕を動かす。

「あっ、あっ」

開かれる感覚に、碧は腰をぐんと反らせる。が、それは高遠の手によって宥《なだ》めるように押さえつけられる。

どこを開かれるのかというと、今まで誰にも……もちろん自分でも触れたことのない穴、尻穴だ。

もはや小一時間以上、碧はその慎ましくすぼまった穴を優しく慣らされ続けている。

「気持ち良すぎないか？」

「うっ、うぅ〜」

居た堪れないほどの恥ずかしさに、碧はひくっとしゃくり上げながら頷く。それでも生理的な涙は止めることができず、目尻から流れたそれはほろりとこめかみに流れていく。

それを無言で見守った高遠は、は、と短く息を吐くと、あっさりと身を引いた。それに伴って尻穴からも彼の指が、ぬぷ……っと抜けていく。碧は「んんっ」と腕を突っ張って股間を突き出すように仰け反る。が、すぐさま、キッと責めるような目で高遠を見やった。

「あっ、駄目、駄目です。抜いちゃ……」

挿《い》れてくれ、とねだるように、脚の間にいる高遠を両膝でぎゅうっと挟み込む。

高遠は何かを耐えるように眉間に皺を寄せた後、深く溜め息を吐く。

「アオ」

名前を呼ばれて、碧は「ずび」と鼻を啜ってから高遠を見上げた。

「泣いても、ん、やめないでくださいよ」

「やめる」

すげなく断言されて、碧は喉奥で唸る。

「どっ、どこまでの気持ちよさならポメ化しないか調べないといけないのに」

「それで泣かせてちゃ意味ない」

「これは……気持ちよくて泣いてるんですっ」

半ばやけになって言い切ると、高遠が「あぁ……」と低い声を出して手のひらを目元に叩きつけた。

パシッと乾いた音に驚いて、碧はびくっと体を縮めてしまう。

「そういうこと言われると本当に我慢できなくなるから、お願い、勘弁してくれ」

(そういうことって、どういう)

もう何がなんだかわからなくて、碧は再び「ずび」と鼻を啜ってから、こくりと素直に頷いた。

碧が高遠とのキスやそれ以上のことも嫌ではない、とちゃんと伝えてから、高遠の行動は早かった。

「必要なものを準備してくる」

とあっという間に部屋を飛び出して、十分後に戻ってきた時には腕に重そうなビニール袋をさげていて。ばらばらとベッドの上にひっくり返されたその中身はなんと……。

「ローション、に、コンドーム……」

そう。明らかに「そういう行為」に必要なものばかりで。どかん、と頭のてっぺんから噴火しそうな勢いで動揺した碧は、危うく今夜二度目のポメ化をしそうになった。

その時はすんでのところで耐えたものの、そこで碧と、そして高遠は大変なことに気がついたのだ。

「このままだと、行為の最中に犬化しかねない」と……。

もちろん、自分が犬化症候群であるという自覚は常にあったし、恋人同士としていつかは性行為にも及びたいという気持ちもあった。だが、そのふたつがきちんと結びついていなかったのだ。

碧の感情が振れすぎると、セックス云々《うんぬん》関係なく犬化して大変なことになるのだ、と。

そこから二人で膝を突き合わせて「どうする」「どうしましょう」というのを話し合って……、碧の方から「とりあえず犬化しないぎりぎりを攻めながら、エッチしたい、です」と提案した。

せっかく素直な気持ちを伝えて、お互いに想い合っていて、かつ二人ともキス以上のこともしたいと考えていて。その上必要な道具も揃えてもらって……。ここまで来たらやれることはなんでもやりたかったのだ。

というわけで、まずはゆっくりとしたキスから始まり、服を脱いで、体に触れ合って、そして……と進んで、ようやくローションで碧の尻穴を解すまでに至ったのである。

ちなみに「どちらが挿れる側で、受け入れる側になるか」という話し合いは碧の方から「俺が、挿れられる方がいいです」とおずおず主張した。そこはもう、以前から考えていたとおりなので不満も何もない。高遠の方は「碧がそれでいいなら」と特段何も言うことなく受け入れてくれた。

その頃にはもう、最初のキスから既に二時間以上経っていた。この部屋に着いたのは夕方だったのに、もうすっかり夜だ。

口腔が蕩けそうなキスをされたり、初めて人の手で陰茎に触られたり、優しく壊れものを扱うように尻穴をくにくにと解されたり。そのたびに碧は気持ちよくて、堪らなくなって、「あっあっ」と高い声をあげながら犬化しようとした。……が、どうにか耐えた。耐えたのだ。

(まさか、犬化症候群にこんな弊害《へいがい》があったなんて)

碧は半泣きになりながらもどうにか踏ん張った、が、何故か犬化を耐える碧よりも先に、高遠の方が音《ね》を上げた。

曰く……。

「碧が泣くと、どうしても胸が痛くなるし、快感に耐える顔を見ているとこっちが我慢できなくなる」

ベッドの上、あぐらをかくようなポーズで膝に手を置きながら、高遠はそう断言した。

高遠はたとえ裸だろうと、その神々しさを失わない。それどころか綺麗な肉体美と相まって余計に眩《まばゆ》さを増す。

そんな裸の高遠は、股間まで丸見えなのにも関わらずキッと鋭い視線で碧を見据えている。ちなみに股間の中心は臍《へそ》につきそうなほどに反り返っている。涼しげな顔と相反していて違和感が凄いが、高遠が碧との触れ合いでそうなってくれたというのなら、素直に嬉しい。

だからこそ「じゃあ、とりあえず今日はここまでで」なんて言って終わりたくないのだ。いけるところまでいきたいし、限界をきちんと見極めたいし、叶うことならちゃんと体も繋がりたい。

「だから、我慢、しなくていいですって」

碧はベッドに仰向けになったまま、む、と唇を尖らせる。正確には仰向けというより背中にクッションやら枕やらをこんもり敷いてもらっているので、半ば身を起こすような体勢だ。先ほどまでいじられていた尻穴はいまだしとどに濡れそぼっているし、指の二、三本なら飲み込めるようになっている。

高遠の陰茎は体格に見合って立派なのでなんとも言えないが、まぁ、半分くらいなら問題なく挿入できる気がする。

「我慢する。アオに苦しい思いさせるくらいなら」

長い睫毛を伏せるようにしながらそんなことを言われて、嬉しいやら恥ずかしいやら、碧の心中は大変なことになった。碧は内心「んんん」と呻きながら、裸の腹の上に手をのせる。

「苦しくないですって。や、苦しくてもいいんです」

発破《はっぱ》をかけるつもりでそう言って、碧は比較的なだらかな自分の腹を撫でた。

「俺は、高遠さんと……最後までしたい」

そう言い終わると同時に、ふわ、と口付けが落ちてくる。それはもちろん、高遠の唇だ。

「……わかった」

腹に置いた手に、高遠の手が重なる。その手は碧の手の甲を撫でてから、ゆる、と鼠蹊部《そけいぶ》を撫でた。

「？　……あっ」

そのまま、く、と下腹を押されて、碧は驚いて声を出す。が、それがあまりに艶めいたもので、驚いて口を押さえてしまう。

「さっきまで、穴の方からずっと腹の中を刺激してたから。気持ちいい？」

臍をくすぐられて、そのまま陰茎の根本近くを緩く指の腹で、く、く、と押される。

「あっ、あ」

途端、どうしようもなく口が開いて、喘ぎ声のような声が出てくる。腹を撫でられ押されているだけなのにそんな声が出るのが恥ずかしくて、碧は下唇を噛んだ。

「犬化しないくらいの気持ちよさや痛みを探るって、アオが気持ちよくなるたびに自制して、我慢してを繰り返すことだから。多分、本当に、かなりきついと思う」

「んっ」

高遠の言う通り、今日は気持ちよくなっては我慢して、「あ、気持ち良すぎるから、一旦ストップ……でっ」とまるで射精の寸止めのようなことを繰り返している。だからこそ、中途半端に蓄積された快感のせいで、こうやって腹を撫でられるだけで達しそうになっているのだ。

ただ、不幸中の幸いというかなんというか。高遠が丁寧に扱ってくれるから、痛みの方はまったくといっていいほどない。

「別に今日じゃなくても、ゆっくり時間をかけてちょうどいいところを探してもいいんだ」

「ん……」

たしかに、今日だけではなく、何回も時間をかけていけば「ちょうどいい」が見つかるかもしれない。

だが碧は、ゆっくりと、しかしはっきりと首を振った。

「今、したい。高遠さんと、今、繋がりたいんです」

はふ、と何度も息を吐きながらどうにかそう告げると、高遠が腹を撫でていた手を陰茎に添える。

「……わかった」

溜め息とともにそう言って、高遠が碧の陰茎を上下に擦る。

「ん、ん」

既に先ほどからだらだらと先走りを流し続けているそこは、しっとり濡れていて。高遠の手が動くたび、ちゅ、ぬちゅ、と湿った音を立てる。高遠が親指の腹を亀頭の括《くび》れ、ちょうど裏筋のてっぺんあたりに当てて、くるくると優しく回す。

「んっ、っあー！」

高遠の滑らかな指の腹は、そのまま碧の敏感な亀頭を擦る。途端、とぷ、と鈴口から先走りが溢れるが、高遠はそれすら潤滑剤のように使って、さらに亀頭をいじめる。

「ひっ、ん」

「でも、きつかったり辛かったりしたら言ってくれ。あと、あんまり泣いててもやめる。俺は、アオの涙に弱い」

くるくると回していた指を、今度は、とん、とん、と亀頭を軽く叩くようにタップされて、碧はガクッと仰け反りながら「あっ、んっ」と情けない声を漏らした。それでも、こくこくと一生懸命頷く。

「わ、っかりまし、た。んっ」

高遠の親指が亀頭から離れるたびに粘着質な糸を引く。指でリズミカルに叩かれるだけで、どうしてこんなにも気持ちがいいのか。碧は頭の中に「?」をたくさん浮かべながら、それでも高遠から与えられる快感に翻弄される。

「んー……あぁっ」

陰茎を苛《さいな》むのとは反対の手で、高遠が碧の尻穴に手を伸ばす。

「だいぶ解れてきたな」

高遠の言う通り、碧の尻穴は高遠の指をあっという間に二本飲み込み、あまつさえ、ちゅぱちゅぱと味わうようにそれを締めつけている。内部の肉壁、そして穴の縁のその淫猥《いんわい》な動きが自分でもわかって、碧の頬が熱くなる。

「ん、すみません……なんか、体が」

勝手に、とこぼすのと同時に、高遠が碧の陰茎の根本を握る。と、親指を裏筋に押し当てたまま、きゅぅー……っと先端まで擦り上げた。裏筋……尿道の中に溜まっていた先走りが、ぐぅっと一気に押し上げられて、先端から玉のような雫《しずく》になって溢れてくる。

「あっ？　あ、あんっ？　ん――っ？」

わけがわからないまま、あまりの気持ち良さに碧の腰が無意識にかくかくと前後に揺れる。と、快感で緩んだタイミングで、尻穴の方にも指を増やされて、一気に奥まで差し込まれた。

「んっ、やっ、やぁ！　気持ち、気持ちよすぎ、ってっ」

無理だ、無理だ、と碧は必死に首を振る。高遠は陰茎を摑んでいた手をパッと離して、今度は碧の中……尻穴をいじる。長い指を、くっと腹側に折り曲げて、指先をある一ヶ所に擦りつける。

「んっ、あっ、あぁー……っ、やぁっ」

そこは、先ほど穴を解されている時に教えられた前立腺、だ。そこをとんとんと刺激されるだけで、碧の腰は勝手に上がる。

「アオ、ほら、力を抜いて」

高遠は、ぐぐっと浮かび上がった碧の腹を、ぐぅ……と優しく押す。先ほど、撫でられるだけで気持ちよかった、あの場所だ。

「っう、うぅ〜〜っ!?」

とぷっ、と射精したかと思うような量の先走りが、陰茎から溢れる。とぷ、とぷ、とそれはしばらく続き、碧の理性を奪う。大きく目を見開いたまま、碧は「やっ」と鋭く声をあげた。

「だ、だめっ、一旦、あっ、気持ちよくて……なっちゃう、なっちゃうからっ」

必死に首を振りながら、碧は「待って、なる、犬になるぅ」としゃくり上げる。高遠はそんな碧の腹から手を離し、穴の方を責める指も、その場でやわやわと回すだけにとどめる。

「大丈夫?」

「だ、いじょぶです」

ゆっくりとした刺激に、どうにか快感を逃した碧は、呆然《ぼうぜん》としたまま頷く。

はふ、と息を吐くと、高遠が気遣わしげに頬に口付けてきた。

「アオが我慢してる姿」

碧の頬に唇を残したまま、高遠がそこで囁く。低い声に耳朶《じだ》をくすぐられて、碧は「う?」と熱い吐息で先を促す。

「かわいそうなのに、同じくらい可愛くて、……おかしくなりそうだ」

はぁ、と困ったような、それでいてやたら艶めいた吐息を耳元で感じて、碧は腰を震わせる。

「俺も、おかしくなりそう、ってか、おかしくなってます」

腹の上は先走りでべちょべちょだし、尻穴はまるでそこだけが意思を持った生き物のようにひくついて、わないて、高遠の指を甘く締めつけて離さないし。犬化しないように意識しながらセックスをするのは、とても難しいし、苦しい……けど、同時にとても気持ちいい。

碧は力の入らなくなってきた脚に力を入れて、間に挟まる高遠をゆっくりと締めつけた。

「そ、ろそろ、中に挿れても、大丈夫な気が……します」

おずおずと、自分なりの精一杯で誘うと、碧の頬のあたりに顔を埋めていた高遠が、そのままの体勢でゆっくりと指を引き抜く。

指をしっかりと締めつけていた穴の縁が、離さない、とでもいうように、くにゅ、と高遠のそれにまとわりついているのが自分でもわかった。が、どうしようもない。碧はせめて高遠がそのことに気付いていませんように、と思いながら彼の肩に手を回した。

ぬぽっと濡れた音がして指が抜けて、高遠が身を起こす。

「んっ」

「アオ、無理してない？」

優しく気遣うような、それでいてどこか切羽詰まったような声で問われて、碧は意識して頬笑みながら頷いた。

「全然、無理してない、です」

「そっか」

頷いて、高遠が枕元に放っていたコンドームを手に取り、手早く装着する。その様子を見ているだけで、ばくばくと心臓が高鳴り、碧は小さく息を呑む。

「早くしないと、ドキドキして、犬になっちゃいそうです」

急かすと、髪をかき上げていた高遠が、口端を上げて笑った。

「そりゃあ、早く挿れなきゃな」

その、色気に満ちた顔をなんと表現すればいいのか。汗ばんだ肌に、熱に浮かされたような黒目、色っぽい唇。碧は、ごく、と喉を鳴らしながら、自身の足が持ち上げられるのを見ていた。

（た、かとうさんの顔見てるだけで、犬化しそう）

「後ろから挿れた方が楽かもしれないけど、どうする？」

ドキドキと高鳴る胸を押さえていると、高遠が優しく問うてきた。碧はほとんど悩むことなく首を振る。

「そのまま、顔を見ながら挿れて欲しい、です」

叶うなら、ずっと高遠を見ていたい。高遠に抱かれているのだと、体でも、目でも確かめていたい。

高遠は「わかった」と短く頷くと、碧の太腿の裏を抱え、腰を浮かせる。そしてそのまま、ぐっと片脚を曲げさせると、自身の体を捩じ込ませる。

「俺にできる限り優しくする。けど、痛かったり、苦しかったら言ってくれ」

そう言って、高遠はぐぐ……っと腰を進めてきた。熱い陰茎の先端が、散々解された穴に触れ、亀頭が肉壁をゆっくりとこじ開けていく。

「んぅ……っん、あぁっ！」

高遠の陰茎の一番太いエラの部分が、くぽっ、と穴を広げて、それでも止まることなく進んでくる。そのまま押し入られて、碧は「はっ、はっ、はぁっ」と快感を逃すように短く何度も息を吐く。気を抜くと、すぐに犬化してしまいそうだった。

ゆっくり、ゆっくりと時間をかけて、高遠のものが碧の中に埋まっていく。

「入っ、たぁ……」

犬化することなく繋がれた嬉しさで、じわりと目に涙が溜まる。感動のあまり「入った、中、高遠さんの」と繰り返して、腹を撫でる。と、高遠が「ぐっ」と短く唸った。

「……俺の方が、犬化しそうだ」

「え、え？ ……っあ！」

どういうことだろうか、と思っているうちに、両側から腰を掴まれる。それだけで体内の陰茎を意識してしまって、尻穴が勝手にひくひくと震える。

「今日は、このくらいで」

「う?」

は、と息を吐いた高遠の言葉に自分の股間を見下ろす。が、さすがに尻穴の方までは見えない。碧はシーツを握りしめていた手を、おそるおそる後ろ手に回し、尻に触れた。

「ん、あ……っ?」

入った、と思っていた高遠の陰茎の幹が、指に触れる。どうやらすべてが収まりきってはいないらしい。

「んー……、全部、挿れたい……」

震える腕でシーツを摑み、どうにか体をずり下げようと試みる、が、それは高遠の手で阻まれた。

腰を摑まれ、ぐっ、と回すように動かされる。途端、砕けるように腰から力が抜けて、碧は「あっ、あっ」と情けなく眉根を寄せた。

「高遠さ、んっ、ちゃんと、全部……っあ」

挿れて欲しい、と涙の浮かんだ目で必死に訴えるも、高遠は緩く、しかしきっぱりと首を振った。

「駄目」

高遠はそう言うと、再度碧の腰を抱え直し、何度か腰を揺する。

「駄目って……、あっ！」

何か言いたいのに、高遠の陰茎が軽く出入りするだけで何も言えなくなって、碧は「……っつ」と言葉にならない声を嚙みしめる。

「んっ、はっ、はぁっ」

犬化しないように快楽を逃すので精一杯だ。

それでも、碧は高遠に縋るように腕を伸ばした。

「高遠さん、たかと、さ」

「なに？」

高遠がわざと上半身を下げて、碧の腕が自分の肩にかかるようにしてくれる。しかしその間もゆるゆると腰を動かして、碧の尻穴を蹂躙するのをやめない。「あっ、あっ」とその動きに押し出されるように声を出しながら、碧は高遠にしがみつく。

「ごめ、なさ、ちゃんと全部、できな……、んっ」

「できてる、十分……気持ちいい。最高に、気持ちいい」

アオのここ、と穴の縁を指でなぞられて、碧の背をぞくぞくぞくっと痺れにも似た快感が駆け抜ける。ちゅぱっちゅぱっ、と味わうように尻穴が陰茎をしゃぶるのを止められない。碧は気持ちいいと恥ずかしいの狭間《はざま》で「高遠さん」と目の前の高遠に助けを求めた。高遠こそが碧を苛んでいるのだが、同時に縋れるのも彼しかいない。

「たかと、さん、っ……あっ、いいっ、あっ、んんっ」

気持ちよくて、とろとろと思考が溶けていく。高遠の陰茎は的確に碧の気持ちいいところを抉《えぐ》って、押しつぶして、捏《こ》ねてくる。さらに左手で今まさに陰茎の入っている腹を、く、と押されて。碧の目の前でちかちかと光が弾ける。

がくっと仰け反り、喉をさらしながら、碧は「うぅー……っ！　気持ち、いいよぉ」ともはやうわ言のように「気持ちいい」を繰り返す。

「あ、っ、あっあっ？」

何か大事なことを忘れている気がして、碧は「なんだっけ」と首を傾げる。穴も、中も、腹も気持ちよくてだんだんと何もかもがどうでもよくなってくる。

「アオ、アオ……っ」

高遠の切羽詰まったような声を聞きながら、碧はゆるゆると無意識のうちに首を振った。

「アオじゃな、碧ってぇ、あおいって、ちゃんと、呼んで……っ」

アオは犬の名前なのだから、とそこまで考えて、碧は「大事なこと」を思い出す。

「あっ、だめ、そんな激し……っとぉっ」

じゅっ、じゅぱっ、と粘膜同士が擦れ合う音がする。慣らす時に穴の中に嫌というほど注ぎ込まれていたローションが、高遠が陰茎を挿れるたびに、だらだらと漏れて、垂れて、シーツを濡らしていく。

「いぬ、犬になるっ、なっちゃう、からっ」

高遠の肩に回していた腕に力を込める。動きを止めようとしているつもりなのだが、高遠は身を屈めて、同じように抱き返してくる。ぎゅう、と体が密着することで、より一層繋がりが深くなり、碧は投げ出された脚を、ぴん、と伸ばした。

「おっ、う……っ！　んっ、駄目っ、だめだめだめっ、あっ、やぁっ、我慢、できなくなるっから」

本能が、気持ちがいい、と、良すぎる、と。このままでは犬になってしまうと告げている。ひくひくと鼻を蠢かしながら、碧は「だめぇ」と泣きじゃくる。

「碧、碧……っ、悪い、あと、少しだけ」

「んっ、んうっ」

体ごと包み込むようにきつく抱きしめられて、口付けられて、涙声ごとその口腔に飲み込まれていく。髪をかき混ぜるように頭を抱かれて、舌を絡ませるような口付けをされて。碧はもはや「あえっ、う、あうう」と、それこそ犬のように喉を鳴らしながら、きゅんきゅんと鼻を啜る。

「碧、つっ、碧、……っ、好きだ」

「うぅ～っ、らめ、らってぇ」

口付けの合間に熱く愛を囁かれて、ありえないほどに胸が高鳴る。そのまま「好きだ、好き」と何度も何度も告げられて、碧はめろめろに溶けていく。

「っ、出る」

「あっ、あっ、熱い、あぁ……っ！」

最後に、陰茎が全て入るのではないかという勢いで尻穴を穿《うが》たれ、碧は仰け反りながら脚を伸ばし、その体勢のままひくひくと震える。やがて尻穴の奥に熱い奔流《ほんりゅう》を感じて「あ、ひぃ」とか細い声を絞り出した。同時に、自身の陰茎からも精液が迸《ほとばし》る。

「んーっ、ん、あっ、あぁ……？」

しかしそれは射精というほどの勢いはなく、とろとろと、もったりとした精液をこぼすだけだった。まるで穴の奥を刺激されたことで押し出されたような吐精に、なんだか無性に恥ずかしくなる。

高遠もまた、ぎゅう、と強く碧を抱きしめたまま、どく、どく、と精を吐き出して。そして「は、ぁ」と熱い吐息をこぼした。しばらくして、ずる、と体内から高遠が出ていく気配がした。瞬間、ひく、と少しだけ腰が揺れてしまった。

(なん、とか……)

ぜは、ぜは、と荒い息を吐きながら、どうにか犬化しなかったことに感謝する。何度か危うい場面はあったが、ギリギリのところで耐えることができた。

碧は高遠の腕の中で「はぁー……」と深い深い溜め息を吐いてから、体の力を抜く。

「碧、ん、碧」

「わっ、ちょっと、ふはっ」

と、力を取り戻したらしい高遠が、碧を押しつぶすように覆い被さったまま、ちゅ、ちゅちゅ、と何度も頬や鼻先、顔面中に口付けを落としてくる。

「高遠さ、んわっ、犬になるっ犬になっちゃいますからっ」

ちゅう、と吸いつかれて、頭にも耳にも何回、何十回とキスをされて、だんだん笑えてくる。

碧は「わはは」と笑いながら高遠をいなし、高遠もまたどこかふざけたような態度で碧にキスをする。

(あー……、やばい、やばいくらい幸せだ)

碧はふわふわと笑いながら、それでもやはり高遠を押しのける。

「犬になりますって!」

二人してそんなことをしながらじゃれ合って、キスをして、抱きしめ合って……。

そんな甘いやり取りは、碧が本当に犬化してしまうまでずっと続いたのであった。

*

『今日は大人気ドラマ「離島学校《りとうがっこう》」の特集です。や〜、大人気ですねぇ』

『若者の間だけじゃなくて、幅広い世代に楽しまれてるっていうのが人気のポイントですかね』

朝の情報番組で、コメンテーターが楽しそうに盛り上がっていた。同局の人気ドラマということでわざわざドラマ映像を切り取ったパネルまで準備されている。

高遠はテレビには目も向けず、出来上がったフレンチトーストをフライパンの中から二枚の皿に移した。音がないのは寂しいので、朝は音楽を流していることが多いが、今日はテレビにしている。

「『離島学校』特集があるから絶対に観るんです！」

というのは、高遠の恋人である碧が昨夜一生懸命語っていたことなのだが……、当の本人はまだ夢の中である。ちら、と寝室の方を見やってから、高遠は苦笑いをこぼした。

さて、とフレンチトーストに向き直り、ブルーベリー、クランベリー、さらにカットした苺をのせて、テーブルに運ぶ。既にサラダとスープが並んだその食卓の中心にそれぞれフレンチトーストの皿を置いて。首を傾けてテーブルの上を確認してから「ん」と小さく頷く。

『主演の高遠ハヤテさんの演技がね、また素晴らしいんですよ！』

『そうそう、まさかあのクールな高遠さんが熱血教師を演じるなんて。でも、そのギャップがいいと評判なんですよね～』

『ねぇ～』

コーヒーメーカーのスイッチを入れてから、寝室に向かう。

寝室のベッドの上、その真ん中に陣取るように、毛玉……ならぬ一匹の犬が「ぷぅぷぅ」と鼻を鳴らして寝ていた。思わず吹き出しそうになりながら、高遠はベッドに乗り上げる。

「アオ」

名前を呼ぶと、ひく、ひく、と鼻が動く。しかし目はしっかりと閉じたままだ。相変わらず開いたままの口からは、小さな舌がぺろんとまろび出ている。

「アオ、アーオ」

ベッドの上を進むと、沈むベッドに合わせて、碧の体がころんと転がる。仰向けになった碧は、それでも気持ちよさそうに寝ていた。ぷぃー……と、長い鼻息を吐く碧を見て、高遠は耐えきれずに吹き出した。

『高遠さん、なんだか最近は感情表現が豊かになったと話題で』

『芸能ジャーナリストの間では恋人ができたのでは、と騒がれているとのことですが……どうでしょうねぇ』

『やー、高遠ハヤテさんに恋人となるととんでもない騒ぎになりそうですが』

『悲しむ女性や、あるいは男性も多いのではないでしょうか』

相変わらず、リビングのテレビからは明るい声が聞こえてくる。

高遠はその内容よりも、可愛い恋人の腹毛の方が気になる。そっ……と手を伸ばすと、むず痒そうに前脚と後脚で宙をかく。

きっとあと数分もしないうちに、碧は目覚めるだろう。朝のブラッシングが終わる頃には、きっと人間に戻るはずだ。そうしたら今度は、キスをしよう。いや、その前に犬の碧にキスをするのも悪くない。

「わん」と鳴く碧にキスをして、抱きしめて、そしてたくさん撫でるのだ。

「碧、おはよう」

素晴らしい朝の光景に思いを馳せながら、高遠は幸せな気持ちで可愛い恋人の腹に手を当てる。ふく、ふく、と大きくなっては小さくなるその温い腹は、碧がたしかに「そこにいる」ということを教えてくれる。

それは、とても幸せな感触だった。

あとがき

初めまして。伊達きよと申します。この度は『わんと鳴いたらキスして撫でて』をお手に取ってくださり、ありがとうございます。


今作は「犬」をテーマに書いた作品になります。

突然ですが、私は犬が好きです。表情豊かな顔も、脚も、尻尾も、肉球も、名前を呼んだら「呼びました?」という期待のこもった目で見てくるところも。撫でているとたまに後ろ脚が動いちゃっているところも、かふかふと一生懸命水を飲むところも。好きな瞬間をあげたらきりがなくなるくらいに、可愛くて、格好良くて、愛しくてたまらなくなります。

今回はそんな犬に変身してしまう「犬化症候群」という病に罹《かか》ってしまった碧が主人公の話です。本物の犬とは違い、中身は人間の碧。そんな彼が犬になったり人間になったりを繰り返しながら、憧れの人に恋をし、成長していくところを見守っていただけましたら幸いです。

物語はここで終わりとなりますが、登場人物達の人生はこれからも続いていきます。

犬化症候群と上手に付き合いながら仕事に励み、推し活に励み、恋人である高遠とも仲良く過ごそう……と頑張る碧。そんな碧のことが大好きすぎて時々情緒がおかしくなりつつも、アイドル業に俳優業にと仕事に精を出す(時折アオ二号を撫でて気力を充電しながら)高遠。きっと二人で映画を観たり、時々ドッグランに出かけたり、たまにお泊りなんてしながら、仲良く過ごしていくと思います。

また、碧の後輩である柳や、スパメテのメンバー、ポメちること片岡みちる等々、この物語では主人公ではなかった彼らも、彼らが主役の物語、自分の人生をそれぞれ歩んでいくと思います。

それぞれが、それぞれの場所で生きていきます。そんな彼等の未来に、ほんの少しでも思いを馳せていただけましたら、嬉しい限りです。

最後になりましたが、どんな時も的確なアドバイスをくださった優しい担当様（もふの供給ありがとうございました）、そして愛らしさ満点の碧と格好良さ無限大の高遠、最高に可愛いポメラニアンのアオを描いてくださった末広マチ先生、校正、印刷、営業の各担当様方、この本の作成に携わってくださった全ての方、そして、数ある作品の中から、本作を手に取り、このあとがきまで読んでくださっているあなた様に、心からの感謝とお礼を申し上げます。

またいつか、どこかでお会いできましたら幸いです。

伊達　きよ

初出一覧

わんと鳴いたらキスして撫でて　第1話　　書き下ろし
わんと鳴いたらキスして撫でて　第2話　　書き下ろし

弊社ノベルズをお買い上げいただきありがとうございます。
この本を読んでのご意見、ご感想など下記住所「編集部」宛までお寄せください。

リブレ公式サイトで、本書のアンケートを受け付けております。
サイトにアクセスし、TOPページの「アンケート」から
該当アンケートを選択してください。
ご協力お待ちしております。

「リブレ公式サイト」
https://libre-inc.co.jp

わんと鳴いたらキスして撫でて

著者名　伊達きよ
©Kiyo Date 2024

発行日　2024年4月19日　第1刷発行

発行者　太田歳子

発行所　株式会社リブレ
〒162-0825 東京都新宿区神楽坂6-46
ローベル神楽坂ビル
電話03-3235-7405(営業)　03-3235-0317(編集)
FAX 03-3235-0342(営業)

印刷所　株式会社光邦

装丁・本文デザイン　伊南美はち

Printed in Japan
ISBN978-4-7997-6706-1